엘리베이터에 낀 그 남자는

어떻게 되었나

김영하

소설

복복서가

차례

흡혈귀

지난해 펴낸 장편소설 『나는 나를 파괴할 권리가 있다』 때문에 가끔 이상한 전화나 편지를 받을 때가 있다. 그 소설에는 자살 안내라는 좀 특이한 일을 하는 사람이 화자로 등장하는데, 독자들 중에는 작가인 나와 그 자살 안내인을 같은 사람으로 착각하는 사람이 있는 모양이다. 대뜸 전화를 걸어와서는 자신이 지금 자살을 하려고 하는데 뭐 해줄 말이 없느냐는 식이다. 오죽하면 나 같은 사람에게까지 그러겠는가 싶어 안쓰럽기도 하지만 나로서는 난감한 노릇이다.

　오늘 소개할 이 편지도 그런 것 중의 하나려니 하고 처음엔 대수롭지 않게 생각했던 것이다. 편지는 A4용지 크기의 봉투에 담겨 두툼했다. 주소는 컴퓨터로 깔끔하게 인쇄된 것이었고 소인은 서울 도곡동 우체국으로 찍혀 있었다. 봉투를 열어보니 역시 워드프로세서로 정서한 열 장가량의 종이가 묶여 있었고 그 밖에 수십 장의 다른 복사지들이 함께 들어 있었다. 그 복사지 묶음의 맨 앞장에는 '참고 자료'라는 글씨가 큼지막하게 씌어 있었다.

원고청탁이나 기획서가 아닐까? 출판사 봉투가 아닌 걸로 봐선 그것도 아닌 것 같았다. 나중에 천천히 보자. 처음에는 그저 그렇게 만 생각하고 엘리베이터에 올랐다. 집에 들어와서 책상 위에 던져놓 고는 며칠 동안 잊어버리고 지냈다. 내 생활리듬이라는 게 규칙적이 지를 못해서 어떤 때는 일주일이 지나도록 한 번도 책상 앞에 앉지 않기도 하는 터라 그 편지는 다른 쓰잘데없는 홍보 우편물, 신문 등 과 뒤섞인 채로 한참을 그냥 묻혀지내게 되었다.

그러다가 지난 10월 16일, 친구의 생일이어서 간단하게 술을 한 잔하고 집으로 돌아온 날이었다. 밤이 되자 갑자기 천둥 번개가 치 며 비가 쏟아지기 시작했다. 가을에 무슨 비가 이렇게 험하게 오나. 나는 창문을 닫아걸고 컴퓨터 앞에 앉았지만 비는 점점 더 거세어갔 고 뇌성벽력도 더 심해졌다. 컴퓨터를 보호하기 위해 전원을 끄려 할 때쯤 전화벨이 울렸다.

"김영하씨 댁인가요?"

"전데요. 누구시죠?"

"저는 김희연이라고 하는데요. 얼마 전 우편물을 하나 보내드렸 는데 기억하실지⋯⋯"

김희연. 김희연이라. A4봉투에 담겨 있던 그 두툼한 우편물이 기 억났다. 주섬주섬 책상 위의 신문들을 치우자 그 우편물이 보였다. 봉투의 왼쪽 상단에 '김희연'이라는 이름이 적혀 있었다.

"죄송합니다. 제가 바빠서 아직 읽지를 못했습니다. 받기는 잘 받았습니다만······"

"······"

여자는 말이 없었다. 잠시 불편한 침묵이 흘렀다.

"꼭 읽어주세요. 제 딴에는 고심고심하며 쓴 글이니까요. 다 읽으시면 다시 연락드리겠습니다. 이렇게 늦게 전화드려서 실례가 되지나 않았는지 모르겠습니다. 그럼 안녕히 주무십시오."

툭, 전화가 끊겼다. 그때쯤 다시 천둥 번개가 쳤다. 이번엔 창문이 흔들릴 정도로 강한 것이었다. 문득 온몸으로 저르르한 소름이 돋았던 것으로 기억한다. 꼭 공포영화 분위기였다. 왜 그런 영화에선 무슨 중대한 일이 생길 때면 날씨가 험상궂지 않은가 말이다. 지금 생각해보면 그녀가 일부러 그런 날을 골라 전화를 한 것일 수도 있다는 생각이 든다. 하지만 어쨌든 그때는 그냥 섬뜩했다. 그건 어쩌면 그녀의 목소리 때문일 수도 있었을 것이다. 전화선을 통해 전해온 그녀의 목소리는 마치 한동안 끊겼다가 다시 나오는 수돗물처럼 단속적이었다. 감정이 최대한 억제되어 있는 듯하면서도 무언가 부글부글 끓어오르는 듯한, 젊었는지 늙었는지, 또는 화가 났는지 기분이 좋은지 쉽게 알 수 없는 그런 소리 말이다.

전화를 끊고 나서 찬찬히 그녀가 보내온 봉투를 열어보았다. 먼저 열 장가량의 종이 묶음을 읽기 시작했다. 첫 문장부터 맞춤법에 맞지 않는 단어들이 눈에 띄었다. 그 점이 글의 신뢰도를 떨어뜨리기는 했지만 문장은 의외로 간결하고 산뜻했다. 다 읽고 난 후의 내 감상은 나중에 밝히기로 하고 이 흥미로운 편지를 먼저 소개하기로 하자. 몇 군데 의미가 연결되지 않는 문장은 내가 손을 보았고 맞춤법이 틀린 곳도 고쳤다. 지나치게 비약이 심하거나 감상적으로 흐른 부분도 문맥이 손상되지 않는 범위 내에서 삭제하거나 줄였다. 이 점을 참고하면서 봐주시기를 바란다.

저는 스물일곱 살의 여자입니다. 인생이 희망으로 가득하다고 믿고 있을 나이는 아니지만 그렇다고 끝이 보이지 않는 사막이라고도 생각하지 않을, 그런 나이입니다.

제 이야기를 잠깐 할까요. 여느 소녀들처럼 어린 시절엔 재미있는 소설과 만화를 보며 자랐습니다. 『베르사유의 장미』 같은 순정만화나 하이틴 로맨스, 할리퀸 문고 따위에 빠져들기도 했지요. 그런 소설과 만화 속에 등장하는 캐릭터를 닮은 멋진 남자들을 기다리며 사춘기를 보냈다고 해도 과언이 아닐 거예요. 테리우스나 미스터 블랙 같은 인물 말이죠.

그러다 대학에 들어갔지요. 1990년이었습니다. 대학생활은 다른 사람과 다를 바가 없었지요. 일학년 때는 헤매다가 이학년쯤 되면 시들해지고 연애도 한 번쯤 하게 되죠. 저도 남자 하나를 만났는데 그렇고 그런 남자였어요. 차 마시면 돈은 당연히 자기가 내고, 여자가 담배 피우면 세상 말셋 줄 알고, 술 취하면 전화하고 뭐 그런 남자요. 한국 땅에 흔해빠진 남자였어요. 처음엔 아, 저 남자가 날 저렇게까지 끔찍하게 생각해주는구나 싶어서 좋았는데, 금세 지겨워졌어요. 그래서 헤어지고 무료한 삼학년과 사학년이 지나가고 있었죠. 그러다 또 남자 하나를 만났는데 이 남자는 달랐어요. 늪이었어요. 말 그대로 늪.

영화 공부하는 사람이었어요. 열정적이고 세상물정 모르고 미친 듯이 사는 남자. 멋져 보였어요. 친구 애인이었는데 그런 게 눈에 들어오지 않았어요. 제가 미쳤죠. 맞아요. 그때 목숨 걸었어요. 그 남자 사는 집에 찾아갔어요. 생각보다 쉬웠어요. 아무것도 설명할 필요가 없었죠. 둘 다 젊었으니까요……(이 부분에서 다소 장황하게 그 남자와 만나게 된 경과를 서술하고 있어 일부 생략했다—필자)

나중에 알게 됐지만 그 남자 언제나 그런 식이었어요. 여자한테 다가가지는 않지만 오는 여자는 막지 않아요. 그때마다 여자를 갈아치우는 건데, 별 죄의식 같은 건 가지지 않는 남자였어요. 자기는 그럴 만큼 충분히 잘났다고 생각하는 사람이고 그럴 때 도덕 같은 거 들이대면 비웃어버려요. 낡았다는 거죠.

그 남자 처음 만났을 때, 운동권 영화를 만들고 있었어요. 노동자들의 이야기를 다룬 십육밀리 영화였는데, 완성은 가까스로 했지만 상영은 못 했어요. 대학 같은 데서 몇 번 시도했지만 그때마다 경찰이 치고 들어오는 바람에 무산되기를 반복했어요. 그 팀 전체가 수배됐고 그 사람도 한 반년쯤 도망다녔지요. 주로 우리집에 있었는데, 처음에는 좋았어요. 왜 그런 생각 가끔 하잖아요. 사랑하는 남자가 한 번쯤 입원했으면 하고 바라는 거 말이에요. 꼭 그런 상황이었지요. 제가 먹여주고 입혀주고 돌봐주고 망도 봐주면서 함께 위험을 감수하는 그런 게 좋았어요.

하지만 그때부터가 문제였어요. 그 남자는 그렇게 살 수 없는 사람이었으니까요. 어느 날 학교에서 돌아오니까 제 자취방 앞에 여자 구두가 있더군요. 그리고 두 남녀의 소리. 한참을 우두커니 서 있다가 돌아나왔어요. 그 여자가 나올 때까지 길 건너에서 쪼그리고 앉아 기다렸지요. 두 시간인가 세 시간인가 기억도 안 나요. 그 여자가 나와서 택시를 타고 가는 것을 봤어요. 어쩌면 저렇게 당당할까. 화가 나더군요. 앉았던 자리에서 일어서려는데 다리가 펴지질 않는 거예요. 나도 모르는 새 너무, 너무 오래 앉아 있었던 거지요. 일어나니까 어지러웠어요. 조용히 제 방으로 들어가 그 옆에 누웠습니다. 그는 태연하게 잠들어 있더군요. 죽여버리고 싶었습니다.

그런 일이 몇 번 반복되었고 더이상은 참을 수가 없어서 그에게 말했습니다.

"여기는 내 집이고, 그러니 기본적인 예의는 지켜줬으면 좋겠어요."

"기본적인 예의?"

그가 눈을 똑바로 뜨고 도전적으로 맞받아왔습니다. 그러나 차마 제 입으로 '다른 여자를 데리고 오지 말아달라'는 말을 할 수는 없었습니다. 그것마저 말하고 나면 저 자신이 너무 초라해질 것 같아서였죠.

"친구는…… 밖에서 만나면…… 안 될……까요?"

"그러지 뭐."

그는 대수롭지 않다는 듯이 대꾸했습니다. 언제나 그런 식이었죠. 그래도 연애는 끝나지 않고 계속됐어요. 운동권 영화를 만들던 그가 코믹 멜로물을 만들 때까지 말이에요(이 부분에서 김희연은 애인이 만든 코믹 멜로물에 대한 설명을 길게 하고 있었는데 불필요한 부분이라 삭제했다—필자).

이쯤 되자 그 사람을 더이상 만나야 할 이유를 아무데서도 찾지 못하겠더군요. 그러면서도 질질 끌려다니는 거예요. 밤에 찾아오면 같이 자주고 밥 못 먹었다면 밥 사주고 돈 없다면 돈 주고 뭐 그러면서요.

그러던 어느 날 술자리였어요. 그 애인과 함께 일하는 영화판 사람들과 어울리는 자리였는데, 처음 보는 사람이 있었어요. 나이를 가늠하기 힘든 사람이었는데 눈빛이 아주 묘했어요. 무심한 듯하면서도 의중을 꿰뚫은 듯한, 동굴처럼 깊어 보이는 눈이었거든요. 태도도 특이했어요. 사람들과 잘 어울리지 않았고 혼자 술만 홀짝이고 있었지요. 술이 좋아서라기보다 그저 아무것도 할일이 없어서 그런다는 투로 말이죠. 그리고 그가 앉은 자리 주위에는 늘 일정한 간격이 생기더군요. 사람들은 알게 모르게 그와 거리를 두고 있었던 거지요.

나중에서야 그가 시나리오 작가라는 걸 알게 됐어요. 본업은 시인이라고 하더군요. 문학평론도 하고 가끔은 소설도 쓴다는 얘기를 들었어요.

그 사람이 바로 지금의 제 남편이에요. 처음부터 이상하게 끌렸어요. 그 지긋지긋한 연애에 지쳐서였는지도 모르겠어요. 쓸쓸해 보이기도 했고 넉넉해 보이기도 했어요. 저는 그에게 다가갔어요.

"처음 뵙겠어요. 시나리오를 쓰신다면서요?"

"예."

그는 짤막하게 대답하고는 다시 침묵이었지요. 저는 머쓱해졌어요. 다시 말을 건네보았습니다.

"다른 일도 하신다면서요?"

"예."

그는 귀찮다는 듯이 내뱉고는 술을 들이켰습니다. 더이상은 말을 붙이기 힘들어서 가만히 앉아 있으니까 그가 지나가는 말처럼 말을 붙여왔어요.

"그만 끝내요. 인간의 삶은 정말 짧습니다."

"네?"

그는 턱으로 탁자 끝에 앉아 있는 제 애인을 가리키면서 다시 말했습니다.

"저 친구 말입니다. 저런 무가치한 인간 뒤치다꺼리나 하려고 이 세상에 태어난 건 아니잖습니까?"

아무 감정도 실려 있지 않았지만 낮게 뇌까리는 그의 말은 귓전에 오래 남았어요. 이상한 힘이 실려 있어서 사람을 움찔하게 만들거든요. 마치 노래방 기계의 에코효과처럼 여러 번 울리는 것 같았지요.

"말씀이 너무 심하시네요."

"됐습니다. 그만합시다."

하지만 그걸로 끝나지는 않았습니다. 저에게 계속 신경을 쓰고 있던 제 애인이 그와 저의 대화를 들었기 때문이었습니다. 제 애인이 일어섰지요.

"야, 이 새끼야. 말조심해."

애인이 맥주병을 든 채로 소리를 질렀습니다. 다른 친구들은 상황을 몰라 허둥댔지요. 하지만 남편은 당황하지 않았습니다. 대신 짧게 한마디 던졌을 뿐이었습니다.

"이봐, 친구. 다음달에 프랑스로 유학 가는 거 이 여자도 알고 있나?"

금시초문이었습니다. 애인은 얼굴이 새파랗게 질렸습니다. 그는 몇 마디 더 덧붙였습니다.

"괜한 데 힘쓰지 말고 유학 준비나 잘해."

애인은 선 채로 부들부들 떨고 있었습니다. 친구들도 그 얘기는 처음 듣는 것 같았습니다. 모두 제 애인을 쳐다보며 한마디씩 하기 시작했습니다.

"너 이 영화는 끝내고 가야지."

"도대체 무슨 소리야?"

"야, 갈 때 가더라도 마무리는 하고 가야지."

애인은 주저앉아 변명을 하기 시작했습니다.

"미안하게들 됐다. 일이 어쩌다 보니……"

프랑스에 먼저 간 선배가 어쩌고, 갑작스런 초청이 어쩌고, 주절

주절 말도 안 되는 소리들을 늘어놓았습니다.

남편은 천천히 자리에서 일어나며 제게 말했습니다.

"여기 계속 있을 겁니까?"

저는 정신이 하나도 없었습니다. 애인이 저도 모르게 프랑스로 떠난다는 소식에 망연했고, 삽시간에 벌어진 이런 사태에 어떻게 대처해야 할지 갈피를 잡을 수가 없었던 거지요. 그래서 마치 최면에라도 걸린 것처럼 그를 따라 일어서고 말았습니다. 마지막으로 애인 쪽을 바라보니까 제 눈길을 피하더군요.

그게 그와의 첫 만남이었습니다. 우리는 그 술집을 나와 다른 곳으로 자리를 옮겼지요. 그때까지 그는 아무 말도 없었습니다. 저는 물어보았습니다.

"어떻게 저와 제 애인에 대해 그렇게 잘 알고 계시죠?"

"알고 싶지 않아도 알게 되는 일들이 있습니다. 피곤하죠."

그는 심드렁하게 내뱉었습니다. 나중에 알게 되었지만 그건 그의 말버릇입니다. 세상 모든 일에 흥미를 잃어버린 사람 같았죠.

어쨌든 우리는 그렇게 만났습니다. 그 사람 말대로 옛날 애인은 한 달 만에 프랑스로 영화 유학을 떠나버렸구요. 예술 전문대학을 갓 졸업한 영화학도 여자와 함께 말이죠. 그가 떠나고 나자 그 사람과 나는 더 가까워졌고 자주 만나게 되었죠. 세 달 만에 우리는 결혼했습니다.

부모님은 모두 그 결혼을 반대했었습니다. 그 남자가 마음에 들지 않는다는 거였어요. 뭔가 께름칙하다는 거였죠. 부모님들은 이유를 찾기 시작했어요. 남편은 고아인데다가 친척도 하나 없었는데, 그게 이유가 됐어요. 부모가 반대하니까 저는 오히려 더 오기가 생겼어요. 남편의 좋은 점만 보이는 거예요. 사실 남편에게 푹 빠져 있기도 했었지만요.

아마도 제 남편이 그전 남자와 백팔십도 다른 사람이었기 때문이었을지도 모르겠어요. 그가 가진 결점을 남편은 하나도 가지고 있지를 않았거든요. 급한 성미도 없었고 우유부단하지도 않았고 감정 처리를 제대로 못해 뒤끝이 지저분하지도 않았고 항상 여유롭고 당당했어요. 세상의 흐름에 무심했고 자잘한 일에 일희일비하지도 않았어요. 말 한마디 한마디가 세상사에 통달한 사람 같았습니다. 성욕도 없어 보였는데 그것조차 그때는 멋있어 보였어요. 결혼을 약속한 그런 사이가 되면 남자들 으레 같이 자고 싶어하잖아요. 그 사람은 그러지 않았거든요. 매력적인 인물이었지요. 지금이야 그 모든 게 결점으로 보이지만요.

여하튼 그때만 해도 남편이 이상하다고까지는 생각하지 않았어요. 하지만 딱 하나 미심쩍은 데가 있기는 했어요. 남편은 제 생각을 읽고 있었어요. 이를테면 제가 커피를 마셔야지 하고 생각하고 있으면 제 것까지 알아서 주문을 해버리는 거예요. 왜 제 것까지 주문하세요? 하고 물으면 커피 마시고 싶을 것 같아서라고 말하죠. 제가 택시를 타고 집에 가야겠다고 생각하면 어느새 택시를 잡고 있어요. 보통 땐 그냥 버스를 타고 가는데 말이죠. 제가 부모의 반대 때문에 걱정하고 있으면, 너무 걱정하지 말아, 며칠 못 갈 거야. 이런 식으로 말하는 거예요. 그럼 정말로 며칠 후에 부모가 승낙을 하고, 그런 식이죠.

신혼여행 첫날밤에 제가 어렵게 말을 꺼냈습니다.

"짐작하고 계시겠지만 저 남자 처음 아니에요."

남편은 그런 저를 아무 감정도 없는 눈길로 쳐다보더니,

"술이나 마시지" 하는 거예요.

"정말 괜찮아요?" 하고 제가 되묻자 남편은,

"왜 내가 시간을 거슬러가면서까지 당신을 심판해야 한다고 생각하나? 마음쓰지 마" 하면서 웃더군요.

자기 말대로 남편은 그 일에 관해선 아무 신경도 쓰지 않았답니다. 여느 한국 남자들과는 다르네. 그냥 이렇게 생각했죠.

첫날밤에 있었던 일도 이야기해야 할 것 같아요. 꼭 해야 되는지 망설였는데 말씀드려야 할 것 같아요.

둘이 침대에 함께 들었는데 남편이 한 시간 정도를 아무것도 하지 않고 가만히 누워 있는 거예요. 저는 살며시 몸을 붙여갔죠. 남편은 그래도 미동도 않는 거예요.

"그냥 잘 거예요?"

"곧 지겨워질 거다."

"뭐가요?"

"섹스."

"그래서요?"

"잠들고 싶다. 아주 오랫동안 잠들지 못했다."

"오늘은 우리들의 첫날밤이잖아요."

"첫날밤. 당신의 첫날밤이라……"

저는 남편이 제가 과거가 있는 여자라 그러는 줄 알고 자격지심에 그만 입을 다물고 말았는데, 남편의 다음 말을 들어보니 그건 아니었어요.

"나를 기억해주겠나?"

"네?"

"이 첫날밤을 기억해주겠느냐고?"

"그럼요. 죽을 때까지."

"고맙다. 처음이라는 건 참 아득한 거다."

그러면서 남편은 옷을 벗기 시작했어요. 그때, 아, 이 사람 참 외로운 사람이구나 싶었어요. 제가 안아주자 그는 서서히 제 안으로 들어왔어요. 그의 몸이 뜨거워졌어요. 완전히 제 몸속으로 들어온 그는 오래도록 미동도 없이 저를 안고 있었어요. 그런 포옹은 처음이었어요. 무덤 속에라도 들어와 있는 기분이었지요. 그것만으로도 완벽할 수 있었거든요.

그렇게 그의 품에 안긴 채 스르르 잠이 들어버렸어요. 참 신기한 일이었어요. 어떻게 그럴 수가 있었을까. 신혼 첫날밤이었고 포옹 말고는 아무것도 하지 않았는데 너무 피곤했었나. 저는 호텔방 창으로 억세게 밀려드는 아침 햇살을 믿을 수가 없었어요. 하지만 이제는 알아요. 어떻게 그런 일이 가능했었는지 말이죠.

제가 남편을 처음으로 의심하기 시작한 건 결혼한 지 일 년쯤 지난 어느 날이었어요. 그전까지는 그저 좀 특이한 사람이려니, 작가라는 사람들이 대체로 그러려니 생각했었거든요. 그런데 그날은 좀 이상했어요. 밤새 잠을 못 이루고 뒤척이던 남편이 부스스 자리에서 일어나는 거예요. 그러더니 마루로 나가더군요. 아무리 기다려도 남편이 돌아오지 않았어요. 이상했죠. 그래서 가운을 걸치고 따라 나가봤더니 남편이 없는 거예요. 글 쓰러 서재에 들어갔나 싶어서 서재 근처에서 얼쩡거려보았지만 아무 소리도 들리지 않았어요. 남편은 자기가 작업하는 서재에 절대로 들어오지 못하게 하는 괴벽이 있었는데 그쯤은 저도 이해하고 있었거든요. 한번은 무심코 서재방에 들어갔다가 귀청이 떨어지는 줄 알았어요. 남편이 그렇게까지 큰 소리를 내는 건 처음 봤거든요. 굶주린 야수 같았어요. 사람소리 같지 않은 괴성을 질러대는 거예요.

그 생각이 나서 서재에 차마 들어가지는 못하고 앞에서 계속 서성거려봤지만 아무 소리도 들리지 않는다는 게 아무래도 이상했어요. 자판이 타닥거리거나 의자가 삐걱거리거나 여하튼 최소한의 소리라도 나야 정상일 텐데 말이죠. 저는 남편이 좋아하는 녹차를 가지고 다시 서재 앞으로 갔어요. 똑똑. 제 노크에도 아무 응답이 없었어요. 문을 살짝 밀어보니 열리더군요. 안은 캄캄했어요. 도대체 남편은 어디로 갔을까. 갑자기 무서운 생각이 들었어요. 이 밤중에 이 남자는 소리도 없이 어디로 사라진 걸까. 저는 조용히 남편을 불러보았습니다. 여보, 여보. 그때 그 캄캄한 서재에서 그가 걸어나왔습니다. 얼마나 놀랐는지 녹차 잔을 떨어뜨릴 뻔했습니다. 거기서 뭐하시는 거예요?
남편은 대구하지 않고 그대로 침실로 들어가 누워버렸습니다.

그가 갑자기 두렵게 느껴지기 시작했습니다. 도대체 그 방엔 뭐가
있는 걸까. 나는 그이에 대해 얼마나 알고 있는 걸까. 그가 쓴 몇 편
의 글 외에 내가 알고 있는 것은 무엇일까. 궁금했습니다. 생각해보
니 그는 자신의 어린 시절에 대해 한 번도 제게 말해준 적이 없었습
니다. 고아였다니까 말하고 싶지 않은 과거들이 있었겠지. 그냥 이
렇게만 생각했습니다. 간첩일까? 혹시 저 방에 무선교신기와 난수표
책이 들어 있는 건 아닐까. 그런 의심도 들기 시작했지요. 침실에 누
워 있는 남편 옆에 함께 누우며 말했습니다.

"당신에 대해 알고 있는 게 너무 없다는 생각이 들어요."

"알아서 뭘 할 건가?"

"전 당신 아내예요. 알 권리가 있잖아요."

"말할 수 있는 것이었으면 벌써 했을 것이다. 인간이 인간을 아는
일이 가능하다고 생각하나, 또 필요하다고 생각하나?"

"그럼요. 필요하다고 생각해요."

"필요하지 않을 때도 많다. 지금이 그렇다."

"그래도 말해주세요."

"말하고 싶지 않다. 대신 너도 말하지 않을 수 있다. 그게 편하지
않나?"

"이해할 수 없어요."

"어차피 세상이란 이해할 수 없는 일로 차고 넘친다."

그러곤 남편은 입을 다물어버렸습니다.

"그럼 왜 저랑 결혼하신 거죠?"

"누구도 그런 질문에 답할 수 없을 것이다. 한다면 거짓말이거나 무지의 소치다. 나도 답할 수 없다. 굳이 말하자면 견디기 위해서다."

"뭘 견디죠?"

"시간이다."

그날부터 제 인생은 조금씩 달라지기 시작했습니다. 그를 알아야겠다는 욕망이 용솟음치기 시작했으니까요. 하지만 어디서 시작해야 할지 알 수 없었습니다. 먼저 그의 시를 읽어보기 시작했습니다. 결혼 전에도 몇 편 읽어본 적이 있었지만 그때는 들뜬 마음에서였는지 별 느낌이 없었는데 이때부터는 예사롭게 보이지 않았습니다. 이를테면 그의 시는 거의 모두가 죽음과 소멸을 주제로 하고 있었다는 걸 새롭게 알게 됐어요. 그의 시집 해설을 쓴 한 평론가의 말을 인용해드리겠습니다.

이 시인의 세계 속에서 삶이란 원심분리돼야 마땅할 불순물에 다름 아니다. 그에게 있어 삶이란 "달궈진 철판 위에서 추어야 하는 영원의 춤"이며 "바닷속에 가라앉은 호리병, 그 속에서 천년만년을 기다려야 하는 요괴의 신세"일 뿐이다. 그는 시에서 삶이라는 존재를 완전히 추방하고 죽음에 대한 무한한 동경만을 담아놓았다. 어디에서 이 도저한 허무주의가 발원한 것일까. 누가 이 젊은 시인의 가슴속에 삶에 대한 극한의 염증만을 심어놓은 것일까.

남편이 썼던 단편영화 시나리오도 읽기 시작했습니다. 줄거리를 요약하면 이렇습니다.

한 남자가 있습니다. 이 사람은 어느 날 삶이 무한정 계속될 거라는 망상에 시달리게 됩니다. 그러면서 자기는 죽지 않는 사람이라고 믿게 됩니다. 그리고 자신이 임진왜란 당시 고니시 유키나가小西行長 휘하의 일본군을 따라온 네덜란드 군목에 의해 흡혈귀가 되었다고 믿게 됩니다. 이 네덜란드 군목이 흡혈귀였던 거지요. 1592년 이래로 더이상 늙지도 죽지도 않고 계속 살아왔다고 믿는 이 남자는 자신이 죽을 수 없다는 사실에 절망합니다.

그는 아내가 자신을 사랑하지 않는다고 생각합니다. 왜냐하면 자신은 불멸하는 존재이기 때문에 아내가 자신을 견딜 수 없다고 믿는 거지요. 또한 가족들과 친구들 모두가 자신을 속이고 있다고 생각하게 됩니다. 단지 그들이 흡혈귀인 자신을 두려워하기 때문에 자신에게 잘해주고 있다고 여깁니다.

그는 아주 오랜 세월 동안 자신이 흡혈귀였다는 사실을 잊고 살아왔다고 믿었습니다. 흡혈귀를 용납하지 않는 세상에 적응하기 위해 흡혈귀로서의 모든 속성을 버리고 인간이 되기 위해 몸부림쳐왔다고 말이죠. 그는 갑오농민전쟁을 기억해내고 3·1운동을 기억해내고 8·15해방을 기억해냅니다. 그가 인간이 되기 위해 잊어왔던 그 오랜 기억들이 되살아난다고 믿기 시작했습니다. 그런 사람의 이야기입니다.

그가 흡혈귀가 아니라는 것을 알려주기 위해 그의 가족들과 친구들은 정신과의사를 동원합니다. 정신과의사는 그가 조현병이라고 진단하지요. 그는 강제로 입원됩니다. 그런데 이상한 일이 벌어집니다. 몇 달이 지나자 그 정신병원에는 자신이 흡혈귀라고 믿는 사람들이 늘어나게 됩니다. 처음에는 환자들이었지만 나중에는 간호사들, 심지어는 그를 치료했던 의사마저도 자신이 흡혈귀가 되었다고 여기게 됩니다. 결국엔 정신병원의 모든 환자와 의사와 간호사 들이 그 지경이 됩니다.

그들은 집단으로 병원을 탈주하고 차량을 탈취하여 도로를 질주합니다. 그 차량 행렬이 바다로 향하고 경찰은 추격합니다. 그들은 절벽으로 몰립니다. 그의 아내와 친구들이 달려와 그를 부릅니다. 너는 흡혈귀가 아니야. 다른 환자들의 가족들도 함께 외칩니다. 정신 차려라. 넌 흡혈귀가 아니야. 제발 정신 차려. 그 소리는 마치 거대한 합창처럼 울려퍼집니다. 그러자 절벽에 늘어선 흡혈귀들도 입을 모아 외칩니다. 우리는 흡혈귀다. 우리는 흡혈귀다(그때 장엄한 레퀴엠이 배경음악으로 깔려야 한다고 남편은 적어놓았습니다).

경찰은 서서히 포위망을 좁혀갑니다. 당신들은 포위됐다. 저항하지 말고 즉시 투항하라. 그러자 주인공이 말합니다. 좋다. 간다. 우리가 누군지 보여주마. 그들은 서서히 경찰과 가족 들에게 다가갑니다. 하지만 경찰과 가족 들은 한 발짝씩 물러나기 시작합니다. 흡혈귀가 아니라고 그렇게도 외치던 가족들도 모두 달아나기 시작합니다. 흡혈귀들은 뛰어옵니다. 급기야는 경찰도 도망치기 시작합니다.

수백의 흡혈귀들이 그들에게 달려가고 삽시간에 그곳은 아수라장이 됩니다. 이번엔 경찰과 가족 들이 절벽 쪽으로 몰립니다. 흡혈귀들은 끝까지 그들을 추격합니다. 한 사람 두 사람 절벽 밑으로 굴러떨어지기 시작합니다. 흡혈귀들도 떨어지기 시작합니다. 모두 한 덩어리가 되어 추락합니다. 이제 아무도 그들이 진짜 흡혈귀였는지 알 수 없습니다. 그들도 모르고 다른 누구도 모르지요. 다만 그들이 진정한 흡혈귀였다면 지금도 어딘가에 살아 있으리라는 자막만이 마지막에 올라가는 것으로 영화는 끝납니다.

이런 줄거리예요. 제 남편은 과연 이런 영화가 정말로 제작될 수 있으리라고 생각하고 만들었던 걸까요? 이상한 생각이 들기 시작했어요. 이번엔 남편의 평론들을 읽기 시작했어요. 여러 문예지들을 뒤적여가면서 말이죠. 그 평론들에서도 같은 특징들을 찾아낼 수 있었어요. 남편이 예찬한(냉소적인 어투이긴 하지만요) 소설이나 시는 모두가 삶의 깊은 허무를 다룬 것들이라는 점을요.

한편 이런 식의 퍼즐게임보다 더 확실한 증거들도 포착되기 시작했습니다. 남편이 집을 나간 후, 저는 조심스럽게 그의 서재로 들어가보았습니다. 그의 서재는 여느 사람의 그것과 별반 다를 바 없었어요. 그런데 책꽂이 옆에 이상한 나무상자가 놓여 있는 거였어요. 책상자인가 싶어서 들춰보았죠. 하지만 그 속은 텅 비어 있었습니다. 다시 뚜껑을 닫고 나서야 전 그게 무엇인지 알아보았습니다. 그건 관이었습니다.

남편이 전날 서재로 갔던 이유가 바로 그 관에서 자기 위해서였다는 걸 깨닫는 데는 그리 오랜 시간이 걸리지 않았습니다.

남편은 흡혈귀였던 겁니다. 오, 맙소사. 저는 침착해지기로 했습니다. 남편을 처음 만나던 그 시절부터 지금까지의 일을 찬찬히 돌이켜보기 시작했습니다. 그러고 보니 이상한 일투성이였습니다. 섹스부터가 그랬습니다. 남편은 철저히 무관심했거든요. 횟수까지 말씀드리고 싶지는 않지만 아마 다른 부부보다는 훨씬 적으리라고 생각돼요. 한다 해도 무심히 해치울 뿐이에요. 게다가 사정도 하지 않는다는 생각이 들더군요. 그러고 보니 정말 그런 것 같았습니다. 결혼 초에 제가 콘돔을 써야 하지 않겠느냐고 하니까 그는 그런 건 필요 없다고 일언지하에 잘라 말했거든요. 그 말뜻을 이제야 알 것 같아요.

또 남편은 모르는 것이 없었어요. 조선시대 고전문학부터 영미문학, 신소설부터 최근의 현대소설까지 읽지 않은 작품이 없습니다. 제 말이 믿어지지 않으시겠지요? 사실이에요. 그가 쓴 글에 등장하는 그 엄청난 참고서적들을 한번 보세요. 제가 어쩌다 어떤 소설에 대해 물어보기라도 하면 줄줄줄 외워서 답을 해주곤 했다니까요. 어떻게 서른다섯의 남자가 그 많은 것들을 다 읽을 수가 있었을까요.

남편은 먹는 것에도 관심이 없습니다. 뭐든 주는 대로 아주 조금씩만 먹거든요. 또 식성도 특이합니다. 김치를 좋아하지 않는 한국 사람을 보신 일이 있습니까? 아니, 좋아하지 않는 사람은 있을 수도 있겠지요. 하지만 제 남편은 한 달이 다 되도록 김치에 젓가락 한 번 대지 않아요. 제가 새로 담근 김치라고 채근하면 그제야 한 번 입에 대는 정도지요. 남편이 그나마 잘 먹는 것은 피가 뚝뚝 흐르는 스테이크 정도예요.

그가 보는 영화는 또 어떤 줄 아세요? 사실 할리우드 영화 재미없다는 사람 없잖아요? 물론 예술영화 찾는 사람들도 있지만 그 사람들도 할리우드영화를 재미없다고는 못 할 거예요. 멋진 사랑이 있고 숨막히는 스릴이 있고 감동도 있잖아요. 같은 값이면 이 모든 게 다 들어 있는 할리우드영화를 좋아하는 게 당연하지 않을까요? 하지만 남편은 아니에요. 남편이 좋아하는 영화, 이제 선생님도 짐작하시겠죠? 컬트영화라는 거 있잖아요. 기계톱으로 사람을 썰고, 사람 고기로 정육점을 차리고, 뭐 그런 영화들 있잖아요. 그게 아니면 끝도 한도 없이 지루하고 허무한 영화를 보고 있어요. 타르콥스키의 영화 따위 말이죠. 한번은 제가 물어봤어요.

"지겹지 않아요?"

"인생보다는 낫다. 인생을 흉내내는 영화는 인생보다 더 지겹다."

이런 식이에요. 남편이 컴퓨터게임을 하는 이유도 아마 그것과 다를 바 없을 거예요. 남편이 하는 컴퓨터게임이란 고작 테트리스이거나 지뢰찾기죠. 그 이유도 물어봤어요. 다른 재밌는 게임도 많은데 당신은 왜 하필 그런 것들만 하느냐고.

"테트리스는 무한한 반복이다. 쌓음으로써 부수고 부숴야 쌓는다. 테트리스엔 아무것도 없다. 그래서 좋다. 인생을 그럴듯하게 모사하는 게임들은 싫다."

더 결정적인 증거를 확보하기도 했습니다. 어느 날 침대를 정리하다가 발견하게 된 건데요. 뭐냐 하면 남편이 자고 일어난 베개 근처엔 단 한 올의 머리카락도 없었다는 거예요. 이게 있을 수 있는 일일까요? 남편이 머리를 감고 난 욕실도 마찬가지입니다.

또 이런 일도 있었습니다. 당신의 아이를 가지고 싶다고, 결혼한 지 몇 달 안 됐을 무렵 그에게 말했던 적이 있었어요. 그러자 그는 연민이 가득한 눈으로(아, 그의 그런 눈은 처음 보았어요) 저를 바라보면서 말했습니다.

"그건 싫다."

"왜요? 다들 그렇게 사는걸요. 아이 낳고 키우면서 지지고 볶으면서 그렇게 사는 거 아니에요? 아니면 늙어 외롭지 않겠어요?"

"이런 세상에 아이를 낳는 것은 죄악이다."

그때는 그의 그런 말이 단지 농담이라고 생각했지만 지금은 아닙니다. 그는 자신의 비밀을 알게 모르게 제게 흘려왔던 거예요. 제가 눈치채지 못했을 뿐이지. 알고 보면 그도 외로운 사람이겠죠. 그래서 그와의 섹스는 무미건조하지만 포옹만큼은 따뜻하게 느껴질 때가 있습니다. 그러고 보니 언젠가 그가 이렇게 말한 적이 있었습니다.

"나는 섹스보다 이렇게 안고 있는 게 좋다. 이게 영원처럼 느껴진다. 그리고 세상의 시작처럼 느껴지기도 한다. 누군가를 안고 있으면 그의 삶 속으로 들어가는 것 같다. 그랬으면 좋겠다. 나도 다른 몸으로 다시 태어났으면 좋겠다. 벌레라도 상관없다. 지금의 내 몸을 나는 증오한다."

며칠이 지난 후에 다시 그의 서재를 뒤지기 시작했습니다. 흥미로운 것들이 튀어나오기 시작했습니다. 읽을 수 없이 낡아빠진 고서 묶음들. 일제시대의 사진들. 그중에서 몇 장의 사진은 단체사진이었는데 꼭 한 명의 사진만은 예리하게 칼로 잘려나가고 없었습니다. 아마도 고등학교쯤의 졸업사진인 듯한데 열두 명쯤의 학생이 교모를 쓰고 삼열 횡대로 도열해 있는 장면이었습니다. 그런데 그 맨 뒷줄의 한 사람만은 도려내어져서 없었습니다. 저는 그게 제 남편이라고 확신했습니다. 다른 사진도 마찬가지였습니다. 그리고 또 한 장의 사진에는 쪽찌고 한복을 입은 여자 하나가 다소곳하게 서 있었습니다. 입은 한복의 풍으로 미루어보건대 혼례복임에 분명했습니다. 옆에 있어야 할 남자는 물론 도려져나가고 없었습니다. 저는 뒷면을 보았습니다. '광무 3년, 칠월 열하루'라고 적혀 있고 그 아래에는 '박춘식, 이분'이라고 초서로 기록되어 있었습니다. 남편의 그때 이름은 박춘식이었던 거지요. 저는 이분이라는 여자를 물끄러미 바라보았습니다. 벌써 할머니가 되었을, 아니 황천으로 떠난 지 오래되었을 그 여자를 말이죠. 얼마나 많은 여자들과 남편은 살아왔을까. 그 사람들을 다 기억하기는 할까. 그때 저는 문득 시몬 드 보부아르의 『모든 인간은 죽는다』라는 소설을 기억해냈습니다. 그 소설은 선생님의 단편 「도드리」에 잠깐 언급되기도 했었지요.

바로 그 소설에도 제 남편처럼 영원히 살아야 하는 남자가 나오지요? 그리고 그 남자와 살아야 했던 여자들의 이야기가 나오고요. 제가 바로 그런 여자가 된 겁니다. 남편을 사랑하지만 남편에게 저는 무한한 여자들 중의 하나에 지나지 않습니다. 1을 무한대로 나누면 뭐가 되는지 아세요? 0입니다. 저는 0이에요. 없는 거나 마찬가지지요. 누구도 이런 상태를 견딜 수는 없을 거예요. 그 어떤 바람둥이 남편과 사는 여자라도 저보다는 나을 거예요.

더이상은 참을 수가 없었습니다. 남편이 돌아오자 저는 따지기 시작했습니다.

"당신의 비밀을 말해주세요."

"무슨 비밀을 말하라는 건가?"

"당신이 어떤 사람인지 말해주세요."

"당신이 보고 있는 그대로가 바로 나다."

남편은 차분했습니다.

"당신이 흡혈귀라는 걸 알아요. 영원히 죽지 않는다는 것도요."

"바보 같은 소리다."

"왜 당신은 머리카락이 빠지지 않죠?"

"나의 결벽증 때문이다. 일어나기 전에 다 치운다. 화장실에서도 마찬가지다."

"당신의 시나리오는 자기 이야기지요?"

"많은 독자들이 작가와 화자를 혼동한다."

"당신이 섹스를 좋아하지 않는 이유를 알아요. 너무 많은 섹스를 했기 때문에 이제 아무 흥미도 못 느낀다는 걸 전 알아요."

"섹스에 흥미를 느끼지 못하는 것은 사실이지만 그 이유 때문은 아니다. 모든 사람이 다 섹스를 좋아할 수는 없는 일이 아닌가."

"그럼 왜 아이를 갖지 않으려는 거죠."

"모두가 다 아이를 가져야 한다고 믿는 이 사회가 더 이상한 거 아닌가."

"왜 당신의 시와 평론에는 죽음을 찬미하는 소리만 가득한 건가요?"

"삶이 무의미하기 때문이다. 당신의 삶은 행복과 희망으로 가득한가?"

"당신 서재에 있는 저 관은 뭔가요? 저거야말로 당신이 흡혈귀라는 피할 수 없는 증거예요."

"사람은 누구나 자신이 원하는 곳에서 잘 권리가 있다. 나는 오래도록 독신으로 살아왔다. 세상의 소음과 빛이 싫었을 뿐이다. 저곳은 아늑하고 편안하다. 그뿐이다. 당신이 나를 흡혈귀라고 믿는 건 당신의 자유다. 당신의 오해를 교정하려면 나는 죽는 수밖에 없을 것이다. 아니면 당신을 흡혈귀로 만들든가."

대화는 이런 식이었습니다. 그를 당해낼 재간이 저에겐 도저히 없었어요. 남편은 화를 내지는 않았지만 대신 우울해했습니다. 우리는 오랜 냉전을 계속중입니다. 남편이 흡혈귀인 이상, 불멸하는 이상, 더이상 그와 살 수는 없습니다. 저는 행복하게 살고 싶어요. 아이를 낳고 남편과 함께 팝콘을 먹으며 할리우드 영화를 보고 주말이면 놀이동산에 가는 삶. 그런 삶을 살고 싶어요. 하지만 세상 모든 것에 흥미를 잃어버린 흡혈귀 남편과 살고 있는 제게는 그 모든 것이 꿈입니다. 이루어질 수 없는 망상입니다.

남편과 헤어지려고 합니다. 남편이 불쌍하긴 하지만 저는 제 유한한 삶이나마 행복하게 살고 싶으니까요. 그런데 남편과 갈라서려고 마음먹은 마당에 궁금한 것이 딱 하나 있더군요. 도저히 해명되지 않는 것. 왜 그는 흡혈귀이면서도 피를 빨지 않을까. 왜 또다른 누군가를 흡혈귀로 만들지 않을까. 그가 나를 흡혈귀로 만들면 간단할 것을, 왜 그러지 않았을까.

　저는 다시 남편의 서재를 뒤지기 시작했습니다. 컴퓨터도 검색해보았지요. 그 속에서 아주 짧은 메모를 발견하게 되었습니다. 시 같기도 하고 산문 같기도 한 글이었습니다.

　"세상의 모든 흡혈귀들은 거세당했다. 세상은 빛으로 가득하다. 어디에도 숨을 곳은 없다. 우리는 흡혈의 자유와 반역의 재능을 헌납당했고 대신 생존의 굴욕만을 넘겨받았다……"

　선생님은 아시겠죠? 남편과 그의 동료들은 살아남기 위해 서서히 적응해왔던 거예요. 그러면서 그들은 흡혈귀의 본능들을 상실해갔던 거죠. 빛 속에서 살아가기 위해 그들은 학교를 다니기 시작했고 취직을 하고 결혼을 했죠. 더이상 피를 먹고서는 살아갈 수 없었던 그들은 밥이든 빵이든 구해야 했고, 그러자면 생활인이 되어야 했던 거죠. 그러지 않으면 늘 허기에 시달릴 테니까. 제 해석이 어때요? 그럴듯하지요?

　이렇게 하여 제 남편에 대한 모든 궁금증은 어느 정도 풀리게 되었습니다. 이제 떠나는 일만 남았습니다. 하지만 어떻게 이혼수속을 밟아야 할지, 또 수월하긴 할지 걱정입니다. 어쨌거나 다 털어놓고 나니까 시원합니다. 다른 누구에게도 이 이야기를 할 수 없었거든요. 아마 누구든지 저더러 미쳤다고 할 거예요. 하지만 선생님만은 믿어주실 것 같아 이렇게 무례함을 무릅쓰고 펜을 들었습니다. 답장 바랍니다. 제가 어떻게 살아가야 할지 말씀해주세요. 부탁드립니다.

그럼 안녕히 계십시오.

도곡동에서

김희연 올림

편지는 이렇게 끝났다. 그녀가 동봉한 참고자료는 지면 관계상 공개하지 않는다. 다 저 편지 속에 요약된 것들이다.

참고로 말하자면 나는 그녀의 남편을 알고 있다. 그는 내 동료 문인이며 내 소설에 대한 평론을 발표하기도 했다. 하지만 그가 흡혈귀라고 생각해본 적은 없었다. 이제는 좀 유심히 보아야겠다. 고전에 대한 해박한 이해와 동서양을 아우르는 문학적 식견이 그의 천재성에서 유래한 것이 아니라 단지 오래 살아온 덕택이라는 그녀의 말은 내게 힘을 준다. 그의 박식은 내게 언제나 열등감을 불러일으켰다.

살다보니 별 신기한 일도 다 보겠다. 이제 여러분도 그의 글을 찬찬히 살펴보기 바란다. 죽음에 대한 무한한 찬미와 삶에 대한 도저한 허무주의도 예사롭게 보이지 않을 것이다. 그 동료 문인의 이름은 밝히지 않겠다. 문예지를 꾸준히 읽는 독자라면 짐작 가는 이가 있을 것이다.

그녀에게선 아직 전화가 없다. 내 답장을 기다리고 있는 걸까? 그러나 어쩐지 마음이 내키지 않는다. 혹시 내가 지금 쓰고 있는 이 글이 발표되기를 기다리고 있는 걸까? 자신의 의심과 상상이 나를 통하여 세상으로 퍼져나가기를 기대한 거였다면 당신 역시 흡혈귀라고, 그녀에게 말해주고 싶다.

사진관 살인사건

살인사건은 왜 일요일에 자주 발생하는 것일까. 실제 통계는 월요일 밤에 가장 많이 발생한다고 하는데, 이상하게도 내 경우엔 일요일 혹은 마침 비번이어서 쉬는 날에 자주 터진다. 집에서 쉬고 있다가 불려나가서 더 기억에 남는 건지도 모르겠다. 어쨌든 그 사건도 일요일에 터졌다. 아내와 함께 교회에 나가 지루한 설교를 듣고 있는데 삐삐가 왔다. 빌어먹을. 과장이었다. 호출기에는 과장의 고유번호 3143과 살인사건 코드 01이 함께 찍혀 있었다. 과장은 그런 식으로 삐삐의 집단호출 기능을 이용해 수사관들을 불러들인다. 강도는 02, 강간은 03. 그 외의 사건은 모두 04다.

　"들어가봐야겠어. 사건이야."

　아내는 돌아보지 않았다. 찬송가가 시작되었고 모두들 한껏 엄숙한 표정으로 입을 모아 노래했다. 나는 아내의 어깨를 한번 잡아주고는 교회를 빠져나왔다. 아내와 나 사이엔 예수라는 남자가 가로막고 서 있었다. 그때부터다. 아내의 몸에서 뭔가가 빠져나간 뒤의 일이다. 어쩔 수 없는 일이다. 예수라는 남자가 너무 매력적이기 때문이다. 그는 끊임없이 죄를 고백하게 만든다. 울고 웃게도 한다. 그건 내가 아내에게 해줄 수 없는 일이다. 예수는 내가 권총으로 위협할 수도 없는 자이다. 물론 내가 총을 겨눈다고 오줌을 지리거나 하지도 않겠지만.

교회 주차장은 만원이었다. 그곳에서 차를 빼내는 건 거의 불가능에 가까웠다. 주차관리를 하는 집사에게 사정을 말하자 그가 핸드브레이크가 풀린 차들을 이리저리 밀어 길을 내주었다. 그 비좁은 길을 곡예하듯 빠져나와 경찰서로 달렸다. 경광등을 올려 달고 액셀러레이터를 냅다 밟았다. 현장상황이 급한 건 아니었다(사람이야 이미 죽지 않는가). 급한 일은 따로 있었다. 살인사건이 발생하면 보고서만 수십 장을 날려야 한다. 우선 시체를 검안하고 간단한 증거를 수집한 후에 재빨리 서로 돌아와 청 상황실로 속보를 보내야 한다. 검찰에도 보내야 하고 국과수로 협조의뢰도 해야 한다. 여하튼 피곤한 일이다. 그저 한 명만 죽어 있기를 바랄 뿐이다. 사람이 두 명이면 보고서도 두 배가 되니까.

과장은 사우나라도 하다 왔는지 얼굴이 벌겋게 상기되어 있다. 비번인데 불러내서 미안하다는 의례적 인사 따위는 서로 잊은 지 오래다.

"빨리 왔네. 현장엔 조형사가 나가 있는데, 살인사건 처음이잖아.

자네 오는 대로 보낸다고 했으니까 우선 현장 나가봐. 별건 아닌 거 같더군. 쿵. 사진관에서 주인 남자가 피살됐다나봐. 거기 관할 파출소에서 현장통제하고 있다니까 소장한테 인수인계받을 거 받고."

주소와 전화번호가 적힌 메모지를 받고 돌아서는데 과장의 말.

"상황파악되는 대로 일단 들어와서 보고서부터 쓰는 거 알지?"

현장에 도착하니 구경꾼들이 파리떼처럼 몰려 있었다. 인원통제 중이던 파출소의 순경이 경례를 했다. 가끔 신기했다. 내 어디가 경찰 같아 보이는 걸까. 어떻게 저렇게 단박에 알아보는 걸까.

"우리 조형사 어딨나?"

"안에 계십니다."

사진관은 평범했다. 입구 간판에는 '17분 완성, EXPRESS'라고 노란 바탕에 검은 글씨로 씌어 있었고 코닥사의 마크가 왼쪽에 붙어 있었다. 시내 어디서나 쉽게 볼 수 있는 작은 사진관이었다. 입구에 길게 놓여 있는 유리진열장엔 필름과 카메라 렌즈, 부속품 등이 구색을 갖추고 있었고 진열장과 평행하게 인조가죽 소파가 놓여 있었다. 사진이 인화되는 동안 고객들이 기다리는 곳. 벽에는 양산을 들고 비키니를 입은 한 여자가 5×7, 8×10 등의 여러 사이즈로 인화된 채 웃고 있었다.

조금 더 안으로 들어가자 조명기구가 있는 넓은 공간이 나왔고 한쪽엔 원탁과 간이의자가 덩그러니 놓여 있었다. 조형사는 그곳에서 감식반과 함께 지문을 뜨고 있었다.

"잘돼가?"

"지문은 많은데요, 쓸 만한 게 있을지는 모르겠어요."

"흉기는?"

"없습니다."

"근처는 수색해봤어?"

"아까 파출소 애들하고 둘러봤는데 별게 없어요."

시체는 바닥에 엎어져 있었다. 뒤통수 쪽에 둔기로 얻어맞은 듯한 상처가 있었다. 상처 주위엔 피가 머리카락과 엉겨붙어 있었다. 나이는 사십대 초반 정도.

"둔기는 들고 가는 일이 별로 없는데."

나는 중얼거리며 주위를 살폈다. 둔기가 될 만한 물건은 없었다. 굳이 있다면 카메라 정도? 그러나 피 묻은 카메라는 없었다. 의자가 두 개쯤 쓰러져 있었고 피살자가 저항한 흔적이 약간 남아 있었다.

조형사는 지문 채취용 파우더를 손에 잔뜩 묻힌 채로 일어서더니 한쪽 구석을 손가락으로 가리켰다. 한 여자가 잔뜩 웅크린 채 간이 의자에 앉아 있었다.

"저 여자가 피살자 부인이랍니다."

"뭐 좀 물어봤어?"

"아뇨, 그럴 짬이 없었습니다."

사건현장의 목격자 혹은 용의자의 최초진술이 중요하다. 그때는 경황이 없기 때문에 자기도 모르게 진실이 나오는 수가 많다.

"저 좀 보실까요?"

여자는 갓 삼십대가 되었거나 많이 보아야 삼십대 중반쯤이었다.

파마기가 없는 단발머리에 곱상한 외모였다. 치정인가?

"어떻게 된 겁니까?"

담배를 피워물며 다짜고짜 질러들어갔다. 여자는 부들부들 떨고 있었다.

"모르겠어요. 시장 갔다와보니까."

"들어왔을 때, 저 상태 그대로 엎어져 있었다는 거예요?"

"예."

"거짓말하시면 큰일나요. 내 말 알아요? 무슨 뜻인지."

여자는 고개를 끄덕였다.

"시장 갔다오신 거 본 사람 있어요?"

여자는 고개를 저었다.

"혹시 시장에서 물건 사고 받은 영수증 같은 것도 없어요?"

여자는 절망적인 표정으로 고개를 저었다.

"좋아요. 그럼 들어왔을 때, 뭐 이상한 낌새 없었어요? 누군가 여기서 나왔다든가, 뭐 그런 거요."

여자는 입을 꼭 다물고 말하지 않았다. 뭔가 깊이 생각하는 낌새였다. 옆으로 다가온 조형사가 책상을 내리치며 큰소리로 윽박질렀다.

"아니, 아무거나 보신 거 있으면 다 말씀을 하시라니까요!"

여자는 쭈뼛거리며 진열장 쪽으로 걸어갔다. 조와 나는 그녀를 따라갔다. 여자는 진열장 위에 놓인 사진 봉투 하나를 집어들었다.

"들어왔을 때, 이게 있었어요."

"이게 어쨌다는 거요?"

여자는 박스를 가리켰다.

"원래 여기 있어야 하는 건데, 이렇게 밖에 나와 있었다는 거예요. 그러니까 이 사진 맡긴 사람이 왔다간 거죠. 들어오면서 이상하다 했어요. 사진을 꺼내놨으면 맡긴 사람이 온 거고 그럼 그 사람이 돈 내고 가져갔을 텐데, 그냥 덩그러니 여기 있는 거예요. 그래서 그걸 물어보려고 안에 들어갔더니 그이가 저렇게."

여자는 끔찍하다는 듯이 얼굴을 가렸다. 나는 장갑을 끼고 봉투 속에서 사진을 꺼내보았다. 꽤 잘 찍은 사진이었다.

"이 사진들도 지문 채취해."

나는 사진 봉투를 증거 수집용 비닐봉투에 집어넣고 봉했다.

"아주머니, 어쨌든 최초 목격자니까 일단 서까지 가셔야 되겠네요. 자, 감식팀 일 다 끝났으면 앰뷸런스 불러서 시체 싣고 현장 폐쇄하고 출발합시다. 조형사, 현장사진은 다 박았지?"

조형사가 카메라를 들어 보였다. 감식팀이 먼저 승합차로 출발했다. 나는 주변을 잠시 살펴본 후, 서로 향했다. 여자는 뒷자리에 조형사와 함께 태웠다.

간단한 보도자료를 만들어 출입기자들한테 뿌리고 상황실로 1차 수사 보고 날리고 검찰과 통화하고. 분주한 시간들이 흘러갔다.

"나머진 나한테 맡기고 저 여자 조서부터 받아."

과장의 지시가 떨어졌다.

"피의자로 받을까요? 참고인으로 받을까요?"

과장이 멀끔 내 얼굴을 바라본다. 그도 판단을 내리지 못한 표정이었다.

"일단 참고인으로 받지. 지문감식 결과, 사망 추정시간 나오면 그때 가서 피신* 받고. 오케이?"

여자를 앉히고 노트북을 부팅시켰다. 윙윙 하드디스크 돌아가는 소리. 이 노트북 속에 아름다운 이야기는 없다. 죽이고 강간하고 훔치고 사기치고. 그런 내용들만 가득하다. 한때는 저것으로 소설을 쓰고 싶던 적이 있기도 했었다. 아주 아름다운 사랑 이야기 말이다. 사치스러운 생각이었다. 이젠 모든 것에 무뎌졌다. 치정살인에도 윤간에도 아무런 느낌이 없다. 그저 하나의 일일 뿐이다. 세탁소 주인이 모피코트를 볼 때나 논술강사가 학생들의 답안을 볼 때와 비슷한, 그저 그런 일상이다.

아내와의 이야기를 쓸 수 있었을까? 글쎄. 이젠 그럴 수 없을 것이다. 글로 쓰기엔 너무 많은 시간이 지나갔다. 그리고 그 이야기를 누가 읽어줄지도 의문이다. 내겐 삶의 전 무게가 걸린 일이었지만 다른 사람에게는 그저 뻔하디뻔한 치정일 뿐이다. 이곳은 세상의 밑바닥이다. 쓰레기하치장이다. 이곳에 들어오면 모든 것이 쓰레기로 변한다. 나는 그 쓰레기들을 치우며 산다. 쓰레기를 치우다보면 모든 게 쓰레기로 보인다. 아름다운 사랑? 그런 건 없다. 정액으로 칠

---

* 피의자 신문조서.

갑한 치정사건이거나 그도 아니면 고등학생의 일기장에나 들어 있을 치기 어린 감상이다.

여자의 주소와 주민등록번호, 직업, 전과사실을 묻고 신문에 들어간다. 이름은 지경희. 직업은 주부. 전과사실은 없다고 한다. 여자는 무엇엔가 불안해하고 있다. 계속 내 질문을 못 알아듣고 있다. 시장에 갔다는 시각도 혼란스럽다. 물론 돌아온 시각도 마찬가지. 이 여자가 범인인가? 그렇지만 이 여자가 흉기도 아닌 둔기로 자기보다 머리통 하나가 더 큰 남편을 살해하기는 좀 어려워 보인다. 다른 남자가 있는 걸까? 그게 가장 설득력 있는 시나리오다.

"혹시 애인 있으세요?"

여자가 고개를 번쩍 든다. 나는 다시 질문을 해본다.

"애인 있으시냐구요."

여자는 천천히 고개를 젓는다.

"거짓말하면 안 되는 거 알죠? 이거 위증죄로 걸려요. 그럼 콩밥이에요."

물론 거짓말이다. 경찰에서 진술한 것에는 위증죄가 성립하지 않는다.

"이거 보세요, 선생님. 알리바이가 없어요. 무슨 말인지 알아요? 시장에 갔다왔다면서 영수증 하나도 안 챙겨오는 주부가 어딨어요? 갔다왔다는 시간도 명확하지 않잖아요. 이러면 선생님이 범인이라는 얘기밖에 안 나와요."

여자는 손을 내저으며 강력하게 항변했다. 제가 안 죽였어요. 제가 왜 죽여요. 죽일 이유가 없어요. 난감한 노릇이었다. 현장에서 둔기도 발견하지 못했으니 설령 알리바이가 없다 해도 기소하는 데는 무리가 있었다. 결정적 증거가 없었다. 몰아붙이는 수밖엔 없었다. 그러지 않으면 남자의 돈 관계나 주변인물 수사로 범위를 넓혀가야 했다.

"그럼 혹시 짐작 가는 사람 없어요? 돈 문제로 남편하고 원한관계가 있다든가, 평소 사이가 나빴던 사람이 있다든가."

여자는 손톱을 물어뜯기 시작했다. 이런 식이면 조서 꾸미다가 밤새우기 십상이었다. 한참을 묵묵히 앉아 있던 여자가 고작 한 말은 이거였다.

"배고파요."

힘이 쭉 빠졌다.

이런 상황에서 배가 고프다니, 어이가 없었지만 막상 듣고 보니 나도 배가 고팠다. 시간을 보니 벌써 오후 여섯시가 훌쩍 넘어 있었다. 할 수 없었다. 밥은 먹여야 했다. 나가면서 조형사를 불러 현장 주변에서 여자에 대한 평판과 소문을 수집하도록 지시했다.

여자는 묵묵히 국밥을 입속으로 떠넣었다. 그러다가 문득, 결연한 표정으로 고개를 들었다.

"형사님, 아까 그 사진 말씀인데요."

여자의 입에서 국밥 국물이 조금 흘러내렸다.

"진열장 위에 있던, 안 찾아간 사진이오?"

"예."

"그게 뭐요?"

"그 사람 같아요."

나는 숟가락을 내려놓았다.

"남잡니까?"

"예."

"자주 오는 남자예요?"

"예, 아주 자주."

"뭐하는 사람인데요?"

"그건 몰라요. 일주일에 한 번은 꼭 와요. 사진을 많이 찍어요."

"그런데요?"

여자의 볼이 붉어졌다.

"절, 그러니까 저를, 좋아하는 것 같았어요."

육개장이 식어가고 있었다. 나는 한 숟가락을 입속으로 퍼넣은 후, 그녀를 채근했다. 계속 말해봐요. 배가 고프다던 여자는 더이상 국밥을 먹지 않았다. 대신 멍한 표정으로 그 남자에 관한 이야기를 주절주절 말하기 시작했다.

여자는 한때 작은 건설회사의 경리였다고 했다. 고등학교를 나와 처음으로 취직한 직장이었으나 별로 흥미는 없었다고 했다. 그럭저 럭 삼 년쯤, 그 직장에서 버티다 다른 직장으로 옮겨봤지만 별반 다 르지 않았다고 했다. 그러다 직장을 그만두었고 연애도 했다. 그렇 지만 남자가 사 년 만에 자기를 차버리고 다른 여자와 결혼을 해버렸다. 그 무렵 유일한 혈육이었던 아버지가 죽었고 여자는 그야말로 홀로 남겨졌다. 그때 지금의 남편을 우연히 사진관에서 만나 그것이 인연이 돼 함께 살게 되었다고 했다. 남편은 결혼에 한 번 실패한 경력이 있었지만 여자에게는 잘 대해주는 편이었고 간단한 사진현상 기술도 가르쳐주었다고 했다. 결혼생활은 별 탈이 없었지만(여자는 여기에서 잠시 주저했다. 그러다가 모든 걸 포기했다는 표정으로), 그 별 탈 없음이 문제였다고 말했다. 남편과의 사이에는 아무런 일도 일어나지 않았다. 아이도 생기지 않았고(그것이 어느 쪽의 문제 때문인지는 말하지 않았다) 사진관의 일이라는 것도 하루종일 네 평짜리 공간에서 다른 사람들이 찍어온 사진을 현상하고 인화해서 돌려주는 게 전부였으니 그녀가 무료했던 것도 이해가 갈 만했다.

처음에야 다른 사람들이 찍은 사진을 보는 재미라도 있었다. 그러나 그것도 한두 번이지, 손님들 사진이래봐야 어디 여행 가서 찍은 뻔한 기념사진이거나 졸업사진, 입학식 광경, 어린애들 노는 사진 따위가 전부였다. 모두가 비슷비슷했고 그녀는 곧 지루해졌다. 작품 사진을 찍는 사람들이야 흑백은 자기가 직접 현상하고 컬러도 충무로 같은 곳에 맡기니까 그녀 손에 들어올 리가 만무했다.

"그래서요? 그게 어쨌다는 겁니까?"

그게 이 사건과 무슨 관계가 있다는 건지 도통 알 수 없었다. 여자는 숟가락을 놓고 휴지로 입가를 닦았다. 그녀는 작고 도톰한 입술을 가졌다. 얼굴선도 갸름했다. 매력이 있었다. 살인사건 현장이나 취조실에서 볼 때와는 또 느낌이 달랐다. 이런 여자와 연애를 할 수 있을까. 나는 뜬금없이 그런 생각을 하고 있었다. 여자의 얘기는 계속되었다.

"그런데 그 남자가 왔어요. 처음엔 그저 무심히 필름 받고 이름 적고 태그 떼어서 건네주고 그랬어요. 그런데 인화를 해보니까 사진이 좋더라구요. 풍경사진이었는데 어디 제주도쯤 되는 것 같았어요. 참 잘 찍었다 싶어서 유심히 보는데 이상한 사진이 한 장 끼어 있는 거예요. 풍경사진이 계속 이어지다가 갑자기 난데없이 사람의 맨발이 하나 찍혀 있는 거예요. 그러곤 다시 그 풍경사진들이 계속되죠. 그러니까 풍경을 계속 찍다가 발을 찍고 그러곤 다시 풍경을 찍었다는 거 아니겠어요?"

여자의 얼굴엔 홍조가 떠올랐다. 그녀의 남편은 오늘 죽었다. 그런데 지금 다른 남자의 얘기를 하면서 얼굴을 붉힌다.

"그래서 사진을 찾으러 왔을 때, 넌지시 물었어요. 발을 뭐하러 찍으셨어요? 남자가 웃더군요. 보셨군요, 하면서요. 그러곤 묻더군요. 가끔 발을 찍고 싶을 때 없어요? 제가 대답했죠. 누가 발 같은 걸 찍겠어요. 인물사진 수백 장 찍어봐야 발 나온 사진은 거의 없을걸요. 실수라면 몰라도."

그건 그랬다. 그런데 그 발이 어쨌단 말인가?

"그게 시작이었어요. 어쩌면 그 사람, 그런 식으로 사진관의 여자들에게 접근하는지도 모르겠어요. 그렇게 슬쩍 눈길을 끄는 사진을 섞어두는 거죠."

"그럴 수도 있겠군요."

여자는 물을 한 모금 마셨다. 그때 내 휴대폰이 요란한 소리를 냈다. 과장이었다. 무슨 밥을 그렇게 오래 먹냐는 질책이었고 나는 곧 돌아가겠다고 말했다.

"들어가야겠네요. 위에서 난리군요."

여자는 휴우, 하고 한숨을 쉬었고 주섬주섬 옷가지를 챙겨 일어났다.

"정말 저를 범인으로 생각하고 계신 거예요? 전 아닌데……"

"저희는 그냥 절차대로 하는 겁니다."

이미 어둠이 짙게 깔려 있었다. 우리는 터덜터덜 걸었다. 여자의 뒷모습, 어딘가 허황해 보였다. 오늘 그녀는 남편을 잃었고(애정이 있었는지는 모르겠지만) 혹시 사진관에 찾아온 남자와 연애를 했었다면 그 남자도 버렸다. 내일 지문감식 결과가 나오면, 그리고 여자의 알리바이가 계속 증명되지 못한다면 여자는 구속기소될지도 모른다. 그후엔 청주여자교도소에서 평생을 보내게 될 게고.

과장에게 다가가 여자가 말해준 남자 얘기를 간략하게 요약해 보고했다. 과장은 일단 그 남자도 수사선상에 올리라고 말했고 우선 여자의 조서를 빨리 꾸미라고 했다. 남자는 곧 불려올 것이었다. 신병이 확보된다면.

"조서 다 꾸미면 귀가시킵니까?"

"그래야지. 아직 참고인인데. 쿵. 일단 귀가시키고 애들 붙여. 귀가 전에 감식반에서 뭐 건지면 잡아두고."

여자는 취조실 의자에 힘없이 앉아 있었다.

"계속하죠."

여자는 깊은숨을 내뱉고 침을 한 번 삼킨 다음 진술을 시작했다.

"아까도 말씀드렸듯이, 남자는 자주 찾아왔어요. 올 때마다 필름을 맡겼죠. 남자의 필름에는 점점 더 이상한 것들이 담겼어요. 발 다음엔 배꼽이 있었구요. 아, 이걸 말씀드려야 하나."

"말씀하세요."

"엉덩이요. 엉덩이도 있었어요. 남자 거요. 사진 잘 찍는 사람이니까 그렇게 추하진 않았어요. 밝은 날 밤의 반달처럼, 그렇게 찍었더라구요."

"그래서 그걸 보고 그 사람한테 뭐라고 말을 하신 적이 있습니까?"

"예."

당돌한 여자였다. 설령 엉덩이가 찍혔더라도 조용히 건네주면 그만 아닌가.

"글쎄, 뭐랄까요. 꼭 저한테 말을 거는 느낌이었어요. 형사님은 모르실 거예요. 하루종일 거기 앉아 있노라면 정말 지루하거든요. 남편은 무뚝뚝한 편이었고 게다가 사진관에 붙어 있는 날이 거의 없었어요."

"어딜 다녔는데요?"

"자기 말로는 기원에 간다고 해요. 바둑을 좋아하긴 하거든요. 그렇지만 기원에 가는 거 같지만은 않았어요. 알 수 없죠. 그 인간이 어딜 돌아다니는지. 어쨌든 전 혼자일 때가 많았어요. 그렇게 앉아서 계속 현상기에 필름이나 밀어넣고 있자니, 정말이지 심심했어요. 그런데 그 남자가 그렇게 말을 걸어오니까, 이런 말 드리기 뭐하지만, 반가웠어요. 고마웠구요. 그래요. 그건 사실이에요. 남편 죽은 날에 이런 얘기나 주절거리다니, 제가 미친년 같죠?"

나는 노트북을 한쪽으로 밀쳐놓고 커피를 마셨다.

"아닙니다. 계속하세요."

"우린 많은 얘기를 했어요."

"엉덩이 얘기요?"

무심결에 말을 내뱉고 나서 나는 아차 싶었다. 여자는 원망스런 눈길로 나를 쏘아보고 있었다.

"하긴 경찰서에서 이런 얘기나 하다니, 헤픈 여자 소리 듣기 딱 좋지요."

"아, 미안해요. 계속하세요."

"남자는 어느 전문대학 강사라고 했어요. 취미로 사진을 배웠다더군요. 부인이 있지만 사진은 돈 많이 드는 취미라고 싫어한댔어요. 어쨌든 남자는 계속 필름을 맡겼어요. 그러더니 하루는 자기 전신누드를 찍어왔더라구요. 괜찮은 몸이었어요. 나는 물끄러미 그 사진을 한참 동안이나 바라봤죠. 이 남자는 무슨 말을 하고 싶은 걸까. 궁금하더라구요. 사실 저하고 자고 싶다면 이렇게까지 할 필요는 없는데 싶은 생각도, 아, 세상에 제가 무슨 말을 하고 있는 거죠. 그냥 생각이 그랬다는 거예요. 그 누드는 뭐 노골적인 건 아니었어요. 몸을 공처럼 웅크린 자세였어요. 그러니 중요한 부분이 보인 건 아니구요. 근데 그걸 보니까 문득 저도 그런 사진을 찍고 싶다는 생각이 드는 거예요. 그런 느낌 있잖아요. 공범이 된 것 같았어요. 남편 몰래 연애편지 교환하는 것 같기도 하고, 그런 거요. 그래서 그 사람 왔을 때 물어봤죠. 누드 찍을 땐 기분이 어떠냐구요. 남자는 웃더군요. 그 사람 웃는 모습이 참 괜찮았어요. 그러면서 말해주더군요. 어릴 적으로 돌아간 느낌도 든다면서, 아주 상쾌하다구요. 찍고 싶으면 말하라더군요. 저는 손을 내저으면서 말도 안 된다고 했죠. 그러자 그 남자는 그냥 쿨하게 가버렸어요."

나는 조금 짜증이 나기 시작했다.

"요점만 말해주세요."

여자는 꿈에서 깨어나는 사람처럼 흠칫 놀라는 기색이었다.

"죄송해요. 제가 너무 주저리주저리 늘어놓지요?"

"빨리 끝내고 가는 게 서로 좋잖아요."

시계를 보았다. 일곱시 삼십분이었다. 여자는 숨을 한 번 크게 들이쉬더니 말을 시작했다.

"그런데 그 남자가 남편과 마주쳤어요. 그 남자는 언제나 남편 없을 때만 골라서 왔었는데 그날은 남편이 어디 나갔다가 들어오는 길이었어요. 이상하죠. 남자들은 아나봐요. 남편은 그 남자를 유심히 봤어요. 느낌이 있었겠죠. 나는 서둘러 사진 봉투를 그 남자에게 건네줬죠. 나중에 남자가 묻더군요. 그 늙은 남자는 누구냐고. 나는 둘러댔죠. 단골이라고. 남자는 반신반의하는 표정이었어요. 그런데 어느 날, 남편이 알게 됐어요. 그 남자가 맡긴 필름을 현상하고 있는데 남편이 들어왔어요. 가서 쉬어. 남편이 저를 밀어내더군요. 제가 하겠다고 앉아 버텼지만 그날따라 남편은 완강했어요. 그날의 필름에 담겨 있던 건……"

"뭐였나요?"

"그건, 저였어요."

"혹시 누드였나요?"

여자는 부끄러워하며 웃었다.

"아아뇨. 그냥, 제 스냅사진이었어요. 제가 사진관에 있는 모습, 슈퍼마켓에 다녀오는 거, 자전거 타는 거, 뭐 그딴 거요."

"그걸 남편이 봤군요."

"예."

"남편이 화를 냈나요?"

"아뇨. 남편은 우울해 보였어요. 술을 퍼마셨고 밤에 잠을 자지 못하더군요. 저는 좀 미안했어요. 어떤 사이냐, 남편이 묻더군요. 아무 사이도 아니라고 했죠. 그냥 나를 짝사랑하는 남자다, 그랬죠."

"그게 전부입니까?"

"그뒤로도 그 남자는 사진관 주위에서 계속 얼쩡거렸지만 안으로 들어오지는 않았어요. 남편이 늘 사진관에서 절 감시하고 있었고, 설령 자리를 비워도 불시에 돌아오는 일이 많았으니까요."

"답답했겠군요."

여자는 고개를 숙였다.

"솔직히, 그랬어요. 남편이 밉긴 했어요. 아, 그렇지만 그렇다고 죽이고 싶을 정도는 아니었어요."

"그럼 아까 압수한 그 사진은 뭡니까?"

"아, 그거 말씀이세요? 그날 아침, 한동안 발을 끊었던 그 남자가 다시 왔어요. 남편이 자리를 비운 사이에 말이에요. 저는 반가우면서도 좀 불안했어요. 남편이 언제 올지 몰랐으니까요. 남자는 필름을 맡기면서 말했어요. 그게 마지막이라구요. 저는 서둘러 필름을 현상기에 밀어넣었죠."

"뭐가 있었나요?"

"역시 풍경사진. 아마 서울역 근처를 찍은 것 같았어요. 그런데 그중 한 장이 칠판에다가 저를 사랑한다고 분필로 적어놓은 걸 찍은 거였어요. 그걸 보려는 순간 남편이 들어왔어요. 남편은 제 손에서 그걸 빼앗았어요. 그리고 화를 내더군요. 그렇게 화내는 건 첨 봤어요. 저는 변명했지만 남편은 믿지 않았어요. 남편이 너무 화를 내기에 사진관을 나온 거였어요. 그러니까 사실 시장에 간 건 아니었지요. 그냥 동네를 이리저리 돌다가 돌아온 거예요. 그랬더니 그사이 남편이 그렇게."

여자는 코를 훌쩍였다. 나는 감식반에 전화를 걸어 압수한 사진을 보내달라고 했다. 의경 하나가 사진 봉투를 들고 뛰어왔다. 나는 한 장 한 장 사진을 꺼내보았다. 비둘기가 떼를 지어 고가 위를 날아가는 사진. 술 마시는 노숙자들, 연기를 뿜으며 출발하는 기차 바퀴 등이 찍혀 있었고 그중 한 장에는 그녀가 말한 대로 돌연 '경희, 사랑해'라고 적힌 칠판이 찍혀 있었다.

"그 남자 이름 알아요?"

여자가 청색 매니큐어의 흔적이 남아 있는 손가락으로 봉투를 가리켰다. 거기엔 그 남자의 이름, 정명식과 전화번호가 적혀 있었다. 과장에게 갔다.

"과장님, 이 친구 좀 불러야 되겠는데요."

"그래? 뭐 용의점이 있어?"

"사건 직전에 피살자가 이 사람 사진을 가지고 부인과 다퉜답니다. 이자가 이상한 사진으로 부인에게 접근했고 최근엔 이 부인 사진을 자주 찍기도 했다는데요."

"일단 신병 확보해. 임의동행으로."

과장의 지시에 따라 형사 넷이 남자의 집으로 급파되었다. 여자는 어딘가 넋이 나간 표정이었다. 그런 여자를 채근해 조서의 나머지 부분을 채웠다. 그러고는 조서를 여자에게 읽힌 후에 매니큐어 칠한 손에 빨간 인주를 찍어 조서에 간인을 하게 했다. 여자는 무기력하게 손을 내게 맡기고 있었다.

"귀가해도 좋습니다. 그렇지만 멀리 가시면 안 됩니다. 가능하면 집에만 계시는 게 좋을 거예요."

여자는 일어나서 나와 과장에게 꾸벅 절을 하더니 밖으로 또각또각 걸어나갔다. 과장은 턱짓으로 김형사에게 지시를 내렸다. 그가 여자를 따라나섰다.

휴식이다. 그 남자가 올 때까지는. 나는 민원실 쪽 벤치로 나가 담배를 피웠다. 어느 경찰서나 민원실은 교통과와 가까이 있다. 자동차로 누군가를 친 사람들과 그의 가족들, 피해자들이 한데 엉켜 초조하게 담배를 피우거나 나름의 법률상식을 자랑스럽게 떠들고 있다. 백이니 천이니 하는 액수들이 껌값처럼 불린다. 그래도 이곳에 오면 어쩐지 마음이 편하다. 여기서는 형사가 아닌 익명의 한 개인으로 존재할 수 있어서인지도 모르겠다.

누가 죽였을까? 그 여자? 아니면 그 여자를 짝사랑했다는 남자? 아니면 제삼의 인물?

삐리릭. 휴대폰이었다. 여자 주변을 탐문하러 내보낸 조형사였다.

"아, 계장님. 접니다. 조민기."

"뭐 잡히는 거 있어?"

"없습니다. 주변 사람들 말로는 그저 조용하게 사진관이나 지키고 있던 여자랍니다."

"남편은?"

"남편은 좀 문제가 있는데요. 근처 다방에 자주 출입했구요. 안마시술소도 심심찮게 들렀구요."

"젊은 마누라 두고 왜 그런 데를 다니지? 그래, 내연녀가 있는 건 아니고?"

"글쎄. 사진관 해서 그럴 능력이 있었겠어요?"

"보험관계 조사해봤어?"

"깨끗해요. 교통상해보험, 연금보험 말고는 없어요."

나는 머리를 긁었다.

"뭐야, 이거."

"저 들어갈까요?"

"일단 들어와서 그 여자 카드관계 뒤져봐."

깨끗하다. 남자는 가끔 성욕을 다른 곳에서 해소하는 정도. 보험에도 들지 않았다. 원한 살 일도 없어 보인다. 그 조그만 사진관 운영해서 사채놀이를 할 수 있는 것도 아니고 또 남의 돈 크게 빌릴 일도 없을 것이다. 그렇다면 남는 가능성은 여자의 남자관계뿐이다. 만약 그렇다 해도 공모한 것 같지는 않다. 그랬다면 여자가 저렇게 순순히 다 불어버릴 리가 없지 않은가.

삐리릭. 과장의 호출이었다. 담배를 던져 끄고 뚜벅뚜벅 사무실로 걸어들어간다. 이럴 때면 어쩐지 내가 피의자가 된 느낌이다. 최근엔 유치장에 창살을 없앴기 때문에 더더욱 그렇다. 오랫동안 그곳에서 지내다보면 갇혀 있는 게 그들이 아니라 나라는 생각까지 든다.

"저 남자야."

과장이 소파에 앉혀놓은 남자를 가리키며 말했다.

"저 남자까지만 맡아."

남자를 내 책상으로 데리고 왔다. 이름, 주민등록번호, 주소, 직업 적고 신문에 들어갔다. 남자는 말쑥한 회색 슈트에 목까지 올라오는 터틀넥 스웨터를 입고 있었다. 전체적으로 단정한 지식인 스타일이었다. 악수를 하며 팔힘을 재어보았지만 그리 강해 보이지는 않았다. 평생 운동과는 별 관련 없이 살아왔을 사람이었다.

남자는 항의한다.

"전 아무 짓도 안 했습니다. 제가 왜 여기서 신문을 받아야 됩니까?"

"밤늦게 오시라고 해서 죄송합니다. 몇 가지만 확인하면 끝납니다. 참, 본격적으로 참고인 조서 작성하기 전에 몇 가지만 물어보고 시작합시다. 영신포토라고 알지요?"

"예."

"거기 사장 죽은 것도 알지요?"

"예, 오면서 들었어요. 그런데 그게 저와 무슨 상관입니까?"

"여주인이 있었죠?"

"예."

"잘 안다고 하던데?"

"잘 알기는요. 그냥 사진 뽑으러 갈 때 말 몇 마디 나눈 죄밖엔 없어요."

"그래요? 여자 말로는 선생이 이상한 사진을 찍어서 자기에게 줬다던데."

"이상한 사진이라뇨?"

"예를 들면 선생 누드라든가, 뭐 그런 거요."

남자의 얼굴이 일그러졌다.

"자기 누드를 찍는 게 불법인가요?"

"아니죠."

"그런데 뭐가 문제죠?"

"그 여자 사진도 찍었다고 하던데?"

"그건 그 여자가 찍어달라면서 필름을 주길래 몇 장 찍어준 거뿐이에요. 그것도 잘못인가요?"

나는 책상 서랍 속에서 사진 봉투를 꺼냈다. 그중에서 '경희, 사랑해'를 찍은 사진을 꺼내 남자에게 제시했다.

"이 사진 당신이 찍은 거죠? 아, 만지지는 말고 그냥 보세요."

남자는 엉거주춤한 자세로 사진을 들여다보더니 푹, 웃음을 터뜨렸다.

"이건 제 아들놈 거예요. 초등학교 일학년 아들놈이 지 짝을 좋아해요. 하루는 절 데리고 학교에 가더니 그걸 쓰고는 찍어달라는 거예요. 적어서 여자애 주겠다는 거였죠. 글씨 보세요. 영락없는 어린애 글씨잖아요."

듣고 보니 그런 것도 같았다.

"사진관 여자 이름이 경희인 건 알고 계셨어요?"

"예?"

남자는 놀란, 아니 그보다는 혼란스런 기색이었다. 잠시 그러더니 힘차게 머리를 저어댔다.

"아뇨, 알 리가 있나요. 알 필요도 없구요. 그 여자야 제 이름을 알겠지만 저야 알 필요가 없죠. 그냥 사진 맡기고 찾아가고, 그러면 되는 거죠."

나는 책상 고무판 위에 던져져 있는, '경희, 사랑해'라는 하얀 글자를 한동안 바라보았다.

"잘 보세요. 명색이 사진가인 제가, 그것도 나이가 서른이 넘어서 이런 유치한 짓을 하겠습니까? 사랑을 고백할 사진이라면 이런 식으로는 안 찍습니다."

이걸 조서로 꾸며야 하나. 난감했다. 이자의 아들을 불러 대질이라도 시켜야 하나. 이 얼마나 우스꽝스런 짓인가. 너 이거 네 짝꿍 주려고 아빠보고 찍어달라고 한 거니? 이런 질문을 던져야 한단 말인가. 또 설령 그애의 진술을 받는다 해도 증거능력이 없지 않은가. 아니면 그애 담임한테 전화해서 경희라는 애가 있냐고 물어야 하나. 만약 이 남자 말이 사실이라면, 그럼 그 여자가 거짓말을 하고 있다는 건데.

"사진관 주인 남자 본 적 있어요?"

"있습니다."

"둘이 싸운 적 있어요?"

"아, 그 여자 찍어준 것 때문에 남편이 절 좀 꺼려한다는 얘기는 들었습니다. 괜히 오해 살 것 같아서 그뒤론 그 가게에 잘 가지 않았어요. 그것 말고 직접 부딪친 적은 없습니다."

나는 노트북을 내 앞으로 가져다놓았다. 남자의 얼굴에 긴장의 빛이 떠올랐다. 피조사자들의 일관된 반응이다. 나에게만 보이고 상대방에게는 보이지 않는 것들은 사람을 불편하게 만든다. 이것이 형사의 노트북과 사진기의 공통점이다. 어쩌면 나도 이렇게 사진을 찍는 건지도 모른다. 증명사진 찍듯이 앉혀놓고, 팍!

조서엔 인간들의 다양한 표정이 담겨 있다. 그들은 무심히 흘려보낸 삶의 한 단면을 드러내야 한다. 그날 당신은 뭘 했습니까? 누구와

술을 마셨습니까? 왜 마셨습니까? 몇시까지 마셨습니까? 술값은 누가 냈습니까? 사람들은 기억해야 한다. 기억하지 못하면 끝장이다. 그리하여, 찰칵.

"자, 시작합시다."

나는 조서에 필수적인 몇 가지 사항을 쳐넣기 시작했다. 그리고 남자의 알리바이를 집중적으로 추궁한다. 남자는 사망 추정시간에 학교에 있었다고 했다. 강의는 없었지만 도서관에서 자료를 찾았다고 했다.

"전자출입증인가요?"

"예, 아마 도서관에 조회해보시면 제 출입기록이 나올 거예요."

"그것만으로는 충분한 알리바이가 안 됩니다. 다른 사람에게 빌려줬을 수도 있으니까요. 혹시 도서관에서 만난 사람 없어요?"

"아, 있습니다."

남자의 표정이 밝아졌다.

"거기서 조교를 만났고 선배 강사들도 봤습니다. 함께 흡연실로 내려가 커피를 마셨거든요."

그 사람들의 이름과 과를 적었다.

"그럼 사건 당일에는 그 사진관에 간 적이 없다는 말이죠?"

"예, 그렇다니까요."

일단 이걸로 끝이다. 남자의 무인을 받았다. 남자는 홀가분한 표정으로 자리에서 일어났다.

"아, 잠깐요."

남자는 나가려다가 흠칫 놀라 뒤를 돌아다보았다. 나는 과장에게 신문조서를 넘겨주고 남자를 따라나섰다.

"커피 한잔하시죠."

남자는 떨떠름한 표정으로 나를 따라 민원실 쪽으로 나왔다.

"앉으세요."

남자는 내가 뽑아다준 자판기 커피를 받아들었다.

"그 여자, 지경희 말인데요."

나는 뜨거운 커피를 후후 불어 식히다가 남자 쪽으로 시선을 주지 않고 질문을 던졌다.

"그 여자 어때요?"

"어떠냐니요?"

"그냥 느낌 말입니다."

남자는 좀 골똘히 생각하더니 종이컵에서 입을 뗐다.

"그건 왜 물으시죠?"

남자를 찔러보기로 했다.

"여자는 당신을 의심하고 있어요. 그래서 당신이 불려온 겁니다. 여자는 당신이 자기를 좋아해서 남편과 다퉜고 그래서 죽였다고 생각하고 있거든요."

커피를 목으로 넘기며 남자의 눈치를 슬쩍 살폈다. 당황하는 기색이 역력했다.

"이제야 말씀드리는 거지만, 그 여자야말로 좀 이상했어요. 사실 아까는 조사받느라 말씀드리기가 뭐했는데요. 이제 알리바이도 증명되고 했으니 솔직히 말씀드릴게요. 처음에 그 가게 다닐 때는 여자 혼자 있었어요. 그 여자 얼굴 반반하잖아요? 분위기도 있었어요. 어딘가 외로워 보이기도 했구요. 그 여자가 제 사진을 좋아해서 몇 번 이야기를 나눈 적도 있어요. 여자는 사진에 대해선 잘 모르는 눈치였어요. 그냥 속성인화 기술만 남편한테 배워서 하는 것 같았어요. 가끔 제가 찍은 셀프 누드에 관심을 보이기도 했어요. 이런 건 어떻게 찍는 거예요? 하면서요. 글쎄. 형사님도 아시겠지만 남자들은 그럴 때, 좀 흔들리잖아요. 뭐 기분이 나쁘진 않았어요. 거기까진 좋았죠. 그런데 날이 갈수록 그 여자가 점점 심해졌어요. 나중엔 노골적으로 자기를 찍어달라는 거였어요."

남자는 그 순간 조금 망설였다.

"계속하세요."

나는 남은 커피를 홀짝 들이켰다.

"어느 날, 그 여자가 이러는 거예요. 남편은 제사가 있어서 지방에 내려갔다면서 자기를 찍어달래요. 이건 좀 노골적이잖아요. 전 안 된다고 했죠. 여자는 막무가내였어요. 사진관 셔터를 내리고 문을 걸어 잠갔어요. 글쎄, 그렇게까지 하니까 좀 욕심이 생기더라구요. 사실 가끔 동호인들끼리 돈을 모아서 모델을 사기도 하지만 그건 드문 일이고. 여자가 살집도 적당히 있는 게 광선 잘 받게 생겼더라구요. 그래서 에라 모르겠다 싶어서, 거기 증명사진 찍는 데 있죠? 거기서 조명 때리고 찍었죠. 많이는 못 찍었어요. 한 통쯤 찍었을래나."

"그 필름 가지고 있어요?"

"아뇨, 그 여자가 가지고 있어요. 그게 내심 불안하긴 했어요. 그래서 언젠가는 그 여자 만나서 그 필름 달라고 하려고 했거든요. 아니면 없애버리든가."

남자는 머리를 감싸쥐었다.

"누드라 이거죠?"

"예."

"흠."

남자는 멍하니 앉아 있었다.

"혹시 다른 일은 없었어요?"

"다른 일이라뇨?"

"잤다든지."

남자는 펄쩍 뛰었다.

"왜 이러십니까. 저도 가정이 있는데요. 그냥 그게 끝이었어요. 사진 찍고 나니까 여자가 한참을 멍하니 앉아 있긴 했어요. 그러더니, 더 찍어줘요, 하더군요. 그래서 제가 안 된다고 했죠. 동네가 빤해서 사실 불안했거든요."

어디까지가 사실일까. 교통사고 처리를 마친 팀들이 승합차를 타고 교통과로 들어가고 있었다. 피로한 모습들. 그들은 날이면 날마다 감자처럼 으깨진 자동차와 사람 들을 만나며 산다. 스키드마크의 길이를 재고 악다구니를 질러대는 당사자들의 변명을 들어야 한다. 그런 일에 비한다면 살인사건은 깔끔하다. 일단 한쪽은 조용하니까.

남자는 종이컵을 쓰레기통에 던지고 꾸벅 인사를 한 후, 경찰서

밖을 향해 걸어갔다. 남자의 뒷모습엔 숨길 수 없는 뭔가가 있다. 어쩌면 저 남자는 안도하고 있을 것이다. 그 여자와 몸을 섞지 않은 것에 대해. 아니면 후회하고 있을 것이다. 그때 왜 그렇게 쉽게 그 여자의 유혹에 넘어갔던가를. 그런 것들이 뒤섞여 남자의 뒷모습은 황량했다. 하긴 그러는 내 뒷모습은 얼마나 다를 것인가.

집으로 전화를 했다. 아내는 자고 있었다.

"오늘도 늦어요?"

"막 끝났어."

"종결됐어요?"

경찰관 마누라 생활 십 년에 아내도 경찰이 다 되었다.

"아니, 내일 감식결과 나와봐야지. 내가 맡은 조서는 다 꾸몄어."

"어서 들어와요."

아내의 남자. 그에게 권총을 들이대고 죽여버리겠다고 위협을 했었지. 그 남자는 오줌을 쌌다. 흥건하게. 그리고 내 무릎을 잡고 빌었다. 아내는 넋이 나갔는지 장롱 구석에 틀어박혀 내가 하는 짓을 물끄러미 바라보고 있었다. 그때 뭔가가 아내에게서 이탈했다. 그뒤론 다른 사람이다. 아내는 남자가 오줌을 지린 이불을 욕조에 넣고 발로 밟아 빨았다. 갖다 버려. 내가 소리를 질렀지만 아내는 대꾸하지 않았다. 아내는 이십 분이나 그 이불을 밟고 있었다. 이불을 다 빨아 널고 나서 아내는 병원으로 가서 아이를 지웠다. 내 아이가 아니라는 걸 아내는 알고 있었던 것이다. 그게 아내에게는 유일한 임신 경험이 되었다. 그후 나는 무정자증이라는 진단을 받았다. 아내는 그

뒤 예수를 사랑하기 시작했다.

다 젊을 때 얘기다. 이제는 혹여 아내에게 다른 남자가 생겨도 그렇게 날뛸 수는 없을 것 같다. 그렇다고 그냥 보내버릴 수 있을까. 알 수 없다. 어쨌든 권총 들고 러시안룰렛을 하자고 설치지는 않을 것이다. 그건 확실하다.

다음날, 정명식의 알리바이를 확인했다. 그의 선배와 조교 들은 그가 도서관에 있었음을 증명해주었다. 지경희를 다시 불렀다. 여자는 전날보다 훨씬 초조한 기색이었다.

"정명식하고 누드를 찍었다면서요?"

여자는 얼굴을 붉혔다. 그러더니 어깨를 들썩이기 시작했다.

"울지 마시고 묻는 말에만 대답하세요."

잔인한가. 그렇지 않다. 개인적인 삶이란 없다. 우리의 모든 은밀한 욕망들은 늘 공적인 영역으로 튀어나올 준비가 되어 있다. 호리병에 갇힌 요괴처럼, 마개만 따주면 모든 것을 해줄 것처럼 속삭여대지만 일단 세상 밖으로 나오면 거대한 괴물이 되어 우리를 덮치는 것이다. 그들이 묻는다. 이봐. 누가 나를 이 호리병에 넣었지? 그건 바로 인간이야. 나를 꺼내준 너도 인간. 그러니까 나는 너를 잡아먹어야 되겠어.

여자는 고개를 끄덕인다.

"어젠 왜 그 얘기 안 했어요? 그냥 스냅이라고 했잖아요."

"그걸 꼭 말해야 하는 건가요?"

여자는 물기에 젖은 눈으로 나를 쏘아보았다. 나는 조금 움찔했다. 그래도 나는 조금 더 몰아붙인다.

"이거 보세요. 어제 아주머니 남편이 죽었어요. 뒤통수가 깨져서요. 그러니까 관련이 있든 없든 남편과 관계될 수 있는 건 다 말씀하시라구요."

여자는 입술을 깨물었다.

"찍었어요. 네, 아주 많이 찍었어요. 찍고 찍고 또 찍었어요. 엎드려서도 찍고 가랑이를 벌리고도 찍었어요. 그래요, 이제 됐어요?"

여자가 갑자기 소리를 쳤다. 강력계 안이 일순 조용해졌다. 모두들 하던 일을 멈추고 나와 여자를 바라보았다.

"어이, 일들 해. 신경 *끄고.*"

나는 회전의자를 돌려 일갈하고는 다시 여자 쪽으로 돌아앉았다.

"좋아요. '경희, 사랑해'라는 사진 말인데요. 그 남자 말로는 그게 자기 아들이 찍어달라고 해서 그 학교에 가서 찍은 거라더군요. 그리고 그 누드사진도 먼저 찍어달라고 하셨다면서요?"

여자가 고개를 들었다.

"정선생님이 그래요?"

여자의 어깨가 쑥 내려갔다.

"예."

"그분이 그렇다면 그런 거겠죠."

여자는 고개를 숙였고 더이상 말이 없었다.

"그게 무슨 말이에요? 아니, 어떻게 된 거냐니까요?"

"어떻게 된 거냐니요? 그냥 그런 거예요. 형사님. 생각해보세요. 형사님이 어떤 여자에게서 꽃을 받았어요. 그럼 형사님은 그 여자가 자기를 좋아한다고 생각하는 게 당연하지 않아요? 그런데 그 여자가 와서는, 꽃이 잘못 배달됐다고 하는 거예요. 아니면 돈이 남아돌아서, 심심해서, 그도 아니면 꽃집을 하는데 꽃이 남아서, 두면 상해버릴 것 같아 보냈노라고 한다면, 그냥 그런 거예요. 그게 진실인 거예요. 꽃 받은 형사님만 바보 되는 거죠. 안 그래요?"

"좋아요. 다른 얘기 합시다. 그날 정명식이는 사진관에 온 적이 없다더군요. 아침에 확인해보니 알리바이도 확실하고."

여자는 한숨을 쉬었다.

"다행이네요."

"뭐가 다행이에요?"

"정선생님이 안 죽였다니 다행이죠."

말은 그렇게 했지만 여자의 얼굴 한구석엔 쓸쓸한 기색이 스쳐 지나갔다. 여자는 안도하면서 동시에 서운해하는 것 같았다. 여자들은 한 번쯤은 바라는 것일까. 어떤 남자가 자기를 위해 남편을 죽여주기를, 목숨을 걸어주기를.

아서라, 그런 일은 일어나지 않는다. 일어난다 해도 그건 추문이다. 그 흔하디흔한 치정살인. 신문의 사회면을 장식하는 추잡한 거래로 환원될 뿐이다. 인간의 삶이란 그렇게 드라마틱하게 설계되어 있지 않은 것이다.

과장의 책상 위로 전화 서너 개가 동시에 요란하게 울려댄다. 과장은 그 모두를 몇 초 간격으로 집어들고 동시에 통화할 수 있는 능력이 있다. 뭔가를 조용하게 속삭이던 과장이 내게로 다가왔다.

"어이, 나 좀 봐. 쿵."

과장은 창가로 나를 데려갔다.

"저 여자, 귀가시켜."

"왜요?"

"오늘 아침에 사진관 근처에 차 대놓고 자던 놈, 불심검문을 했는데, 우리 조형사가 말이야. 트렁크에서 피 묻은 야구방망이가 나왔어. 혈액형도 일치해. 감식결과 나왔는데 사진관 진열장에서 그놈 지문도 나왔다. 폭력 전과 4범이라더군. 자백만 받으면 돼. 조형사가 데리고 들어올 거야. 지금 출발했대."

"왜 죽였답니까?"

"조사해봐야지."

나는 내 자리로 돌아와 노트북을 접고 손깍지를 낀 채로 여자를 물끄러미 바라보았다. 여자 역시 물기가 채 마르지 않은 눈으로 나를 빤히 바라보았다.

"용의자가 잡혔습니다."

여자는 표정의 변화가 없었다.

"정선생님은 아니죠?"

"아닙니다."

여자는 핸드백에서 거울을 꺼내 자기의 얼굴을 들여다보았다.

"가셔도 좋습니다."

여자는 화장을 고친 후, 자리에서 일어났다. 약간 휘청거리더니 입구를 찾아 두리번거렸다. 나는 자리에서 일어나 그녀를 안내해주었다. 들어온 길을 찾지 못하는 여자. 그녀의 습관인지도 몰라. 내가 왜 여기에 있는 거지. 도대체 어디로 들어온 거지. 어떻게 나가야 하는 거지. 그녀는 늘 그렇게 물으며 살아왔는지 모른다. 현관 앞에서 그녀를 배웅했다. 뭔가 말을 해주어야 하는 건 아니었을까. 내 잘못이 아니었다고. 그 얘기를 먼저 꺼낸 건 당신이었다고. 당신의 누드와 관련한 어떤 얘기도 내 관심사항이 아니었노라고. 여자는 말할 틈을 주지 않고 떠났다. 하지만 다행인지도 몰랐다. 그런 변명은 피차 피곤하니까.

용의자가 수갑을 찬 채로 끌려왔고 조형사가 신문을 맡았다. 과장과 내가 번갈아가며 함께 신문했고 용의자는 약간 저항했지만 증거들이 쏟아져나오자 쉽게 자백했다. 그는 사진관 남자가 자주 가던 다방 종업원의 애인이었다. 출감한 후, 둘의 관계를 알게 되었고 기회를 엿보다가 사진관 여자가 자리를 비운 사이 사진관에 들어가 겁을 주려던 것이 흥분하여 그만 죽이게 되었노라고 말했다.

겨우 이런 거였나. 나는 미궁에 들어갔다 나온 것처럼 혼란스러웠다. 과장에게 집에 들어가 쉬겠노라고 말했다. 천천히 집으로 차를 몰아오다가 횡단보도 앞에 정차하게 되었다. 그곳에서 갑자기 충동적으로 차를 돌려 사건현장으로 향했다. 사진관은 셔터가 올라가 있었고 희미하게 여자의 윤곽이 드러났다. 나는 한참 동안을 차 안에서 사진관의 동정을 살펴보았다. 한 시간 후, 정명식이 나타났다. 그는 주춤주춤 사진관 안으로 들어갔다. 그를 보자 여자가 풀썩 자리에 주저앉았고 우는 것 같았다. 정명식이 그녀의 어깨를 감쌌다. 잠시 후, 그가 사진관 밖으로 나와 갈고리로 셔터를 끌어내렸다. 그러고는 상가 쪽 뒷문으로 돌아가 사진관 안으로 들어갔다. 나는 담배를 피워물었다. 그러고는 휴대폰으로 정명식의 아이가 다니고 있다는 학교에 전화를 걸어 담임을 찾았다. 한참 후에야 전화가 연결되었다.

담임 선생님은 여자였다. 나는 물었다. 그 반에 혹시 경희라는 여자아이가 있습니까? 담임은 의아한 목소리로 그런 아이는 없다고 말해주었다. 요즘엔 그런 이름 잘 안 써요. 새롬이, 하나, 한별이, 초롱이. 이런 이름이 많아요. 나는 알았다, 고맙다고 말하고 전화를 끊었다. 차를 몰아 집으로 향했다. 아내가 힘없는 목소리로 나의 귀가를 반겨주었다. 자리에 누웠다. 아내가 옆에 앉아 과일을 깎았다. 나는 아내의 발을 잡았다. 붙어먹던 놈의 오줌, 그 오줌에 젖은 이불, 그 이불을 죽어라 밟아 빨아대던 그녀의 발, 그 발을 꼭 잡았다. 아내는 내 손아귀에 붙잡힌 발을 빼내려 애썼다. 아이, 좀. 그렇게 버둥거리다가 그만 아내 손에 들린 과도가 내 팔뚝을 스쳤다. 금세 뺄건 줄이 가면서 피가 흘렀다. 아내는 눈을 흘기며 소독약을 가져다 내 팔에 발라주었다. 그러는 사이 나는 잠이 들었다. 꿈속의 나는 과일이 되어 아내에게 껍질이 벗겨지고 있었다. 행복한 꿈이었다.

엘리베이터에 낀 그 남자는 어떻게 되었나

살다보면 이상한 날이 있다. 그런 날은 아침부터 어쩐지 모든 일이 뒤틀려간다는 느낌이 든다. 그리고 하루종일 평생 한 번 일어날까 말까 한 일들이 마치 기다리고 있었다는 듯 하나씩 하나씩 찾아온다. 내겐 오늘이 그랬다.

아침에 면도를 하는데 면도기가 부러졌다. 별로 힘도 주지 않았는데 목이 툭, 하고 꺾여버렸다. 싸구려 일회용 면도기였느냐고? 물론 아니다. 질레트사에서 최근에 내놓은, 값이 거의 육천원에 육박하는 제품이다. 튼튼하기가 이를 데 없고 누군가 일부러 부러뜨리려야 부러뜨릴 수 없는 것인데, 사용한 지 불과 한 달 만에 이렇게 되어버린 것이다.

면도기가 부러지는 바람에 수염은 반밖에 깎을 수 없었다. 왼쪽 얼굴은 말끔, 오른쪽 얼굴은 그 반대였다. 이런 우스꽝스런 모습으로 출근을 해야 하다니. 나는 기분을 잡쳐버렸다. 시계를 보았다. 일곱시 사십분. 여유가 없었다. 머리를 말리고 옷을 걸치고 집을 나가 엘리베이터를 기다렸다. 아무리 기다려도 엘리베이터는 오지 않았다. 고장이라도 난 모양이었다. 다시 시계를 보았다. 일곱시 오십오분. 나는 십오층에서 일층을 향해 달려내려갔다. 오층을 지나가면서 보니 엘리베이터는 문이 열린 채로 육층과 오층 사이에 걸쳐 있었고 엘리베이터 아래로 사람의 다리 두 개가 대롱거리고 있었다. 한쪽 발은 신발이 벗겨져 있었다. 죽었을까 살았을까. 잠깐 멈춰서 있는 사이 사람들이 바삐 나를 밀치고 아래층으로 내려갔다. 말끔하게 차려입은 그들은 출근중이었다. 사람이 엘리베이터에 끼여 죽었는지 살았는지도 모르는데 저렇게 무심히 지나치다니. 하지만 나 역시 할 수 있는 일은 별로 없었다. 시계를 보았다. 여덟시 정각. 이크. 나는 슬쩍 아래층 쪽을 내려다보면서 갈등했다. 할 수 없군. 나는 신발이 벗겨진 발을 살짝 당겨보았다(발은 내 얼굴 높이에 있었다). 여보세요. 발가락이 꿈틀거렸다. 말이라고 할 수 없는 신음도 흘러나왔다. 살아 있는 모양이었다. 하지만 그를 구해낼 힘도 시간도 없었다. 이거 봐요. 어쩌다 엘리베이터에 끼였는지는 모르겠지만 내가 출근하면서 119에 신고해줄게요. 아니면 경비에게 말해줄 테니 조금만 기다리세요.

나는 한달음에 일층까지 내려왔다. 경비실 창문에는 '순찰중'이라는 팻말이 걸려 있었다. 바깥을 둘러봤지만 경비의 모습은 보이지 않았다. 할 수 없군. 나는 버스정류장까지 달려갔다. 버스는 오지 않왔다. 나는 옆에 서서 버스를 기다리고 있는 남자에게 물었다. 혹시 핸드폰 있습니까? 누가 엘리베이터에 끼여서 119에 신고를 해줘야 하거든요. 남자는 별 시답잖은 놈도 다 보겠다는 기색으로 힐끔거리더니만, 핸드폰 없어요, 라며 차갑게 내뱉고는 고개를 버스 오는 방향으로 돌려버렸다. 뒤에 서 있는 여자에게서도 비슷한 반응이 돌아왔다.

저기 공중전화 있잖아요. 여자는 손가락이 아령이라도 되는 듯이 힘겹게 들어 길 건너편의 공중전화를 가리켰다. 나는 사정을 설명했다. 제가 저기 가 있는 사이에 버스라도 오면 어떻게 해요? 저희 부장님이 아주 성질이 드러워서 지각하면 죽음이거든요. 그리고 엘리베이터에 낀 사람 생각 좀 해주세요. 얼마나 아프겠습니까? 여자는 기가 차다는 듯이 입가를 비틀며 웃더니 마침 도착한 버스에 올라타버렸다. 핸드폰을 사든지 해야지 원. 나는 핸드폰을 사지 않은 것을 처음으로 후회했다. 그때 내가 타야 할 버스가 왔고 나는 사람들 사이에 끼여서 버스 위로 밀려올라갔다. 버스카드를 제시하려고 뒷주머니를 만지니, 이런, 지갑이 없었다. 기사는 짜증을 내며 현금을 내라고 했고 나는 지갑을 안 가지고 와서 그것마저 낼 수 없노라고 말했다. 그럼 내리라며 기사는 짜증을 냈다. 내 뒤에 섰던 사람들은 한 번씩 나를 힐끔거리며 내 옆구리 사이로 버스카드를 판독기에 대고 지나가버렸다. 나는 기사에게 사정을 했다. 내일 두 번 찍을게요. 그럼 되잖아요. 그때 덤프트럭이 휘청거리며 중앙선을 넘더니 그대로 내가 타고 있는 버스의 정면으로 돌진해왔다. 기사는 나에게 짜증을 내고 있느라 미처 그것을 보지 못했고 설령 봤다 하더라도 뭐 별 도리는 없었을 것이다. 그 만원버스에서 앞을 보고 있는 사람이라면 기사에게 통사정하고 있던 나밖에 없었으니까. (그것만은 오늘 있었던 일 중에서 운수 좋은 일이었다.) 나는, 어어어, 하면서 필사적으로 뒤로 몸을 빼며 웅크렸고 트럭의 머리는 그대로 버스의 앞면과 충돌해버렸다. 사람들이 일제히 내 위를 덮었고 비명소리와 신음소리가 뒤섞여버렸다. 나는 이제 더이상 버스카드 일로 추궁당하지 않게 된 것이 적이 기뻤다. 한차례 충격파가 휩쓸고 간 후에 사람들은 여기저기서 몸을 일으키기 시작했다. 버스의 앞쪽은 판독기까지 트럭이 밀고 들어오는 바람에 박살이 났고 운전사의 가슴은 트럭의 백미러가 누르고 있었다. 다행히 나는 허리가 좀 뻐근한 것만 빼면 별다른 상처가 없는 듯했다. 충격에서 헤어난 사람들은 너도나도 핸드폰을 꺼내기 시작했다. 조금 전 나에게 핸드폰이 없노라던 남자도 예외는 아니었다. 버스 안은 온통 119와 가족, 그리고 회사에 전화하는 소리로 가득차버렸다. 엄마, 나야. 나 버스 탔는데 사고났어. 응, 난 괜찮아. 근데 버스는 완전히 박살났어. 거기 119죠? 여기 삼동아파트 앞길인데 88번 버스가 뭐하고 부딪쳤나봐요. 빨리 와주세요. 아, 부장님. 저 이대린데요. 지금 저희 집 앞인데 타고 가던 버스가 트럭하고 부딪쳤습니다. 예. 기사는 죽은 것 같구요. 저요? 저도 지금 사람들한테 깔리는 바람에 허리가 좀…… 예. 그 일은 박대리가 잘 알 겁니다. 나는 전화를 마친 사람에게 핸드폰을 좀 빌려달라고 했다. 하지만 그는 걸 데가 있다면서 빌려주지 않았다. 사람들은

가족, 회사, 친구, 심지어 교통방송에까지 걸었다. 이어 사이렌소리
가 울리면서 소방차가 도착했다. 그들은, 비켜주세요, 라고 하면서
해머로 버스의 유리창을 부수어버렸다. 사람들은 너도나도 그 유리
창으로 뛰어내렸다. 나도 그들을 따라 유리창으로 탈출했다. 구급대
원들은 사람들의 상태를 일일이 체크하고 있었다. 한 대원이 나에게
괜찮냐고 묻기에 나는 엘리베이터 이야기를 꺼냈다. 제 아파트 엘리
베이터에 사람이 끼였습니다. 빨리 가셔야 할 것 같은데요. 아까부
터 신고하려고 했는데 핸드폰이 없어서요. 사람들이 아무도 안 빌려
주더라구요. 내가 얘기를 끝냈을 때, 소방대원은 이미 다른 사람을
돌보러 떠난 후였다. 혹시 119는 전화로 신고해야만 출동하는 조직
인가. 어쩌면 그게 더 신빙성이 있을지 몰라. 교통사고 현장에서 엘
리베이터 사고를 신고한다면 누가 믿겠느냐 이거야. 나는 아픈 허리
를 짚으며 건너편 공중전화로 걸어갔다. 투명문을 밀고 들어가보니
카드전화기였다. 지갑이 없지 않은가. 나는 다시 공중전화부스를 나
와 사고 구경을 하는 사람들에게 전화카드를 빌려달라고 했다. 카
드 좀 빌려주세요. 한 중년 여성은 대뜸, 어디에 걸 거냐고, 혹시 119
에 할 거면 벌써 왔으니까 안 해도 된다고. 지난번엔 누굴 빌려줬더
니만 핸드폰에다 거는 바람에 삼천원어치나 해버렸다고. 요즘엔 그
런 나쁜 놈들이 많다고, 말할 틈도 주지 않고 떠들어댔다. 나는 119
에 할 거라고 했다. 하지만 이 사고 때문이 아니라 엘리베이터에 사
람이 끼여서 그렇다고 말했다. 여자는, 한심하다는 듯이, 119나 112
같은 긴급전화는 전화카드 없이도 된다고 말했다. 나는 다시 전화부

스에 들어가 119를 눌렀지만 아무 발신음도 들리지 않았다. 그제야 나는 전화기 앞에 끼워져 있는 하얀 양철 조각에 씌어 있는 글자를 읽을 수 있었다. 고장 수리중.

　　그때 경찰차가 도착했고 경찰은 목격자를 찾았다. 함께 버스에 탔던 사람들이 일제히 나를 지목했다. 저 사람이 맨 앞에 있었어요. 버스카드도 없이 타는 바람에 기사하고 실랑이를 벌였거든요. 저 사람만 아니었어도 이 사고는 안 일어났을지도 몰라요. 기사가 저 사람하고 싸우느라고 출발하지 못하고 있었거든요. 제복을 입은 경찰관 두 명이 내게 다가왔다. 경찰은 물었다. 아저씨, 사고나는 거 보셨죠? 나는 대답했다. 아, 네. 보기는 봤는데, 저 그것보다 급한 일이 있거든요. 저 오늘 아침에 회사에서 프레젠테이션을 해야 되구요. 것보다 더 급한 건 우리 아파트 엘리베이터에 사람이 끼였다는 거예요. 오층하고 육층 사이에 꼈는데 빨리 가보셔야 할 것 같은데요. 정말이라구요. 경찰은 내게 눈길도 주지 않고 수첩을 폈다. 묻는 말에만 대답해주세요. 사고난 거 보셨어요? 봤다니까요. 트럭이 중앙선을 넘더니 그냥 버스 정면으로 돌진했다니까요. 근데 그게 급한 게 아니고 엘리베이터에 사람이 끼여 있다니까요. 옆에 서 있던 경찰이 참다못해 끼어들었다. 엘리베이터에 사람이 낀 게 언제예요? 그러니까 아까 일곱시 오십분쯤이오. 나는 시계를 보았다. 시간은 벌써 여덟시 이십분에 가까워져가고 있었다. 경찰은 허리춤에서 무전기를 꺼내 입에 댔다. 아, 혹시 삼동아파트 엘리베이터 사고 신고 들어온 거 있어요? 경찰은 짜증스런 얼굴로 무전기를 다시 허리춤에 끼우더니 말했다. 이봐요, 아저씨, 바쁜 사람 붙잡고 장난합니까. 주민등록번호 좀 대세요. 나는 주민등록번호를 대주었고 전화번호도 알려주었다. 가도 됩니까? 경찰은 그러라고 했다. 그사이에 사람들은 다음 버스에 꾸역꾸역 올라타고 있었다. 나도 그들을 따라 황급히 대열에 합류했다. 버스 한 대가 박살이 났고 그사이에 또 시간이 흘렀기 때문에 사람들은 궤짝 속의 생선들처럼 포개져버렸다. 다행한 것은 앞 버스 승객들에겐 버스카드 제시를 요구하지 않았다는 사실이었다. 나는 쾌재를 불렀다. 다소 비좁긴 했지만 공짜 아닌가. 지갑을 가지러 다시 십오층까지 걸어올라가는 것도 끔찍했고 올라가면서 오층과 육층 사이에 끼여 있는 남자의 발을 다시 봐야 하는 것도 싫었다. 그에게 뭐라고 말한단 말인가. 경비는 순찰중이고 사람들은 핸드폰을 빌려주지 않고 공중전화는 고장이고 경찰은 얼굴의 수염이 반만 있는 내 말을 믿어주지 않는다고 하란 말인가. 게다가 회사는 벌써 늦어버렸지 않은가. 회의는 또 어쩌란 말인가. 거기에서 나는 오늘 회사 내 자원 재활용 문제에 관한 중대 보고를 해야 한단 말이다. 더 정확히 말하자면 이면지 사용의 생활화 방안과 화장실 휴지 절약 방안을 이사 앞에서 말끔하고 경쾌한 목소리로 떠들어대야 하는데 아침부터 면도기가 부러지지 않나, 사람이 엘리베이터에 끼여 있지 않나, 난데없이 트럭이 가만히 서 있는 버스를 들이받지 않나. 재수없는 하루라는 게 분명해졌다.

두번째로 탄 버스에선 아무 일도 없었나? 물론 아니다. 내 오른쪽 엉덩이 근처에서 뭔가가 스멀거리더니만 한 남자가 내 옆에 서 있는 여자의 엉덩이를 주무르고 있는 것이었다. 아직도 이런 놈들이! 나는 분개했지만 내 엉덩이도 아니고 해서 참으려고 노력했었다. 하지만 그 여자가 내 얼굴을(그것도 면도가 안 된 오른쪽을) 자꾸만 쳐다보면서 인상을 찌푸리는 데에는 더이상 두고 볼 수 없었다. 저기요. 범인은 제가 아닙니다. 그리고 오른쪽에 수염이 많이 나 있는 건 오늘 아침 면도기가 부러졌기 때문이고 내 양복이 온통 구겨져 있는 건 조금 전에 탄 버스가 트럭에 들이받혔기 때문이란 말입니다. 쓸데없는 말이었나? 주변의 사람들이 일제히 나를 쳐다보았다. 동시에 여자의 엉덩이를 어루만지던 남자의 손은 신속히 퇴각해버려 이젠 정말로 어느 놈이 그 여자의 엉덩이를 만졌는지조차 알 수 없게 되어버렸다. 여자는 이렇게 된 이상 그냥 넘어갈 수 없다는 표정으로 몸을 내 쪽으로 뒤틀며 내 얼굴에 자기 얼굴을 들이밀었다. 좀 부끄러운 줄 아시란 말이에요. 우리 오빠가 누군 줄이나 알아요? 여자는 얼굴을 더 깊게 디밀었다. 댁의 오빠가 누군데요? 지금 생각해보면 그때 가만히 있었어야 했다. 그러나 나는 그렇게 말함으로써 내가 뭔가를 저질렀다고 자백한 꼴이 되어버렸다. 여자는 자기 오빠의 직책이나 이름은 밝히지 않고 대신 이렇게 말했다. 콱, 감방에 처넣기 전에 조심하라구요.

그 여자의 코가 내 코에 거의 닿을 지경이 되었을 때, 나는 버스에서 내려야 한다는 절박감을 느꼈다. 왜냐하면 그 소란을 들은 기사가 큰 소리로, 아가씨, 이 버스, 파출소에 세울까요, 라고 말했기 때문이었다. 여자는 위협의 효과를 즐기려는지 운전기사의 말에 즉답을 하지 않았다. 그사이 버스는 정류장에 정차했고 나는 올라타는 사람들을 밀치고 앞문으로 황급히 내려야만 했다.

시계를 보았다. 아홉시였고 출근시간은 이미 삼십 분이나 지나버 렸다. 내린 곳이 충정로니까 회사가 있는 종로까지는 빨리 걷는다 해도 삼십 분쯤 걸릴 터였다. 전화도 걸지 못하고 택시도 탈 수 없으 니 하는 수 없이 터덜터덜 걷는 수밖에는 도리가 없었다. 이면지 사 용과 화장지 절감 방안에 대해 보고를 해야 하는데, 게다가 엘리베 이터에 낀 사람은 어쩐단 말인가. 아, 이 모든 건 면도기가 부러졌기 때문이다. 면도기만 부러지지 않았다면 좀더 일찍 집을 나섰을 것이 고 엘리베이터도 정상적으로 작동했을 것이고 그럼 버스 사고도 나 지 않았을 것이 아닌가. 이런 일로 질레트사에 손해배상을 청구한다 면 승소할 수 있을까. 이런 시답잖은 생각을 하며 광화문을 지나고 있을 때 허리춤의 삐삐가 요란하게 울려댔고 번호를 보니 회사였다. 나는 달리기 시작했다. 회사만이 나를 구원해줄 것이다. 거기에 가 면 누군가 날 아는 사람이 돈을 빌려줄 테고 그럼 전화도 할 수 있고 버스를 탈 수도 있다. 내 책상 위의 전화로 119에 신고도 할 수 있고 그럼 만사 오케이다. 달려라, 달려. 나는 넥타이를 휘날리며 광화문 거리를 달렸다. 숨이 목까지 차올랐다. 아침에 다친 허리가 시려왔 지만 신경쓸 겨를이 없었다. 헐레벌떡 회사에 도착했다. 회사가 입 주해 있는 빌딩에는 모두 여섯 개의 엘리베이터가 있는데 그중 하나 는 맨 꼭대기에 있는 회장 전용이고 사원들은 나머지 다섯 개를 사 용한다. 나는 그중 하나에 올라탔다. 이미 출근시간이 지나버려 올라가는 사람은 없었다. 다시, 엘리베이터에 끼여 있을 그 사람이 생각났다. 설마, 지금쯤이면 누군가 신고를 해서 구조됐을 거야. 엘리베이터가 작동되지 않는 걸 이상하게 생각한 아파트 경비라도 올라가봤겠지. 오층이면 그리 높지도 않으니까. 아, 그렇지만 모두 나처럼 바빴다면, 아파트 경비들이 모여서 용역회사를 상대로 임금 인상을 요구하는 집회라도 가진다면, 그 사람은 여전히 엘리베이터에 몸이 낀 채로 얼마나 이 세상과 인간들을 원망하고 있겠느냐 말이다.

땡. 오층이었다.

한 여자가 엘리베이터에 올라탔다. 우리는 아마 몇 번쯤 서로 눈이 마주친 적이 있었을지도 모르겠다. 낯익은 여자다. 오층이라면 경리부가 있는 곳이다. 자주색 유니폼에 머리는 길게 길러 묶었다. 길게 기른 걸 보면 아직 결혼하지 않았다는 뜻이다. 왜 여자들은 결혼하면 머리부터 자르는 걸까. 그런 생각을 하는 사이 엘리베이터는 덜컹하는 소리를 내며 멈춰섰다. 여자는 처음에는 태연한 척했다. 힐끔 나를 한 번 바라보더니 계속해서 묵묵히 엘리베이터 문만을 바라보았다. 하지만 아무리 기다려도 엘리베이터가 움직이거나 문이 열리지 않자 여자는, 좀 어떻게 좀 해봐요, 라는 표정으로 나를 다시 쳐다보았다. 나는 미국 사람처럼 어깨를 치켜올리며 어쩔 수 없다는 표정을 지었다. 막막하고 답답한 분위기가 엘리베이터 안에 가득찼다. 고장인가봐요. 비상벨을 눌러볼까요? 여자가 초조한 목소리로 말했다. 그게 좋겠군요. 나는 고개를 끄덕이며 말했다. 여자는 처음에는 천천히, 그러나 나중에는 신경질적으로 빨간색 '호출' 버튼을 눌러댔다. 여자는 손가락이 빨개질 정도가 되어서야 포기했다. 밑에 아무도 없나봐요. 시간은 점점 흘러갔다. 나와 여자는 엘리베이터 문을 힘차게 두들겨 우리가 이 안에 갇혀 있다는 걸 바깥에 있는 사람들에게 알리기로 했다. 우리는 손과 발을 이용해서 쿵쾅쿵쾅 문을 두들겨댔다. 그러다가 내가, 이렇게 두들기면 엘리베이터에 충격이 가서 아래로 추락할지도 모르겠다고 말했다. 여자는 공포에 질린 표정으로 문 두드리는 일을 멈췄다. 오늘 아침에 엘리베이터에 몸이 낀 사람도 봤는걸요. 우린 이만하면 다행이잖아요. 위로랍시고 꺼낸 말이 상황을 더 악화시켰다. 그래서 그 사람 어떻게 됐어요? 제가 계단으로 내려오다가 봤는데, 아직 신고를 못 했어요. 회사에 출근해야 했고 전 핸드폰도 없었거든요. 아, 맞다. 핸드폰, 아가씨, 핸드폰 없어요? 여자는 절망적인 얼굴로 핸드폰은 핸드백에 들어 있다고 말했다. 우리는 동시에 한숨을 쉬었다. 핸드폰이 있었다면 좋았을 텐데. 나는 아쉬웠다. 여자가 핸드폰을 가지고 있었다면 우리가 갇혀 있다는 것도 알리고 엘리베이터에 끼인 그 남자도 119에 신고해줄 수 있었을 텐데.

문을 한번 열어볼까요? 여자가 제안했다. 그래서 우리가 힘을 합쳐 양쪽으로 문을 열려고 할 때, 여자가 갑자기 소리를 질렀다. 이걸 봐요. 여자가 가리킨 곳에는 '경고. 엘리베이터에 갇혔을 때, 강제로 문을 열려고 시도하지 마십시오'라고 적혀 있었다. 맞아요. 아침의 그 사람도 처음에는 우리처럼 엘리베이터에 갇혔을 거예요. 그러다가 출근시간이 가까워지니까 초조해져서 문을 열려고 해봤을 거고 문이 열리자 바깥으로 나가려고 했겠죠. 그때 마침 엘리베이터가 움직여버린 거죠. 아 불쌍한 사람. 빨리 119에 신고해줘야 하는데, 어쩌죠? 오늘따라 지갑도 안 가져와서 공중전화도 못 걸고 사람들은 핸드폰을 빌려주지 않잖아요. 게다가 버스랍시고 탄 건 트럭하고 충돌하는 바람에, 글쎄, 제 옷 좀 보시라니까요. 사람들에게 깔려서 이렇게 됐어요. 그다음 버스에서는 엉뚱하게 치한으로 몰려서 그만 버스에서 내려야 했답니다. 아, 그런 눈으로 보지 마세요. 제가 한 게 아니고 다른 놈이 한 건데 내가 한 거라고 오해를 하더라니까요. 왜 그런 거 있잖아요. 여자는 멀찍이 물러나 엘리베이터의 구석으로 가 움츠렸다. 여차하면 내 정강이라도 걷어찰 기색이었다. 그러면서 여자의 손은 쉴새없이 '호출' 버튼을 눌러대고 있었다. 이젠 고장난 엘리베이터보다 나를 더 무서워하는 기색이었다. 나는 그녀를 안심시켜주려고, 걱정하지 말아요. 저 나쁜 사람 아니에요. 우린 같은 회사에 다니는, 신분도 확실한 사람들인데 설마 무슨 일이야 있겠습니까. 이렇게 만난 것도 인연인데 나가거든 커피나 한잔하지요, 라고 말을 건네보았지만 여자는 묵묵부답이었다.

셔츠를 온통 적셨던 땀이 식으면서 몸에 으슬으슬 오한이 났다. 춥군요. 지갑을 안 가져오는 바람에 차비가 없어서 회사까지 뛰어왔거든요. 보세요. 양복이 등까지 척척하게 젖었잖아요. 나는 등을 돌려 땀에 젖은 부위를 보여주었다. 할말도 없고 해서 나는 불쑥 자기소개를 했다. 자원관리부의 정수관 대리입니다. 여자도 형식적으로 자기 부서와 이름을 말하기는 했지만 너무 빨리 말하는 바람에 성이

정 씨라는 것만 알아들었다. 나는 같은 성이라며 반가워했지만 상대는 오히려 싫어하는 기색이었다. 우리는 그후로 한동안 말없이 엘리베이터 속에 쭈그리고 앉아 있었다. 그사이에도 여자는 묵묵히 '호출' 버튼을 눌러대고 있었다.

도대체 이 빌딩은 어떻게 관리되는 겁니까. 엘리베이터가 이렇게 오래 작동되지 않으면 혹시 누가 갇혀 있지라도 않나, 올라와봐야 되는 거 아닙니까? 도대체 이게 뭡니까? 아무리 다른 엘리베이터가 다섯 대나 있어도 그렇지. 아, 부서를 코앞에 두고도 가지 못하다니. 울화통이 터졌다. 도저히 안 되겠어요. 나 이러다간 회사에서 잘릴 겁니다. 우리 엘리베이터에 낄 때 끼더라도 이 문을 열고 나가죠. 내 제안에 여자는 망설이는 눈치였다. 좋아요. 그럼 여기 남아 계세요. 문이 열리면 나 혼자 뛰어내릴 테니 문 여는 것만 도와주세요. 그럼 내가 나가서 엘리베이터 고장났다고 신고할게요. 여자는 고개를 끄덕였다. 우리는 다시 힘을 모아 엘리베이터 문을 강제로 여는 작업을 시작했다. 의외로 쉽지 않았다. 우리는 땀을 뻘뻘 흘리며 문을 열어보려고 했지만 문은 조금 열렸다가 이내 다시 닫히기를 반복했다. 조금 열렸을 때, 그게 다시 닫히지 않도록 하는 것이 관건이겠군. 그렇지만 아무리 둘러봐도 엘리베이터 문에 끼워넣을 만한 물건은 보이지 않았다. 할 수 없이 구두를 벗었다. 뛰어온 탓에 구두는 땀이 차 있었고 냄새도 났다. 자, 문이 조금 열리면 그 사이에 이 구두를 끼워넣는 겁니다. 그다음에는 팔을 집어넣고, 그다음에 몸을 밀어넣고, 그런 식으로 간격을 점점 더 넓게 확보하는 거예요. 우리는 다시 힘을 모아 양쪽에서 엘리베이터 문을 자기 쪽으로 잡아당겼다. 엘리베이터 문이 벌어지자 나는 얼떨결에 구두 대신 내 발을 집어넣고 말았다. 아팠지만 참기로 했다. 살짝 열린 틈새로 구층과 십층을 가르는 경계선, 그러니까 십층 바닥이 보였다. 조금만 더 열리면 십층으로 기어올라갈 수 있을 것 같았다. 우리는 다시 힘을 합쳐 문을 조금 더 열었고 그걸 지지하기 위해 이번에는 내 몸을 집어넣었다. 이제 사람 하나가 빠져나갈 공간은 생긴 셈이었다. 숨이 콱 막혔지만 참기로 했다. 이제 어떻게 하죠? 내가 몸을 빼면 문이 다시 닫힐 텐데요. 내가 걱정하자 여자가 말했다. 저를 좀 받쳐주세요. 그럼 저 위로 올라갈 수 있을 것 같아요. 구층으로 뛰어내리는 건 너무 위험할 것 같아요. 전 몸이 작아서 나가기가 더 쉬울 거예요.

십층의 바닥은 내 머리 높이에 있었다. 그러니 그녀가 그리로 나가려면 내 어깨를 밟고 내 몸의 폭만큼 넓혀져 있는 문과 문 사이로 빠져나가야 했다. 나는 손을 내려 그녀가 내 손 위에 자기의 두 발을 올려놓을 수 있도록 했다. 그녀는 그렇게 했다. 그런 후에 그녀는 십층 바닥을 잡고 두 발을 내 손 위에서 어깨 위로 천천히 옮겨 디뎠다. 그녀의 구두굽이 내 어깨를 파고드는 것 같았다. 나는 아파서 비명을 지를 뻔했지만 참아냈다. 여자는 내 어깨를 힘차게 박차고 십층으로 기어오르는 데 성공했다. 나는 박수라도 치고 싶은 기분이었다. 엘리베이터 문에 몸이 낀 채로 나는 큰 소리로 그녀의 성공을 축하해주었다. 이봐요. 축하해요. 자, 이제 빨리 사람들한테 내가 여기 있다고 알려줘요. 자원관리부에도 좀 얘기해주면 좋겠어요. 돌아오는 메아리는 없었다. 갑자기 불길한 예감이 뇌리를 스치고 지나갔다. 나는 두 발과 손으로 문을 최대한 밀어 문 사이에 낀 몸을 빼냈다. 문이 텅, 소리와 함께 닫혔고 어쩐지 그 소리는 관 뚜껑이 덮이는 소리처럼 들렸다. 내가 그 여자한테 뭐 잘못한 것도 없잖아. 탈출하라고 내 손과 어깨까지 빌려줬는데 말야. 그리고 같은 건물에서 계속 만날 건데 설마 신고하는 걸 잊어버리기야 하려구. 그러나 십 분이 지나고 이십 분이 지나도 사람들은 나타나지 않았다. 나는 절망하여 엘리베이터 바닥에 주저앉아 '엄마가 섬 그늘에……'로 시작하는, 가사가 잘 기억나지 않는 동요를 불렀다. '아이는 혼자 남아……' 노래는 수십 번 반복되었다. 노래 부르기에도 지쳐 잠까지 오려는 찰나, 밖에서 왁자한 소리가 들리면서 엘리베이터 문이 조금 열리고 그 사이로 사람의 얼굴이 나타났다. 그가 물었다. 이봐요. 도대체 왜 거기 있는 겁니까? 그건 내가 하고 싶은 질문이었다. 도대체 내가 왜 여기에 있는가. 그건 엘리베이터 관리인인 당신이 답해줘야 하는 거 아닌가. 나는 화가 치밀었지만 화를 내면 그냥 가버릴까봐 고분고분 대답해주었다. 엘리베이터가 고장났나봐요. 엘리베이터 관리인은 한 가지를 더 물어보았다. 혼자요? 나는 역시 또 친절하게 답해주었다. 아뇨, 아까 다른 여자가 같이 있었는데 내 어깨를 밟고 밖으로 나갔어요. 그래서 저 혼자 남은 겁니다. 엘리베이터 관리인은 잠시 후 한 사람을 더 데리고 와서 문을 열어주었다. 나는 그가 잡아주는 손을 잡고 십층에 올라설 수 있었다. 그러느라 내 옷의 앞쪽에는 온통 기름과 먼지가 덕지덕지 묻어버렸다. 아, 그렇다면 먼저 올라간 여자도 옷의 앞쪽이 이렇게 더러워져버렸겠구나. 그녀가 좀 측은해졌다.

관리인은 나를 꺼내놓자마자 구시렁구시렁 떠들어대기 시작했다. 도대체 이놈의 엘리베이터는 정기점검한 게 언젠데 벌써 이렇게 고장이 난담. 대기업이라도 믿을 수가 있어야지 원. 그는 대기업과 뇌물관행, 재벌과 언론의 유착관계에 대해 쉴새없이 비난의 화살을 퍼부어댔다. 나는 그에게 너무 세상을 비관적으로 보지 말라, 그래도 세상에는 당신 같은 사람들이 더 많다고 위로해주었다. 그리고 지금이라도 꺼내줘서 정말 고맙다는 말도 해주었다. 그때 관리인이 내 발을 보더니, 아니 구두는 어디다 두셨어요? 나는 이마를 쳤다. 그러고 보니 아까 구두를 문에 끼워넣는다고 벗었다가 그만 발을 끼우는 바람에 그냥 놔둔 것이었다. 이봐요. 아저씨. 엘리베이터 안에 벗어둔 모양인데 지금 내가 그거 가지러 내려갈 시간이 없거든요. 그거 찾으시거든 십오층 자원관리부로 좀 갖다주시겠어요? 그는 그러마고 했다. 시계를 보았다. 어느새 열시가 훌쩍 넘어 있었다. 험난한 출근길이었다. 나는 사무실이 있는 십오층까지 다른 엘리베이터를 타고 갈까 하다가 그냥 비상계단을 걸어서 올라갔다. 사무실에 들어서니 동료들은 모두 회의에 들어갔는지 보이지 않았고 신입만 전화를 받으러 남아 있다가 날 보더니 화들짝 놀랐다. 아니 정대리님, 하수도로 출근하셨나봐요? 거울 좀 보세요. 거울을 보니 머리는 엉켜붙어 있었고 면도는 반만 되어 있고 양복의 앞은 기름으로 더러워져 있고 버스 사고로 그나마도 다 구겨져 있었다. 게다가 구두도 엘리베이터에 놓고 오지 않았는가.

그때 회의실 문이 열리면서 과장의 얼굴이 나타났다. 정대리 아직 안 왔나? 아, 저기 왔군, 도대체 지금이 몇시야. 어서 들어와서 보고해. 나는 과장에게 내 행색을 가리키며 좀 봐달라는 표정을 지었으나 과장은 그냥 문을 쾅 닫고 들어가버렸다. 회의에 들어가기 전에 나는 할일이 있었는데, 119에 신고도 해야 하고 먼저 나가서 신고도 해주지 않은 경리부의 정 모 사원을 만나 따지고 화장실에서 행색도 추스르고 잃어버린 구두도 찾아야 하는데, 나는 그 모든 것을 뒤로 미루고 할 수 없이 회의실로 들어갔다. 사람들은 반쯤은 졸고 있었고 나머지 반은 자기가 발표할 자료들을 뒤적이고 있었다. 이사와 부장, 그리고 과장만이 나를 뚫어지게 바라보고 있었다.

그들은 물었다. 지각한 사유와 내 옷차림에 대하여. 나는 말했다. 아침에 제가 사는 아파트 엘리베이터에 누가 끼여 있었구요. 버스는 트럭하고 충돌했고 사람들은 핸드폰을 빌려주지 않았고 지갑을 놓고 나오는 바람에 회사에 전화도 할 수 없었고 버스에선 치한으로 몰리는 바람에 충정로에서 내려야 했고 회사까지 뛰어오긴 했는데 엘리베이터가 고장나는 바람에 그 속에 삼십 분이 넘게 갇혀 있었고 같이 갇혀 있던 여자가 나가자마자 신고를 해줬어야 하는데 안 해주고 자기 갈 길을 가버렸고, 엘리베이터에서 나오다가 문턱에 발라진 기름 때문에 옷이 더러워졌고 그 와중에 구두는 엘리베이터 안에 놓고 왔다고. 미안하다고, 죄송하다고, 뭐가 미안한지 뭐가 죄송한지 모르겠지만 여하튼 미안하다고. 그러나 부장은 단 한 마디로 나의 말을 잘랐다. 됐어, 보고나 하지. 나는 어깨를 한 번 으쓱거리고는 주섬주섬 이면지 사용을 획기적으로 진작하기 위해선 인센티브 제도의 도입이 필수적이라는 요지의 발언을 했다. 또 화장실 휴지를 절약하기 위해선 절취선이 딱 일 미터에 한 번씩 나 있는 휴지를 제조회사에 특별 주문하는 것이 가장 좋겠다는 얘기도 했다. 보통 휴지의 절취선은 십 센티미터 간격인데 그걸 일 미터 간격으로 해놓으면 사람들이 한 번의 볼일에 일 미터만 사용하게 되므로 절약효과가 아주 클 것이다. 우리 회사 사원들에게 설문조사를 해본 결과 보통 한 번 볼일에 1.2미터를 사용한다. 그러니 절취선을 일 미터에 한 번씩 내어놓으면 약 이십 퍼센트의 절감효과가 발생한다는 사실을 무지하게 꾀죄죄한 행색으로 역설했다.

그러자 당장 반론들이 제기되었다. 먼저 이은희 대리가 손을 들었다. 저기, 여사원들은 작은 볼일에도 휴지를 사용하거든요. 음, 다른 사람들은 모르겠지만 저는 일 미터나 되는 휴지를 사용하지는 않아요. 뭐 넉넉잡아 삼십 센티미터면 되는데 만약 절취선이 일 미터마다 나 있는 휴지를 주문 사용한다면 그건 오히려 칠십 퍼센트의 낭비가 발생하는 거 아닌가요? 이어 못마땅한 눈으로 앉아 있던 이사도 끼어들었다. 이보게. 일 미터 이십 센티의 휴지를 사용하던 사람들이 어떻게 일 미터만 사용하게 될 거라고 자신하나? 그 사람들이 이 미터를 쓸 수도 있지 않은가. 이 제안은 폐기하도록 하고 좀더 생산적인 절감방안을 다시 연구하게. 부장과 과장도 고개를 끄덕이고 있었다. 나는 정말 궁금했다. 도대체 이 사람들은 화장실에서 몇 미터의 휴지를 소비하며 사는 걸까. 도대체 왜 일 미터로 부족하다는 건가.

회의는 열두시가 다 되어서야 끝이 났다. 모두들 점심을 먹으러 왁자지껄 사무실을 뜨는 동안에 나는 구두를 찾으러 갔다. 고장났던 엘리베이터는 정상적으로 작동되고 있는 모양이었다. 나는 찜찜하기도 해서 다른 엘리베이터를 타고 일층으로 내려갔다. 경비원들이 앉아 있는 프런트 데스크로 다가가자 앉아 있던 직원이 가장 먼저 벌떡 일어났고 이어 경비원들이 몰려들었다. 직원은 새침한 표정으로, 뭘 도와드릴까요, 라고 물었지만 눈은 내 쪽으로 다가오는 경비원들에게 향해 있었다. 그녀의 눈짓이 뭘 말하는지는 곧 밝혀졌다. 경비원들은 나를 둘러싸고는, 단도직입적으로, 나가주세요, 라고 말했다. 나는 항변했다. 나 여기 직원이에요. 자원관리부의 정대리란 말입니다. 아까 고장난 엘리베이터에 타고 있다가 신발을 벗어놓고 나왔는데 그 신발만 찾으면 된단 말입니다. 이봐요. 어어어. 그렇게 말하는 순간에도 나는 그들에게 들려 회사 밖으로 옮겨지고 있었다. 이봐요. 자원관리부에 전화해봐요.

나를 구출해준 사람은 입사동기 한대리였다. 이봐, 한경식씨, 나야, 나. 그가 나를 알아봐준 덕분에 나는 풀려났고 경비원들에게 그간의 경과를 설명할 수 있게 되었다. 한대리, 내가 나중에 점심 살게. 그에게 마음에서 우러나오는 감사를 표하고 돌아서서 경비원들에게 엘리베이터 고장과 나의 구두에 대한 이야기를 했다. 그러나 아무도 엘리베이터가 고장났다는 사실을 알지 못했으며, 따라서 누가 나를 꺼내주었는지도 몰랐다. 그들은 여기저기 전화를 하거나 무전을 쳐 댔지만 삼십 분이 지나도록 그 문제의 인물을 찾아낼 수 없었다. 결국, 그들이 내게 마지막으로 한 말은, 저희로서는 모르겠네요. 사무실에 슬리퍼라도 있으면 신으시고 요 근처 구둣가게에 가서 하나 사서 신으시지요. 나는 힘없이 고개를 끄덕이고는 사무실로 돌아가기로 했다. 일층에서 엘리베이터를 기다리는데 아까 나를 가둬두었던 엘리베이터 문이 가장 먼저 열렸다. 탈 생각은 없었지만 그 속에 가지런히 놓여 있는 구두는 볼 수 있었다. 나는 날렵한 치타처럼 황급히 들어가 그 구두를 집어들고 문이 닫히기 전에 그 엘리베이터에서 빠져나오는 데 성공했다. 허탈했다. 눈물이 날 것만 같았다. 나는 일층 로비 소파에서 그 구두를 한 짝씩 발에 끼워넣었다. 구두를 발에 끼워넣자 비로소 우리 아파트 엘리베이터에 끼여 있을 그 사람이 생각났다. 어차피 이런 행색이라면 식당에도 갈 수 없을 테고, 그래서 나는 사무실로 올라가 119로 전화를 걸었다. 여보세요. 119죠? 담당자는 친절하게, 어디십니까?라고 물어왔다. 아, 여기는 종로인데요. 그러자 담당자는 금세, 아, 금정빌딩이죠?라며 내가 근무하는 빌딩의 이름을 이야기해왔다. 그들은 내 머리 위에서 나를 내려다보고 있는 것 같았다. 나는 사고가 난 곳은 여기가 아니라 삼동아파트라고 말해주었다. 담당자는 의아해하는 기색이었다. 그러나 여전히 친절하게 물어왔다. 무슨 사고입니까? 사람이 엘리베이터에 끼여 있었어요. 그게 언제입니까? 담당자의 목소리엔 이제 완연하게 의심과 짜증이 드러났다. 오늘 아침 일곱시 오십분쯤인데요. 담당자는 선생님, 119에 허위신고를 하시는 것은 긴급한 상황에 처한 다른 시민들에게 피해를 끼칠 수 있습니다. 나는 황급히 변명을 해야만 했다. 아, 그러니까 아침에 그 사고를 보자마자 신고하려고 했는데요. 사람들이 핸드폰을 빌려주지도 않았고 아파트 경비는 없고 게다가 제가 탄 버스가 사고가 났거든요. 회사에 오자마자 회사 엘리베이터가 고장이 난데다가 중요한 회의가 있었고 그게 이제야 끝나서 이렇게 된 겁니다. 그 사고가 어떻게 처리됐는지 좀 알려주세요. 담당자는 그런 일은 자기 소관이 아니라면서 관할 소방서에 전화해보라고 했다. 나는, 혹시 모르니까 지금이라도 구조대를 삼동아파트에 보내줄 수는 없겠느냐, 주민들이 다들 맞벌이 아니면 독신 직장인들이라 어쩌면 나처럼 아무도 지금까지 신고를 안 했을 가능성이 있다고 말해보았지만 담당자는 대꾸하지 않고 그냥, 감사합니다, 라고 말하며 전화를 끊어버렸다. 도대체 뭐가 감사하다는 거지. 나는 화가 났지만 할 수 있는 일이라고는 없었다.

오후의 회사일은 순조롭게 흘러갔다. 나는 계속 화장실 휴지 사용 절감방안을 연구했고 사원들에게 돌릴 다른 설문지를 작성했다. 다섯시가 되자 모두 썰물처럼 빠져나갔고 나는 동료에게 만원을 빌려 집으로 향했다. 아파트에 도착해서 우편물을 확인했다. 고지서들이 잔뜩 쌓여 있었다. 그중 몇 개는 경비실 옆에 마련된 폐지수거함에 버리고 엘리베이터로 다가갔다. 다행히 엘리베이터는 정상적으로 작동되고 있었다. 몇 명의 사람들과 함께 엘리베이터에 올라탔다. 사람들은 지저분한 나를 피해 다른 쪽 구석에 몰려서 있었다. 그들에게 물었다. 혹시, 아침에 이 엘리베이터에 끼여 있던 사람 어떻게 됐는지 아십니까? 사람들은 말없이 고개만 저었다. 아니, 제가 출근할 때 보니까요, 엘리베이터가 오층하고 육층 사이에 서 있고 육층 바닥과 엘리베이터 바닥 사이에 한 사람이 끼여 있더라구요. 그 얘기 모르세요? 사람들은 아무도 대꾸하지 않았고 자기 층에 엘리베이터가 설 때마다 황급히 내려 집으로 향했다. 한 아이 엄마는 다섯 살쯤 되어 보이는 딸을 품에 꼭 안고 나를 경계하고 있었다. 이윽고 엘리베이터가 십오층에 정지했고 나와 함께 내린 여자는 전속력으로 집을 향해 뛰어갔다. 나는 문을 열고 집으로 들어가 양복을 벗어 아무데나 집어던지고 샤워를 했다. 머리에 샴푸를 바르면서도 나는 계속 궁금했다. 도대체 그 사람은 어떻게 됐을까. 경비한테 인터폰이나 해봐야겠다. 그런데 샴푸질을 다 하고 물을 틀었을 때, 갑자기 차가운 물이 쏟아지기 시작했다. 아무리 꼭지를 조절해봐도 마찬가지였다. 온몸을 오들오들 떨며 비눗기만 씻어낸 후에 인터폰을 들었다. 뚜뚜뚜. 경비는 이미 그런 전화를 수십 번 받았는지, 내가 뜨거운, 이라고 말하자마자, 아, 밑에 공고도 안 보고 다녀요? 오늘부터 배관 교체공사한다고 일주일 전부터 알려놨는데요. 방송도 수십 번을 했어요.

아, 그래서 지금도 나는 궁금하다. 엘리베이터에 낀 그 남자는 어떻게 됐을까.

당신의 나무

1

어렸을 적 당신은 떡갈나무에 대한 이야기를 읽었다. 이제는 제목도 생각나지 않고, 책의 장정도 떠오르지 않는, 그저 그렇고 그런 동화책에서였을 것이다. 거대한 나무의 밑둥엔 위로 치켜올라간 눈꼬리와 심술궂게 다문 입이 그려져 있었고, 그 삽화들은 어린 당신을 떨게 하기에 충분했다. 나무. 그때부터 당신은 나무를 두려워했다. 미친 여자의 머리카락처럼 산발하며 뻗어내려간 뿌리와 기괴한 웃음소리를 내는 나뭇잎들, 나무들은 당신이 태어나기 전부터 그곳에 있었고 당신이 죽은 뒤에도 계속 있을 것처럼 보였다.

그 시절 당신의 집 앞에도 나무가 있었다. 지독한 냄새를 풍기는 아카시아나무. 나무는 지붕을 덮었고 몇몇 가지는 당신 방 창문에 그림자를 드리웠다. 둥치로는 개미들이 줄줄이 기어오르고 굵은 가지 끝에는 말벌의 집이 대롱거리며 매달려 있었다. 밤이면 부엉인지 올빼민지 모를 새가 당신을 향해 울었다. 어린 당신은 생각했다. 언젠가 저 나무가 자라, 뿌리들은 부엌으로 솟구쳐오르고 가지들은 지붕을 뚫고 들어오리라. 개미들이 침대를 먹어치우고 새들은 거실에 집을 짓고 가을독 오른 벌떼들이 갓난 동생을 쏘아 죽이리라.

도시로 이사와서 당신은 안도했다. 밤길을 위협하던 거대한 나무들은 사라졌다. 그악스럽게 대지를 움켜쥔 뿌리들은 이제 더이상 보지 않아도 좋았다. 도시엔 앙상한 버드나무와 은행나무 들만 있었고 그나마도 봄만 되면 가지치기를 당했다. 잘 정비된 포도와 신호등, 횡단보도에 둘러싸여, 바야흐로 어린 당신은 편안히 잠들 수 있었다.

세월은 흘렀고 당신은 전자오락과 담배와 자동차 운전을 배웠다. 선한 사람과 악한 사람을 구별할 수 있게 되었고 마음에 드는 여자에게 다가가는 기술을 습득했다. 여권과 신용카드를 만들었고 떠나간 사람을 잊었다. 삐삐를 샀다가 삼 년 만에 해지했고, 핸드폰을 사서 아는 전화번호를 모조리 단축번호로 만들어 저장했다. 그러는 사이 또 많은 시간이 지나갔다.

그리고 지금, 당신은 나무를 보고 있다. 후텁하고 질척한 땅에 발을 디딘 당신 앞에는 오층 빌딩은 족히 덮을 만한 무화과나무가 버티고 있다. 한때 새의 깃털쯤에 묻어온 씨앗에서 발아되었을, 하지만 이제는 누구도 그 근원을 어림할 수 없을 웅대한 생명체 앞에서, 당신은 시간이 흘러가는 소리를 듣고 있다.

구름이 빠르게 흘러간다. 우기를 맞이한 이곳의 바람은 비의 냄새를 전해준다. 그 기미를 먼저 맡은 검은 나비들이 떼를 지어 숲으로 몰려간다. 맨발의 소년들이 그 나비들처럼 후룩거리며 당신 주위를 유영한다. 당신은 생각한다. 무엇이 당신을 이곳으로 오게 했는가. 어쩌면 그것은 바로 이 무화과나무가 아니었을까, 아니면 수천 킬로미터를 날아 바다를 건너온다는 저 검은 나비떼들?

2

앙코르에 가야겠다고 처음으로 생각하던 날, 당신은 거실에 앉아 커피를 마시고 있었다. 포장을 뜯은 지 오래되어 아무 맛도 느낄 수 없는 커피였다. 사위는 조용했고 아무도 당신을 방해하지 않았다. 일순 도시의 모든 자동차들도 운행을 멈춘 것 같았고 아이들은 모두 학교에 붙잡혀 있는 것 같았다. 그런 적요를 깨고, 돌연 건조대 위에 쌓인 그릇들이 어떤 미세한 충격이라도 받은 것처럼 딱 한 번, 아주 작은 소리로, 덜커덕, 소리를 내며 아래로 무너져내렸다. 그러나 그 이동거리란 눈으로 식별할 수 없을 만큼 짧았고 그 이동이 그릇들의 퇴적구조에 심각한 균열을 가한 것도 아니었다. 그런 덜커거림이란 당신 집 건조대뿐 아니라 다른 어느 집에서나 날마다 일어나는 일이며 어쩌면 하루에 수십 번도 더 발생하는 일이라는 걸, 누구보다 당신이 더 잘 알고 있었지만 어쩐지 그날의 당신은 그 일이 예사롭지 않다고 느꼈다. 당신은 생각했다. 물에 젖은 그릇들은 미끄럽게 마련이고 그것들을 쌓아두었으니 엔트로피가 증가하는 방향으로 구조를 변경하게 마련이겠지만, 어쩌면 세상에는 그런 순간들이 있는 것이 아닐까. 궁극에는 엄청난 일을 초래하는 아주 사소한 덜컥임, 당신은 바로 그 연쇄의 시작을 보았다고 느꼈다.

그런 걸 나비효과라고 한다지. 북경의 나비가 펄럭이면 캘리포니아에선 폭풍이 칠 수도 있다는 이야기. 커피를 다 마실 때까지 당신은 계속 그것에 대해 생각하고 있었다. 저 덜컥거림이 어쩌면 내 인생의 파열을 가져올지도 몰라. 아무 근거도 없었지만 그 생각은 당신의 머리를 떠나지 않았다.

3

방콕을 출발하여 국경도시 아란야프라텟에 도착, 간단한 입국수속을 밟고 캄보디아 땅에 들어섰을 때, 당신의 시간은 거꾸로 흐르고 있었다. 태국엔 당신의 이십대가 있었고 캄보디아엔 당신이 태어나기 이전의 시절이 있었다. 맨발의 소년들과 AK 소총을 거꾸로 멘 군인들, 가도가도 끝없는 황톳길. 하나의 선을 경계로 전혀 다른 세상이 있었다. 당신은 돌아보지 않았다. 주저 없이 현지인들과 섞여 작은 짐칸이 달린 픽업트럭에 몸을 실었다. 일 톤 트럭보다 작은 차에 열여섯 명이 당신과 함께 올라탔다. 우기를 맞아 비포장도로는 군데군데 심하게 파여 있었고 차는 요동쳤다. 세 번쯤 자동차의 타이어가 터졌고 나무다리의 이음새가 무너지기도 했다. 그렇게 여섯 시간을 달려가는 동안 차창으로는 뿌연 흙먼지가 쉼없이 불어닥치고 일 톤도 채 안 되는 픽업트럭에 매달린 사람들은 떨어지지 않기 위해 아귀에 더욱 힘을 주고 있다.

운전사가 터진 타이어를 갈아끼우는 시간이 유일한 휴식시간이었고 그때마다 당신은 차에서 내려 지평선까지 펼쳐진 열대의 논을 바라보았다. 젖은 담배에서 피어오르는 연기마저 시원했다. 먼지와 땀에 찌든 옷에선 모과냄새가 났다.

어느새 자동차 주위엔 어린아이들이 몰려들었다. 머리에 버짐이 듬성듬성 핀 소녀에게서 대나무통에 넣고 찐 밥을 샀다. 당신은 거친 대나무껍질을 벗기고 주먹밥처럼 굳게 뭉쳐진 밥을 베어물었다. 사람을 그득 실은 픽업트럭 한 대가 먼지를 일으키며 사라져갔다. 거친 밥에 목이 메었다. 다리를 심하게 저는 운전사가 밝게 웃으며 어서 차에 타라고 재촉한다. 다시 짐칸에 올라타면서 당신은 생각한다. 무엇이 당신을 이리로 내몰았는가를.

4

그릇이 덜컥거린 날, 당신은 당신의 여자에게서 결별의 메시지를 들었다. 당신은 유추할 수 있었다. 그릇이 덜컥거렸고 그 울림이 다른 여러 집의 그릇을 다시 건드렸고 애완견들이 짖었을 것이고 그 소리에 놀란 갓난아이들이 울었을 것이고 그 때문에 아이 엄마들이 짜증을 부렸을 것이고 그녀들의 불편한 심기가 전화선을 타고 남편들의 직장으로 날아갔고 그중 어느 남편과 함께 일하고 있는 당신 여자의 신경까지 건드렸을 것이다. 나비효과, 치고는 경미하다고 당신은 생각했다.

당신의 예상대로 당신의 여자는 이유를 말하지 않았다. 모르겠어요. 미쳤나봐요. 그냥 그렇게 생각해줘요. 당신을 더 견딜 수 없어요. 당신만 만나면 신경이 팽팽해져요. 너무 조여진 기타줄처럼 줄창 높은음만 나요. 목이 부러진 기타 봤어요? 보통은 줄이 끊어지겠지만 당신이 내게 묶어놓은 줄들은 너무 질기거든요.

만지고 싶을 거야. 여자와 헤어지면 가장 오래 기억에 남는 게 뭔지 알아? 촉감이야. 엉덩이, 가슴, 배에서 출렁이던 지방질. 골반에 부딪혀오던 뼛조각들의 날카로움. 입속에서 충돌하던 앞이빨. 발가락과 발가락 사이의 촉촉함. 배란일이면 더 미끌해지는 너의 점액.

당신도 알고 있다. 그날 당신의 대응은 적절하지 못했다. 사람을 사랑할 줄 아는 사람이라면 그렇게 말하지 않았을 것이다. 좀더 더듬거리며, 가지 말라고, 네가 필요하다고, 네가 가버리면 죽어버리겠노라고 말했어야 했다. 그러나 당신은 그러지 않았다. 그녀와 통화하는 내내 당신 머릿속엔 그릇들이 덜컥거리며 무너져내리고 있었다. 당신의 체념엔 이유가 있었다. 그건 모두 아침나절의 그 덜컥임 때문이라고, 당신은 믿어 의심치 않았다. 그 덜컥임이 당신과 그녀를 파국으로 몰아가고 있었다. 당신의 어조는 더욱 격해지고 여자의 줄은 더욱 팽팽해져갔다.

너를 처음 안았을 때, 너를 샅샅이 더듬고 또 더듬었지. 나는 너에게 했던 모든 말들을 단 한 구절도 기억하지 못한다. 내게 남아 있는 너의 흔적은 오직 촉각뿐이다. 그러니 가라. 내게 남아 있는 너의 언어는 없다. 음성사서함의 메시지들은 지워졌고 자동응답기의 음성도 삭제되었다.

당신의 말들은 톱날처럼 여자의 몸을 긁어댔을 것이다. 당신이 원한 건 아니었겠지만.

5

앙코르에, 더 정확히 말하면 앙코르에 가장 근접한 도시 시엠레아프에 도착했을 때, 당신의 몸은 한계치에 도달해 있었다. 방콕으로부터 열두 시간을 여행했고 후반의 여섯 시간은 악몽 같았다. 육로로 앙코르를 가는 건 미친 짓이라고 누군가 말해주었지만 믿지 않았던 당신이었다. 프놈펜에서 메콩강을 거슬러올라가는 것이 현명하다고 그 누군가는 또 말해주었지만 그 역시 당신은 무시했다. 덕분에 당신의 육체는 더위와 먼지에 찌들게 된 셈이다.

일박에 일달러 오십센트인 숙소에 짐을 풀었다. 침대 곁으로 주먹만한 왕거미와 도마뱀 들이 기어다녔다. 눈을 감고 벙크 베드에 몸을 맡겼다. 깨어나니 아침이었다. 거미는 사라지고 없었다. 아침을 먹으며 계속해서 당신의 눈은 거미를 찾았다. 거미는 나타나지 않았다. 검고 털이 북슝한, 그 검은 왕거미는 낮에는 돌아다니지 않는 모양이었다. 당신은 아무 말 없이 따뜻한 닭죽을 먹어치웠다.

앙코르와트를 시작으로 앙코르 일대의 광대한 유적군을 찾아나선 것은 그날부터였다. 햇볕은 당신의 피부를 검게 그을렸고 달아오른 사암砂巖들은 복사열을 저장했다가 내뿜어 열기를 더했다. 부처를 닮은 힌두의 신상들은 당신을 보며 알 듯 모를 듯 웃으며 말했다. 왜 이제야 왔는가. 당신은 할말이 없었다. 동서남북 네 방향을 지배하는, 그리하여 얼굴도 네 방향인 아발로키테슈바라도 당신에게 물었다. 너는 어디에서 와서 어디로 가는가. 수백 기의 아발로키테슈바라의 두상이 탑을 이루며 솟아 있는 바욘의 계단을 오르며, 당신은 보았다. 오른쪽에도 왼쪽에도 위에도 아래에도 네 방향을 바라보는 신이 당신을 지켜보는 것을. 그러니 당신이 숨을 곳은 없었다.

당신은 오체투지의 자세로 엎드려 절했다. 주황색 장삼을 입은 승려가 일달러를 시주한 당신을 향해 향을 흔들며 축문을 외워주었다. 12세기에 아발로키테슈바라로 지어진 두상들은 이제 보살상으로 경배받고 있었다. 당신 눈에도 그렇게 보였다. 그 미소는 당신이 익히 보아왔던, 절집에 틀어앉아 당신을 내려다보던, 관음보살의 그것이었다.

이제 당신은 두상의 숲, 바욘에 앉아 정확하게 정방형으로 지어진 고대도시 앙코르톰을 내려다보며 담배를 피워문다. 앙코르. 여긴 어쩐지 지구가 아닌 먼 외계의 도시인 것만 같다. 그런데도 당신은 이곳이 낯익다. 푸르르 새들이 날고 아발로키테슈바라의 얼굴엔 그늘이 드리워진다. 두상의 코와 입 사이에서 나무 한 그루가 자라고 있다. 해가 지고 있었고 당신의 시간은 계속 거꾸로 흐르고 있었다.

6

여자의 엄마가 자살을 기도한 건 그릇이 덜컥거린 지 일주일쯤 되던 날이었다. 여자가 당신에게 구원을 요청했을 때, 당신은 없었다. 자동응답기에 남아 있는 여자의 목소리는 쉬어 있었다. 병원으로 좀 와줘요. 피를 많이 흘렸어요. 무서워요. 미안해요. 왜 당신에게 전화를 했는지 모르겠어요. 화내지 말아요. 여자의 말은 두서가 없었다. 여자는 엄마와 단둘이 살았다. 여자의 엄마는 아마 누군가의 첩이 아니었을까. 당신은 여자의 집에 들를 때마다 그런 인상을 받았다. 남자의 흔적이 전무한 집이었다. 명절이 되어도 아무 냄새도 흘러나오지 않았다.

뒤늦게 집에 돌아온 당신이 메시지를 확인하고 병원으로 갔을 때, 여자도 엄마도 없었다. 간호사는 더 큰 수술을 받기 위해 다른 병원으로 옮겨갔다고 전해주었다. 핏줄을 봉합해야 한다고 했다. 당신은 망설이다가, 조금 더 망설이다가 다시 집으로 돌아와버렸다. 여자의 엄마는 죽을지도 몰라. 친척 하나 없는 쓸쓸한 장례식이 되겠지. 그럼 여자는 완전히 미쳐버릴지도 몰라. 목이 부러진 기타처럼.

이 모든 일은 그릇이 덜컥거렸기 때문이라고 당신은 되뇌었다. 그릇이 덜컥거려 여자와 결별했고 그 결별이 여자의 엄마로 하여금 손목을 긋게 만들었다고. 팽팽하던 줄이 느슨해진 여자가 집에서 온갖 히스테리를 부렸을 것이고 엄마의 운명과 자신의 팔자를 대비해가며 구석으로 몰았을 것이다.

여자는 다음날 당신을 찾아왔다. 전화해서 미안해요. 나도 모르는 새 피 묻은 손가락들이 버튼을 누르고 있었어요. 오다가 길에서 사람 키보다 큰 국화 화환을 싣고 가는 오토바이를 봤어요. 어느 장례식장에서 오는 길인가봐요. 비닐포장도 안 된 거여서 오토바이가 속력을 낼 때마다 국화가 길로 흩날렸어요. 엄마가 피를 많이 흘렸어요. 집에서 비린내가 나요. 락스로 아무리 씻어내도 지워지지가 않아요. 택시 바퀴에 국화가 밟혔어요. 병원에는 안 가봐도 돼요. 전남편이 와 있어요. 이럴 때는 쓸 만해요. 당신보다는.

7

앙코르는 아침과 저녁, 일출과 일몰, 건기와 우기를 비롯한 모든 시간을 위해 건축되었다. 태양이 각도를 달리할 때마다 다른 모습을 드러냈고 특히 하늘이 트는 무렵엔 장관을 이룬다. 당신은 사면을 바라보는 아발로키테슈바라에 기대어 이리저리 몸을 옮겨가며 하루를 보낸다. 달궈진 사암이 당신의 몸을 데우는 동안 유적 곳곳에선 소떼들이 풀을 뜯는다. 그들은 춤추는 압사라부조 사이를 비집고 나온 풀까지 깨끗하게 먹어치운다. 밤이 되면 앙코르와트를 둘러싼 거대한 해자를 건너 소떼들이 물을 가르며 우리로 돌아간다. 석양을 받는 갈색의 사원 아래 소떼들의 행진이 어우러져 당신의 시간은 정지된다.

그리고 일주일. 당신은 지금 나무를 보고 있다. 판야나무 한 그루가 사원 하나를 통째로 집어삼켰다. 판야나무의 씨앗은 바람에 날려 지붕에서 싹을 틔우고 천천히 뿌리를 지상으로 내려 수분과 양분을 흡수해올린 후 끝내는 사원 하나를 자신의 뿌리로 온전히 덮어버렸다. 그 그악스런 뿌리 사이로 손에 꽃을 든 여인의 입상 부조가 서서히 허물어져내리려 하고 있다. 뿌리 줄기 하나하나가 웬만한 거목 뺨치게 굵어 당신은 마치 개미라도 되어버린 느낌이었다. 또 어떤 나무는 아발로키테슈바라의 머리 위에 싹을 틔웠다. 그 뿌리는 조상彫像의 두 눈 사이를 가르고 내려와 그악스럽게 대지를 움켜쥐고 있다. 그 때문에 슬쩍 치켜올라간 조상의 입매도 두 조각으로 쪼개어져 그가 띤 웃음도 미소라기보다는 조소에 가까웠다. 당신은 무서웠다. 그가 무엇을 향해 웃고 있는가를 몰랐기 때문이었다.

그쯤 되면 20세기 초에 이곳을 찾아와 악마의 땅이라며 저주를 퍼붓고 간 폴 클로델을 이해할 수 있겠다고 당신은 생각한다. 누구라도 유적들을 휘감고 탐욕스럽게 커버린 십층 건물 높이의 판야나무를 본다면 이곳을 떠도는 마성魔性을 감지하지 않을 수 없을 것이다.

인간이 만든 모든 것을 무화시키는 작디작은 씨앗의 위력. 그것에 떨게 되고 자연스레 살아온 날들을 반추하게 될 것이다. 당신이라고 예외는 아니었다. 당신 역시 당신의 삶에 날아들어온 작은 씨앗에 대해 생각한다. 아마도 당신 머리 어딘가에 떨어졌을, 그리하여 거대한 나무가 되어 당신의 뇌를 바수어버리며 자라난, 이제는 제거 불능인 존재에 대해서.

8

여자의 엄마는 더이상 왼손을 쓰지 못하게 되었다. 여자는 술을 많이 마셨다. 당신은 알고 있었다. 나비가 이미 펄럭였다는 것을. 그러니 이제 더 무서운 일이 벌어지리라는 것도.

그릇의 덜컥거림이 어디까지 갈 것인지, 당신은 궁금했다. 당신의 기다림은 곧 결실을 얻었다. 당신과 여자가 살고 있는 도시에서 거대한 폭발이 있었다. 낡은 아파트 한 채가 콘크리트 더미가 되었다. 여자가 살고 있는 곳에서 불과 네 블록쯤 떨어진 곳이었다. 밤새 차오른 가스가 담뱃불에 인화되면서 순식간에 몇 집을 날려버렸고 나머지 주민들은 허물어지는 아파트에서 대피했다. 경찰은 누군가가 가스밸브를 절단한 것 같다고 말했다.

왼손의 신경이 끊어진 여자의 엄마는 슈퍼마켓 계산대의 점원과 다투었을 것이다. 한 손으로 계산하는 일은 불편한데도 여자의 엄마는 드러내기 싫었을 것이다. 지불을 독촉하는 점원 앞에서 지갑을 떨어뜨려야 했던, 아직 장애인의 삶에 익숙지 않은 여자의 엄마는 버럭 화를 냈을 것이다. 험한 욕이 오갔을 것이고 줄을 선 채 기다리는 사람들 모두 종국엔 그녀 손목에 드러난 수술 자국을 보게 되었을 것이다. 실패한 자살의 흔적은 사람들을 불편하게 한다.

슈퍼마켓의 점원과 고객 들은 각기 집으로 돌아가 불쾌한 싸움의 전말을 떠올릴 것이다. 그녀의 히스테릭한 소프라노와 손목의 상처, 점원의 앙칼진 대응을 적어도 며칠은 되새길 것이다. 그중 몇몇은 자살에 대해 단 일 분이나마 생각해봤을 것이며 그 속내를 모르는 남편의 술주정에 분노를 터뜨렸을 것이고 그중의 또 누군가는 가스파이프를 스위스 군용 칼로 잘라버렸을 것이다.

슈퍼마켓이 아니었다면 버스도 좋고 백화점도 좋다. 이런 식의 연쇄는 멈추지 않는다. 당신의 상상도 계속된다. 이 가스폭발이 또 얼마나 많은 일들을 불러올지 당신은 궁금하다.

9

왕거미는 밤늦게 욕실 거울 위에 다시 나타났다. 갑자기 쏟아진 빛에 놀라 움찔도 하지 않고 가만히 당신의 대응을 기다리고 있다. 당신은 라이터를 들고 천천히 거미에게 다가간다. 독이 있을지도 몰라요. 게스트하우스의 직원이 전날 당신에게 겁을 준 바 있었지만 당신은 주저하지 않고 불을 댕긴다. 라이터의 가스 조절장치를 활짝 열고 말이다. 거미는 그대로 욕실 바닥으로 추락해 당신이 상상할 수 없을 만큼 빠른 속도로 도주한다. 거미털 타는 냄새가 연하게 피어난다. 당신은 등산화를 들어 도망자를 겨냥했다가 그만두었다. 거미와 거의 비슷한 크기의 도마뱀 한 마리도 그 서슬에 벽을 타고 사라진다.

거미는 반드시 복수를 합니다. 당신의 무용담에 게스트하우스의 직원은 정색을 하며 말했다. 그때 당신은 거미가 어미의 몸을 파먹고 태어난다는 이야기를 생각하고 있다. 불로 지진 거미의 새끼들이 당신의 침대 주위로 새카맣게 몰려드는 상상에 몸서리도 쳐본다. 당신은 에어로졸 살충제와 모기향을 준비하고 모기장 속으로 기어든다. 알고 보면 당신은 아주 겁이 많은 자다.

그날 밤 당신은 기어이 아팠다. 다음날 무거운 몸을 일으키다 다시 누워버린 당신은 그날의 여정을 포기한다. 거미의 복수인가. 당신의 실없는 피해망상은 그칠 줄을 모른다. 신열이 나고 식은땀이 흐른다. 밖에는 스콜이 쏟아붓고 있다. 슬레이트 지붕 위론 말 달리는 소리가 들린다.

아파서일까. 여행 떠난 뒤 처음으로 여자가 그리웠다. 줄이 팽팽하게 조여진 기타 같은 여자 말이다. 기어이 목이 부러지고야 말았을까. 여자의 엄마는 또다시 자살 기도를 했을까. 이번에는 성공했을까. 당신은 다시 생각한다. 어쩌다 그 두 여자가 당신 삶에 틈입하도록 내버려두었을까. 어쩌면 내가 그 여자들을 불러들인 것은 아닌가, 그릇이 덜컥거려 이 모든 일이 빚어진 것이 아니라 거꾸로 그들이 그릇을 덜컥거린 것은 아닌가. 무엇이 먼저인가. 당신은 혼란스러웠다. 분명한 것은 지금 당신이 그들로부터 아주 멀리 떨어져 있다는 것이고 아주 잠시 그들을 그리워했다는 것이다.

당신이 그러는 사이에도 그릇의 덜컥임이 야기한 일련의 사태는 계속되고 있었다. 게스트하우스의 주인이 가져다준 영자신문 일면에는 프놈펜에서 발생한 세 건의 폭탄테러 기사와 사진이 올라 있었다. 총선의 승리자 훈 센을 노린 반대파의 소행으로 추정된다 했다. 이어 전개된 시위에서 승려 두 명이 총에 맞아 피살당했고 물대포와 총, 탱크가 진압에 동원되었다 한다. 인도에선 기차가 벼랑으로 굴러 수백 명의 사상자가 발생했다고 하고 스위스항공의 여객기가 캐나다에 추락해 승객 전원이 사망했다고 한다.

10

여자가 안락의자에 앉아 당신의 눈길을 피하고 있다. 임상심리사인 당신은 로르샤흐 테스트를 그녀에게 실시하는 참이다. 이 그림이 뭘로 보입니까? 당신이 펼쳐든 카드에는 잉크가 번져 만들어낸 무의미한 그림들이 의미를 얻으려 하고 있었다. 벌거벗은 여자가 다리를 벌리고 앉아 있네요. 여자는 시큰둥하게 대답한다. 여자의 질 같기도 하구요. 여자가 덧붙였다. 환자들의 그런 반응이 처음은 아니지만 대부분의 사람들은 그 그림에서 나비나 박쥐를 본다. 당신은 그녀의 반응을 꼼꼼히 기록한다. 그녀가 그림의 세부를 보는지 전체를 보는지, 여백을 전경前景으로 보는지 배경으로 보는지, 따위까지.

당신은 계속해서 다른 카드를 내민다. 이건 뭘로 보이시나요. 두 사람의 식인종이 한 여자를 잡아먹고 있네요. 왜 그렇게 보셨나요? 당신의 질문에 여자는 긴 손톱으로 그림을 가리키며 설명했다. 보세요. 가운데 있는 여자가 거꾸로 들려 있잖아요. 그리고 두 사람이 그 여자의 다리를 붙잡고 있구요. 뭘 하려고 그러겠어요. 잡아먹으려는 거지요. 사람을 잡아먹는 건 누구겠어요. 식인종이죠.

치료는 당신의 일이 아니다. 당신은 그저 정확히 기록하고 판단하여 정신과의사에게 보내면 그뿐이다. 당신은 계속 꼼꼼히 그녀의 대답을 받아적는다. 열 장째의 카드를 내밀었을 때, 여자가 말했다. 열 장째니까 그게 끝이죠? 그 유치한 테스트들은 언제 없어지죠? 로르샤흐, MMPI, TAT 따위 말이에요. 나는 그 무수한 문항들에 대답했지만 나아진 건 없었어요. 로르샤흐 테스트라는 그룹사운드가 있는 거 알아요? 그 사람들 음악 들어봤어요? 앤디 워홀이 1984년에 〈로르샤흐 테스트〉라는 그림을 그렸던 건 알고 있나요? 유치한 그림이에요. 쓱쓱 물감들을 뿌리고 그걸 반으로 접으면 끝나는 거죠. 물론 완벽한 대칭. 그러면서 무의미한 그림이 되겠죠. 그걸 보면서 박쥐를 상상하든 여자의 질을 상상하든 그게 무슨 무의식을 드러내주나요? 드러내주면 또 무슨 도움이 되요. 당신들이 아는 만큼 나도 알아요. 그러니 쓸데없는 그래프는 그만 그려요.

사 년 경력의 당신은 당황하고 있다. 워홀이 누구인지 알 바 없는 당신이지만 환자가 테스트를 꿰고 있다면 당신이 여자에게 실시한 테스트들은 종이 쪼가리가 되어버린다. 그렇다고 테스트를 중단할 수도 없다. 당신에겐 그럴 권한이 없다. 담당 의사는 검사결과를 요구할 것이고 당신은 제출할 의무가 있다.

그렇다면 뭐하러 병원에 왔습니까? 당신은 여자에게 묻는다. 여자는 대답한다. 말이 하고 싶어서겠죠. 버림받은 엄마와 이혼한 딸이 한집에 살면 어떻게 될까요. 서로의 처지를 위로하며 따스한 말을 나누며 살게 될까요? 결혼한 친구들이 독신생활의 즐거움을 얻어나누려고 앞다투어 제게 전화를 걸어올까요? 집에는 칼이 너무 많아요. 두 자루의 식칼과 한 자루의 과도, 그 칼을 가는 전동 칼갈이도 있구요. 우리 집은 십삼층이에요. 내려다보면 밑이 아득하죠. 오층쯤이 제일 두려워요. 십삼층쯤 되면 높이에 대한 감각이 없어지죠. 난 하루에 한 번씩은 아래를 내려다봐요. 저희 집 개도 저를 싫어해요. 동네 사람들은 반상회 때도 연락을 안 하죠.

당신은 여자의 이야기를 끝까지 들어주었다. 여자는 정신과 계통의 사람들이 반쯤은 미쳐 있다는 것도 알고 있었고 어떤 말이 그들의 호기심을 자극하는지도 꿰고 있었다. 테스트를 교란했고 그래프를 얽어놓았다. 정신분열과 망상과 우울증이 결합된 중증의 결과 뒤에는 경계선 성격장애 정도로 평가될 결과를 만들어 내놓았고 인터뷰에선 일순 논리적이다가 돌연 종잡을 수 없는 횡설수설로 상담자를 오도했다.

씨앗이 당신 머리에 내려와 앉은 것은 바로 그날이었다. 그리고 조금씩 자라기 시작했다.

11

환자를 가까이하지 말라고 당신의 선배들은 누누이 말해주었다. 당신은 그 룰을 어겼다. 환자들은 굶주린 독사와 같아. 조금만 빈틈을 줘도 물고 자기가 공격을 당해도 물고. 그러니 언제나 적절한 거리를 지켜야 해. 당신은 충고를 저버렸다. 여자는 자주 찾아왔다. 당신은 나를 치료하려 하지 않아서 좋아요. 이빨이 목에 박히는 걸 느끼면서도 당신은 여자를 뿌리치지 못했다.

강남의 한 술집에서 당신과 그녀가 술을 마시고 있다. 당신은 말한다. 어렸을 적 우리집 앞엔 아까시나무가 있었죠. 밤이 되면 가지의 그림자가 커튼에서 흔들거렸는데 나는 언젠가 그 나무가 집을 뚫고 들어오리라는 망상에 시달렸어요. 나뭇가지에 매달린 말벌집에서는 말벌들이 윙윙대며 날아다녔고 아버지가 키우던 꿀벌들은 말벌들에게 몰살당했죠. 말벌 한 마리가 족히 수백 마리를 물어 죽이는데도 꿀벌들은 맹목적으로 달려들어 싸웁니다. 언제부터 그들은 싸웠을까요? 내가 태어나기 아주 오래 전부터 그랬겠죠. 아마도 그들의 유전자엔 그 싸움이 각인되어 있을 겁니다.

술이 더해가자 누가 상담자였고 피상담자였는지 불분명해졌다.

그 경계가 완전히 사라졌을 때, 당신과 여자는 침대 위에 있었다. 말이 필요 없는 상태에서 당신과 여자는 편안했다. 여자는 엄마처럼 당신을 어루만져주었다. 젖을 물려주었고 당신을 씻어주었다. 섹스에 미숙한 당신을 다독여가며 길을 들였다. 겁내지 말아요. 노래를 부른다고 생각해요. 당신은 사람들의 얘기를 너무 많이 듣고 살아서 그래요. 모든 환자들은 거짓말을 해요. 그들은 의사가 자신을 정상인으로 보아주길 바라니까요. 그래서 그들은 수백 가지 질문들 속에 섞여 있는 가짜 질문에 넘어가죠. 날마다 일간신문의 사설을 읽는다, 같은 항목에 동그라미를 치게 되는 거죠. 그래서 더욱 신뢰를 의심받고, 아, 정신과는 정말 지겨운 곳이죠? 당신의 얘기를 해요. 사람들 얘기는 이제 그만 들어요.

그제야 당신은 평생 다른 사람의 이야기를 듣느라 세월을 보내왔다는 사실을 새삼 깨닫게 되었고 그게 부끄러워서 여자를 끌어당겼다. 여자의 이빨과 당신의 이빨이 부딪쳤고 팔과 무릎이 교차되었다. 어디선가 괘종시계소리가 들려왔다. 질펀한 정사 뒤에 당신과 여자는 나무처럼 서로를 얽은 채로 잠이 들었다.

12

여자의 상태는 현저히 호전되었다. 약이 없이도 잠들 수 있었고 환청도 사라졌고 울증도 가라앉았다. 이야기를 들어줄 상대가 생겨서인지 아니면 섹스 때문인지 분명하지 않았다. 어쩌면 둘 다라고 말할 수도 있을 것이다. 여자는 당신에게 탐닉했고 당신은 여자를 떠나지 않았다. 여자와 함께했던 두 번의 여행도 만족스러운 편이었다. 가끔 자기 방에 틀어박히곤 했지만 심각한 정도는 아니었다. 여자에겐 미약한 히스테리아 증세만이 남아 있는 것처럼 보였다. 그럴 때의 여자에겐 나름의 매력이 있었다. 히스테리아들이 그러하듯이 여자 역시 드라마틱한 전개를 좋아해서 가끔 당신을 기분좋게 놀라게 해주었다. 저녁 식탁에 와인과 촛불이 올라오는가 하면 아무도 입지 못할 대담한 옷을 입고 당신을 기다렸다.

여자의 상태가 좋아질수록 당신은 불안을 느꼈다. 여자는 당신의 아이를 갖고 싶다고 말했다. 그것이 당신의 불안을 더 가속했다. 씨앗은 점점 더 깊이 뿌리를 내리려고 하고 있었다. 가지는 이미 훌쩍 자라나 당신 창에 그림자를 드리웠다. 바람이 불 때마다 가지는 심하게 흔들렸다. 당신은 여자가 환자일 때가 더 좋았다고 추억하기 시작했다. 여자의 집착은 완강했고 모든 환자와의 관계를 의심했고 섹스는 더 격렬해졌고 전화와 삐삐가 잦아졌다.

먼저 결별을 선언한 건 당신이었다. 여자는 한 번은 자신을, 두 번은 당신을 죽이려 했다. 여자는 울지 않았다. 대신 칼을 들었다. 당신이 여자를 떠나려 할 때마다 비슷한 일이 반복되었다. 한 번의 과도는 당신의 목을 비켜 어깨를 찔렀고 다음번의 주머니칼은 허벅지를 스쳤다. 그때마다 당신은 주저앉았다. 그런 다음날이면 여자는 언제 그랬냐는 듯 환한 얼굴로 당신을 맞았다. 당신의 온몸을 혀로 핥고

대대적으로 집 안을 청소했고 멋진 메뉴들을 차려냈다.

이젠 당신이 서서히 미쳐가는 것 같았다. 그 생활이 조금만 더 계속되었더라면 정말 그랬을지도 몰랐다. 당신은 지방대학의 상담소로 자리를 옮겼고 전화번호를 알려주지 않았다. 두 달 만에 여자는 당신을 찾아냈다. 다시 치료를 받고 있어요. 의사가 당신을 놓아주래요. 그래야 내가 살 수 있대요. 아침마다 명상원에 나가요. 마음이 넉넉해져요. 당신도 해봐요. 이제 당신을 더이상 괴롭히지 않겠어요. 남자도 생겼어요.

여자는 당신보다 당신을 더 잘 알고 있었다. 당신은 흔들렸다. 여자가 돌아간 지 이틀 만에 당신은 여자의 전화번호를 누르고 있었다.

13

나무를 보고 있는 당신 앞으로 주황색 장삼을 걸친 맨발의 승려가 지나가다 멈춘다. 승려가 짧은 영어로 말을 붙여온다. 뭘 보는가. 당신은 손을 모으고 대답한다. 나무를 봅니다. 승려는 장삼을 치켜올리며 다시 묻는다. 나무에서 뭘 보는가. 당신은 다시 대답한다. 시간을 봅니다. 서로의 영어가 짧으니 대화는 자연 선문답을 닮아간다. 승려는 대꾸하지 않고 당신이 앉아 있는 등걸 위에 함께 몸을 붙인다. 더운 바람이 훅하고 두 사람을 훑고 지나간다. 그사이 승려는 바랑에서 꺼낸 음식을 오른손으로 주섬주섬 집어먹는다. 먹겠는가. 당신은 사양하지만 그의 손은 물러날 줄 모른다. 역한 향료냄새가 당신의 코를 찌른다. 당신은 받아먹는다.

나무가 무섭습니다. 당신의 말에 승려는 웃는다. 거대한 석조 불상의 틈새에 자신의 뿌리를 밀어넣어 수백 년간 서서히 바수어온 나무를 보며 승려는 반문한다. 나무가 왜 무서운가? 이곳의 나무들이 불상과 사원을 짓누르며 부수어나가는 것이 두렵습니다. 승려는 보시음식을 싼 기름종이를 다시 바랑에 집어넣으며 자리에서 일어섰다. 나무가 돌을 부수는가, 아니면 돌이 나무 가는 길을 막고 있는가. 승려는 나무뿌리에서 휘감긴 불상을 향해 합장을 하며 말을 이어간다.

세상 어디는 그렇지 않은가. 모든 사물의 틈새에는 그것을 부술 씨앗들이 자라고 있다네. 지금은 이런 모습이 이곳 타프롬사원에만 남아 있지만 불과 몇십 년 전까지만 해도 밀림에서 뻗어나온 나무들이 앙코르의 모든 사원을 뒤덮고 있었지. 바람이 휭하니 불어와 승려의 장삼을 펄럭였고 당신의 땀을 증발시켰다. 승려의 말은 계속 이어진다. 그때까지 나무는 두 가지 일을 했다네. 하나는 뿌리로 불상과 사원을 부수는 일이요, 또하나는 그 뿌리로 사원과 불상이 완전히 무너지지는 않도록 버텨주는 일이라네. 그렇게 나무와 부처가 서로 얽혀 구백 년을 견뎠다네. 여기 돌은 부서지기 쉬운 사암이어서 이 나무들이 아니었다면 벌써 흙이 되어버렸을지도 모르는 일. 사람살이가 다 그렇지 않은가.

캄보디아의 노승은 해맑게 웃었다. 크메르루주의 학살을 견딘 승려는 불과 수백이었다. 나이로 미루어 그는 프랑스 식민지배와 론

놀과 크메르루주와 베트남의 침공과 최근의 내전을 겪어내었을 것이다. 끝내 살아남았고 이렇게 사원 근처에서 불교도와 관광객의 보시로 연명하고 있다. 그런 그가 부처를 쪼개는 나무를 어루만지더니 휘적휘적 갈 길로 가버렸다. 당신은 다시 나무를 본다. 나무는 대꾸가 없다.

14

승려가 가버린 뒤에도 당신은 타프롬사원에 앉아 나무를 본다. 검은 나비 두 마리가 펄럭이며 당신 머리 위를 지나간다. 문득 하나의 의문이 튀어오른다. 혹, 당신이 그녀의 나무는 아니었는가. 상담자라는 지위가 가진 매력을 후광효과 삼아 여자를 유혹하고 당신이 편안할 때마다 섹스파트너로 삼았던 것은 아닌가. 오히려 치료를 받았던 건 당신이 아니었는가. 여자의 히스테리아는 당신이 도망칠 좋은 구실이 되었던 건 아니었나. 당신이 내뱉은 말들은 그녀가 휘두른 과도보다 더 위험한 건 아니었을까. 과연 누가 나무이고 누가 부처인가.

당신은 오토바이를 타고 천천히 숙소로 돌아온다. 일터에서 집으로 돌아가는 캄보디아인들이 자전거 페달을 힘차게 밟고 있다. 그들을 지나쳐 당신은 천천히 숙소로 들어선다. 로비에 켜져 있는 CNN 위성방송에서 과학뉴스 한 조각이 흘러나오고 있다. 뉴스는 그릇의 덜컥임이 야기한 최종의 결과를 보여주고 있었다.

대마젤란은하에서 초신성이 폭발했다는, 1604년 케플러가 발견한 초신성에 맞먹는 밝기였다는 기사. 그릇이 덜컥였고 그 때문에 여자가 당신을 떠났고 한 여자가 자살을 기도했고 아파트 한 동이 가스폭발로 날아갔고 프놈펜에서 세 발의 폭탄이 터지고 캐나다에선 비행기가 떨어졌고 그 모든 일들이 종국엔 수억 광년 너머에 있는 별을 폭발시켰다는 사실이 당신에겐 별로 놀랍지 않다. 수억 광년 너머의 폭발이 관측되었다면 그 폭발은 이미 수억 년 전에 발생했으리라는 과학상식도 당신의 신념을 교정하지는 못한다. 단지 당신은 이렇게 타협한다. 어쩌면 그 별의 폭발이 당신 방의 그릇을 덜컥였을 것이라고. 수억 년 동안 날아온 성간 먼지의 파편들이 지구에 도달하여 당신과 수많은 사람들의 그릇을 건드렸으리라고.

그렇게 믿으면서 당신은 한 여자에게 전화를 건다. 자신이 뿌리를 내려 머리를 두 쪽으로 쪼개버린 한 여자에게 말이다. 네 몸이 그립다. 안고 싶고 빨고 싶고 네 속으로 들어가 똬리를 틀고 싶다. 나무와 부처처럼 서로를 서서히 깨뜨리면서, 서로를 지탱하면서 살고 싶다. 여자는 아무런 대꾸도 하지 않는다. 어쩌면 잘못 건 전화인지도 몰랐다. 당신은 천천히 수화기를 내려놓았다. 그러곤 여장을 꾸려 앙코르를 떠났다. 당신의 시간이 다시 거꾸로 흐르고 있었다.

피뢰침

1

처음 그 모임에 관해 들었을 때의 기분을 뭐라고 해야 할까. 쌍둥이였다는 사실을 다 크고 나서야 안 기분이랄까. 반가우면서도 어딘가 불편한, 삶의 기저가 아주 천천히 흔들리는 느낌이었다.

누구나 살아가다보면 한 번쯤 잊지 못할 경험을 한다. 문제는 그 경험이 아주 짧고 강렬했을 때 발생한다. 시간이 흐르면 모든 세부는 흐릿해지고 나중엔 그런 일이 정말로 있었나 싶은 지경까지 이르게 된다. 그런 일을 방지하기 위해 사람들은 그 잊지 못할 일을 이야기로 만들어 다른 사람에게 전하곤 한다. 한번 언어로 만들어지면 쉽게 없어지지 않는다. 그 과정에서 보통 다소의 윤색이 가해지기도 한다.

그러나 내 경우는 조금 달랐다. 그 짧고 강렬한 순간이 지나가고 난 후, 까닭 없이 죄의식을 느꼈던 것이다. 지금 생각하면 우습지만, 여느 여자아이들이 그렇듯, 나도 어떤 사고가 발생하기만 하면, 그게 내 잘못이라는 생각부터 들었다. 다른 사람의 잘못으로 일어난 일에 대해서도 우선 사과하도록 교육받은 탓이었을 것이다.

그래서인지 나는 그 일을 엄마에게도, 그리고 그 시절 가장 가까웠던 친구에게도 말하지 못했었다. 시간이 좀더 지나고 나이를 먹게 되니, 부끄러움 때문이 아니라 아무도 믿어주지 않을 거라는 예단 때문에 더더욱 입 밖에 낼 수 없게 되었다. 우선 나부터도 과연 그 일이 정말로 일어났던 것인지 의문스러워졌다. 게다가 고등학교 시절은 정신없이 지나가버렸다. 시험은 매달 있었고, 자잘한 연애사건들을 통과했고, 집안도 그리 평탄치만은 않았다. 그러면서 나는 어느새 그런 놀라운 경험을 했었다는 사실을 차츰 잊어갔던 것 같다.

어쩌면 잊은 게 아니라 묻어뒀던지도 모른다. 무의식 저 깊은 곳에 말이다. 그건 두말할 필요 없이 공포스런 경험이었지만 그렇다고 끄집어내 치료해야 할 만큼 심각한 정신적 장애도 발생하지 않았다. 초경을 하던 날의 기억처럼 그 사건도 아련한 흔적만 남긴 채 유년의 장막 뒤로 사라져가고 있었던 것이다.

모임에 대한 이야기를 처음 들은 것은 정보검색을 업으로 하는 친구에게서였다. 하루종일 컴퓨터 앞에 앉아서 신문기사를 비롯한 각종 정보를 스크랩하여 고객에게 넘겨주는 일을 하는 친구였는데, 시간이 남으면 여기저기 재미있는 홈페이지나 사이트 들을 전전하면서 소일하는 게 하루 일과라고 했다.

"오늘 인터넷을 돌아다니다가 이상한 모임을 봤어."

"뭔데?"

"아다드라는 모임인데, 처음엔 무슨 애니메이션 동호회인 줄 알고 들어갔는데, 아니었어."

"그럼?"

친구는 그 대목에서 밀정처럼 목소리를 낮춰 말했다.

"벼락 맞고 살아난 사람들의 모임이라는 거야."

그 말을 듣는 순간, 전화기를 통해 아주 미세한 전류가 내 정맥을 타고 흘렀다. 그에 따라 내 몸도 부들부들 떨려왔고 귓속에선 웅웅거림이 그치지 않았다. 몸은 기억하고 있었던 것이다. 몸은 오랜 주술에서 풀려나는 미라처럼 천천히 먼지들을 떨어내면서 내가 잊었다고 믿어왔던 그때 그 순간의 현상들을 재현해내고 있었다. 아주 짧은 순간이었지만 머리가 터질 것같이 아파오면서 귀가 먹먹해지고 시력이 급격히 저하되었다. 금세 정상으로 되돌아오긴 했지만 꼭 병치레를 끝냈을 때처럼, 기력은 없는데도 기분은 상쾌했다.

어느새 바닥에 떨어져 있던 수화기에선 친구의 목소리가 계속 흘러나오고 있었다. 나는 수화기를 들어 아무 일 없다고 말해주었다.

"빈혈이었나봐. 좀 어지러웠어."

친구는 우유를 마셔 칼슘을 보충해야 한다는 잔소리를 끝으로 전화를 끊었다. 수화기를 올려놓자 여진餘震처럼 척추를 타고 내려가는 떨림이 있었다.

2

주술은 한번 풀리면 걷잡을 수 없는 모양이었다. 나는 꿈에서 여러 차례 유사한 경험을 했다. 어두운 대기를 뚫고 푸른 섬광이 내 몸을 통과해나가는, 그리하여 어둠과 빛과 대기와 땅이 내 몸을 통해 하나가 되는, 고통과 쾌감이 동시에 교차하는, 그런 감정의 교란이 일어났다.

어느 새벽, 나는 그런 꿈에서 깨어나, 몽유병 환자처럼 컴퓨터 앞에 앉았다. 스탠드를 켰다. 손을 대자마자 무색의 빛이 쏟아져나왔다. 전혀 눈부시지 않았다. 인터넷에 접속하여 'Adad'를 입력했다. 초기 화면에는, "태초에 어둠이 있었다. 빛이 있어라 하시자 빛이 생겨나 세상을 비추었다. 그 빛이 오도록 내버려두라"라는 짤막한 문구만이 있었다. 나는 천천히 그 모임의 여러 게시판을 둘러보았다. 대부분의 게시판은 비회원의 접근이 금지되어 있었다. 접근이 허용된 곳에는 번개와 천둥에 관한 일반적인 상식들이 나열되어 있었다. 어떤 글은 꽤나 전문적이어서 이해가 쉽지 않았다.

그런 글들 훨씬 아래에 모임 소개글이 회장 명의로 올려져 있었다.

"……가입하실 분들은 아래의 사항을 숙지한 후에 신청하시기 바랍니다. 연구모임에 3회 이상 참석하고 1회 이상 전격電擊을 세례하신 분에 한하여 정회원의 자격을 부여합니다. 전격 경력이 없는 분은 연구회원으로 자격이 제한됩니다. 연구회원은 탐뢰여행 등 동호회 행사 참가에 제한이 가해집니다……"

사전을 찾아보니 전격이란 낙뢰를 말하는 것이었다. 나는 몸을 뒤로 젖힌 채 멍하니 모니터를 지켜보다가 컴퓨터의 전원을 꺼버렸다. 정상적으로 종료할 수도 있었지만 내 내부의 두려움이 그런 모든 절차를 생략해버렸다. 이들은 누구인가? 신비주의 종파인가? 아니면 미치광이들인가? '1회 이상 전격을 세례하신 분'이라니? 그럼 두 번, 세 번 경험한 사람도 있다는 얘기인가? 그렇다면 탐뢰여행이란 벼락을 맞으러 가는 여행이란 뜻일까? 혼란스러웠다. 내 의식 깊은 곳에서는 맹렬한 투쟁이 벌어졌다. 나는 내 쌍둥이들이 부르는 소리를 들었고, 한편 그들로부터 도주하고 싶었다.

눈을 감고 그날의 기억을 되살려보려고 애써보았다. 아마, 봄 언저리였던 것 같았다. 낚시를 즐기던 아빠를 따라온 가족이 남한강, 아니 북한강이었나, 여하튼 돌이 굵은 강변으로 가서 텐트를 쳤다. 해가 지자 아빠는 낮에 잡은 고기로 매운탕을 끓였다. 곧 비가 내리기 시작했다. 우리는 침낭 속으로 기어들어가 잠이 들었다. 후드득 후드득 텐트 천장을 두들기는 빗소리. 텐트 안을 가득 채운 후텁지근한 공기. 오줌이 마려웠던 것 같다. 나는 텐트 지퍼를 열고 강변으로 나갔다. 플래시를 들고 둑 쪽으로 다가갔을 때, 아, 이 부분이 확실하지 않다. 다른 사람이 있었던 것 같기도 하고, 그래서 조금 망설였던 것 같고, 오줌을 눈 것 같기도 하고, 누기 전인 것 같기도 하고, 어쨌든 아주 묘한 기분에 휩싸였던 기억이 난다. 공포영화를 볼 때처럼 온몸의 털이 빳빳하게 곤두서면서 팔뚝으로 전기가 지릿지릿 오르기 시작하더니만, 바로 그때, 빛이 내 몸으로 들어왔다. 몸이 거대하게 팽창하는 느낌, 수만 명이 몸속에서 포효하고 있었다. 그러곤 하늘이 찢어지는 소리가 대포가 터질 때처럼 귀청을 때렸다.

당연하게, 나는 내가 죽었다고 생각했었다. 그와 동시에, 바보 같게도 나는, 격렬하게 오줌이 마려웠다. 죽었으면서도 요의를 느낀다는 게 모순이라고는 전혀 생각되지 않았다. 죽음의 순간에 이르면 누구나 가족의 얼굴과 살아온 날들이 주마등처럼 스쳐간다는데, 나는 그저 오줌을 누고 싶었을 뿐이었다.

자갈밭에 엎드린 채로 나는 오줌을 누었던 것 같다. 부끄러웠다. 때마침 죽어서 다행이라는 생각까지 들었다. 그러나 그 순간 하늘이 환해지면서 다시 벽력소리가 귀청을 때리는 바람에, 나는 모든 것을 알아버렸다. 내가 벼락을 맞았음을, 그러고도 살아났음을.

살아났다고 판단한 순간, 내가 가장 먼저 한 일은 우습게도 손목시계를 보려 한 것이었다. 아빠가 홍콩 다녀오면서 사온 게스 손목시계였다. 그러나 화이트아웃이라도 일어난 것처럼 잘 보이지 않았다. 나는 더듬더듬 대충의 방향을 잡아 비틀거리며 텐트 쪽으로 걸어갔다. 그때 다시 텐트가 흔들릴 정도로 강한 벼락이 쳤다. 나는 비명을 질렀고 그제야 아빠가 달려나와 나를 발견했다. 아빠는 나를 텐트 안으로 데리고 들어가 수건으로 물기를 닦아주었다. 나는 엄마와 아빠 사이로 기어들어가 몸을 웅크렸다.

그때부터 그 게스 시계는 작동을 멈췄다. 열시 삼십이분 이십사초.

그후로도 나는 가끔 서랍 속에서 그 시계를 꺼내본다. 그때마다 오줌이 마려웠다.

3

J를 만난 건 세번째 연구모임에 참석했을 때였다. 그는 특수 뇌전雷電 현상에 대한 발제를 했다.

"세인트 엘모의 불Saint Elmo's fire은 일종의 선단방전先端放電 현상입니다. 뇌우가 내리고 있는 가까이에 강한 전기장이 있을 때, 피뢰침이나 배의 돛대 끝에서 전기가 방출되는 거지요. 검은 바다, 퍼붓는 빗줄기, 마스트를 후려치는 괴수의 혓바닥 같은 파도, 나침반이 제멋대로 돌아가고, 쇠붙이들이 하늘을 향해 딸려올라가는 장면을 생각해보십시오."

그렇게 말하는 그의 눈에서 세인트 엘모의 불을 보았다. 그의 눈과 눈 사이에서 파르란 불꽃이 타닥거리는 것 같았다.

회원들 모두 그의 말을 경청했다. 그때 누군가 귓속말로 나에게 그의 목에서 등까지 전문電紋이 새겨져 있다고, 자못 존경스럽다는 어투로 알려주었다. 앞선 두 번의 연구모임에서 내가 배운 바에 따르면, 전문이란, 전격 세례를 받을 때 몸에 새겨지는, 나뭇가지 모양, 혹은 번갯불 모양의 피부 홍반인데, 모두에게 나타나는 것은 아니었다. 수만 암페어의 전류가 몸을 통과할 때, 그 길을 따라 피부의 모세혈관이 팽창하면서 그 흔적을 남기는 것인데, 그 모양이 번개를 닮았기 때문에 전문이 없는 사람들은 가진 자들을 부러워하는 기색이었다.

그가 칠판을 향해 돌아설 때, 유심히 목뒤를 살펴보았다. 일부러인지는 모르겠으나 그는 등이 파인 헐렁한 티셔츠를 입고 있었고 그 때문에 그의 붉은 전문이 그대로 드러났다. 직접 그걸 보자 새삼 공포가 다시 엄습해오는 것을 느꼈다. 그 전문은 이들의 정체에 대한 일말의 의혹을 완전히 씻어주는 역할을 했다. 기실 세 번이나 모임에 나오면서도 나는 이들이 어쩌면 가상공간에 존재하는 허다한 마니아 집단들처럼, 도토리 키재기식의 상식 대결이나 벌이는, 할일 없는 족속들은 아닐까 하는 생각을 하고 있었던 것이다. 어쩌면 그러기를 바랐던 것인지도 몰랐다. 그러나 그게 아니라는 게 점점 더 분명해졌다. 나는 내 앞자리에 앉아 J에게 질문을 던지는 남자의 볼에서도 비슷한 걸 발견했던 것이다.

그제야 나는 스스로에게 질문을 던졌다. 도대체 여기서 뭘 하고 있는 거야. 다시 벼락을 맞을 것도 아니면서, 어쩌자고 이런 무리에 끼어들어, 뇌전의 전하현상 따위를 공부하고 있는 것인가.

아무려나. 그게 J와의 첫 대면이었다. 눈에서 세인트 엘모의 불꽃이 튄다는 것, 그리고 전문이 있다는 것 정도가 그에 대한 정보의 전부였다. 진짜 만남은 그뒤에 이어졌다. 세 번의 연구모임을 마쳤고 이미 '전격 세례' 경험이 있었으므로 나는 그날 모임 이후 바로 정회원으로 승격되었다. 게스 시계는 증거로 제출되었다. 정회원들은 그 시계를 소중히 다루었다. 손에서 손으로 넘겨받으며 성자의 유물이라도 되는 것처럼 경의를 표하며 살펴보았다. 모두들 하나씩은 세례를 증거할 만한 물품들이 있었다. 어떤 이는 우그러진 동전, 변색된 안경테를 내보여주었다.

연구회원들을 내보내고 이어진 다과회에서 본격적인 입회식이 이루어졌다. 나는 전격 세례의 경험에 대해 상세히 이야기해야만 했다. 그 과정에서 거짓임이 밝혀져 탈락한 이들도 있다고 했다. 나는 오줌이 마려웠다든지 하는 이야기는 빼고 그 나머지를 다소 두서없이 더듬거리며 말했다. 그 사건을 다른 사람에게 발설하는 것은 이번이 처음이어서 뭘 어떻게 말해야 할지 당혹스러웠다. 그래도 그들은 참을성 있게 경청했고 내가 머뭇거리면 적확한 단어를 제시해주기도 했다. 천신만고 끝에 장황한 진술이 끝나자 모두들 박수를 치며 나의 입회를 환영해주었다. 그후 이어진 술자리에서 그들은 한 명씩 다소 은밀한 목소리로 자신의 첫 경험에 대해 털어놓았다. 그럴 때, 그들의 음성엔 습기가 끼어 있었다.

그 저녁 동안 나는 총 일곱 명의 사례를 들을 수 있었다. 다들 조금씩 달랐다. 어떤 사람은 몇 시간쯤 까무러쳐 있다가 깨어났다고 했고 어떤 이는 이백 볼트 플러그에 감전되는 정도의 느낌밖에는 없었다고 했다. 모두들 열심히 떠들어댔지만 J만은 말이 없었다. 그는 의자 깊이 몸을 파묻고 과학서적을 열심히 탐독하고 있었을 뿐이었다. 아무도 그를 방해하지 않았다.

4

엄마는 그 낚시여행에서 돌아온 이후, 시름시름 앓다가 병명을 모른 채 세 달 만에 죽었다. 기껏 중학교 이학년이었던 나는, 내가 벼락을 맞아서 엄마가 죽었다고 생각했던 것 같다. 내가 죽어야 했을 것을 죽지 않아서 엄마가 대신 죽었다고, 그렇게 믿었던 것 같다.

지금, 엄마에 대한 기억은 별로 남아 있지 않다. 파리한 얼굴에, 겁이 많았다. 쥐를 보고 자지러지거나 곧잘 기절하곤 했다. 아빠와 엄마가 사이가 좋았는지는 분명하지 않다. 아빠가 곧 재혼한 걸로 봐선 엄마의 죽음을 기다려왔을지도 모른다는 생각도 든다. 엄마는 늘 아팠고 아빠는 그때마다 짜증스러워했으니까.

엄마가 죽고 나서 내가 몰두했던 일은 그림이었다. 아다드의 첫 모임에 다녀온 후, 나는 고등학교 시절에 그린 스케치북을 꺼내보았다. 첫 장면에 나타난 건, 군청색 대기, 그 가운데를 가로지르는 회색 번개였다. 그런 그림은 무려 열 장이 넘었다. 어떤 그림 속에는 나도 있었다. 어린 소녀 하나가 몸을 웅크리고 귀를 막고 있었다. 너무도 작게 그려져 마치 애벌레처럼 보였다.

아무리 생각해도 이런 그림을 그린 기억이 없다. 지금도 마루에 자랑스럽게 걸려 있는, 경복궁이나 인왕산을 그려 학생 공모전 따위에서 우승한, 그런 그림들만 기억에 있을 뿐.

기억이 이토록 쉽게 사라지다니. 불현듯, 어지러웠다.

5

J가 말했다.

"당신의 세례 경험에는 뭔가 빠져 있습니다."

옆에 앉아 있던 그가 돌연 질문을 던져왔을 때, 나는 사막을 생각하고 있었다. 사막에서도 벼락이 친다는 이야기를. 세상에, 사막에, 그 마른땅에 어떻게 벼락이 치는가에 대해 배웠고, 그걸 되새기고 있던 참이었다. 먼지, 먼지에도 전하가 있어 그들이 충돌하면 희귀한 일이긴 하지만 그런 현상이 발생할 수 있다는 이야기를.

"네?"

"뭔가 빠져 있습니다. 당신의 세례 경험 이야기에서 말입니다."

"글쎄요."

"모두들, 처음엔 그걸 빠뜨립니다. 아직도 모르시겠습니까? 배설, 배설 말입니다."

"……"

"그건 소중한 경험입니다. 전류가 공포보다 앞서 우리 몸을 빠져나간 흔적입니다. 뒤늦게 자각한 공포가 소량의 배설을 지시하는 겁니다. 그게 우리를 살린 겁니다. 아시겠습니까? 그게 없었다면 우린 숯덩이가 되었겠지요."

J는 판결을 내리듯 또박또박 말했다. 그 순간 나는 벼락보다 그가 더 두려웠다.

"우리는 같은 경험을 나눈 사람들입니다. 전 세계적으로 우리와 같은 이들이 수백 명 있습니다. 아무도 믿어주지 않을 이야기를 이곳에선 마음놓고 해도 괜찮습니다."

나는 조금 용감해졌다.

"그럼 도대체 왜 이런 모임이 있는 거지요? 그저 경험을 나누기 위해? 퇴역군인들 모임 같은 건가요? 죽음의 고비를 함께 나눈 이들이 모여 추억담을 교환하며 일 년에 한 번씩 파티를 여는, 그런 건가요?"

"아닙니다."

그는 일언지하에 잘라 말했다.

"우리는 다시 전격을 받으러 모인 겁니다. 그뿐입니다. 그 이하도 그 이상도 아닙니다."

"그건 너무 위험하지 않을까요?"

"그래서 준비가 필요하고, 우리는 지금 그 준비를 하고 있는 겁니다."

"준비라니요?"

"공포를 받아들일 준비. 우리는 이미 한 번 살아났습니다. 자신의 운명을 모른 채 어느 날 갑자기 공포보다 빨리 덮친 수만 암페어의 전류를 받아냈습니다. 그때 전류는 우리 몸에 길을 냈기 때문에 또다시 맞는다 해도 전류는 그 길을 따라 마치 피뢰침을 지나듯 우리 몸을 지나갈 겁니다."

"믿을 수 없어요."

"우리의 친구들은 한 번 살아난 사람들은 죽을 확률이 거의 없다는 걸 밝혀냈습니다. 이게 그 연구결과들입니다."

그의 손에는 인터넷을 뒤져 찾아낸 연구결과 리포트가 들려 있었다.

"물론 역사적 사례도 있습니다. 1325년, 스페인 톨레도의 한 여자는 두 번이나 전격 세례를 받고도 살아났습니다. 결국 그 여자는 마녀로 몰려 화형을 당했지요. 어쩌면 정말 마녀였는지도 모르지요. 일본 에도막부시대의 무라야마 겐이치로라는 사무라이는 산에서 한 번, 그리고 들에서 한 번, 들고 다니던 일본도 때문에 똑같은 일을 당했지만, 멀쩡히 살아서 에도막부의 중책까지 맡아서 일하다 늙어서 죽었습니다. 저 역시 네 번의 경험이 있습니다."

네 번이라고 힘주어 말하는 그의 말투에 어쩐지 초조함이 묻어 있었다. 그도 어쩌면, 나처럼 그걸 상기할 때마다 요의를 느끼는 게 아닐까.

"좋아요. 그렇다면 왜 이런 일을 하는 거지요? 그저 전류를 다시 한 번 통하게 하려고? 마치 번지점프를 하듯이 위험을 즐기는 건가요?"

그의 대답은 단호하고 차가웠다.

"당신 스스로에게 물어보시지요. 당신이 왜 여기에 앉아 있는지를."

그건 내가 그에게 묻고 싶은 바였다.

"한번 탐뢰여행을 떠나보십시오. 그럼 우리가 왜 이렇게 이 일에 미쳐 있는지를 알게 될 겁니다."

6

공포, 공포라.

집으로 돌아와서도 J의 말이 떠나지 않았다. 공포가 왜 새삼스럽다는 거지? 공포는 언제나 내 삶의 일부였는데. 밤길에 따라붙는 남자의 구둣발소리가 그렇고, 아버지의 만취가 그렇고, 새엄마의 히스테리가 그렇다. 그 공포 때문에 여전히 나는 처녀고, 남자친구들의 짜증을 자초했고, 미약한 신경증을 얻었지만, 별문제는 없었다.

그냥 이렇게 살지 뭐. 내가 뭐하러 비 오는 들판을, 단지 벼락을 한번 더 맞기 위해 헤매다녀야 한단 말인가.

나는 그 모임에 참석하는 일을 그만두었다. 그들은 잡지 않았다. 그러면서도 나는 가끔 유령처럼 슬며시 그들 모임 게시판에 접속하여 그들이 올리는 글을 보곤 했다. 그들은 여전히 열정적으로 대기 중의 방전현상이나 뇌운의 구조 따위에 대해 연구하는 글을 써댔다. 자세히 보니 그들마다 관심분야가 조금씩 다 달랐다. 어떤 이는 벼락과 관련된 신화에 관심이 많았다. 인도신화, 남미신화, 그리스신화에 나타난 번개에 대해 시리즈로 서술하고 있었다. 어떤 이는 번개에 관련한 역사적 사실을 수집하고 있었다. 1752년 6월 벤저민 프랭클린의 기념비적인 연 실험 정도는 기본이었고 서양의 중세, 심지어 『조선왕조실록』에 나타난 관련자료도 모으고 있었다.

세계적으로 번개가 잦기로 유명한 수마트라 지방으로 여행을 떠난 이도 있었다. 그는 회사생활 때문에 그동안 국내 탐뢰여행엔 한 번도 참여를 하지 못하다가 이번에 아예 장기 휴가를 내고 수마트라와 필리핀을 돌아볼 계획이라고 했다. 때마침 날마다 스콜이 쏟아지는 우기였으므로 열뢰熱雷가 자주 발생하는 시기였다. 하지만 그렇다고 해도 번개의 방향은 아무도 모르는 것이니 그가 전격 세례에 성공할지는 미지수였다. 그러나 모두들 성지순례자라도 되는 것처럼 그를 열렬히 환송해주었다.

그렇게 세월이 지나는 동안에도 나는 계속 꿈을 꾸었다. 강변의 거대한 바위들 틈바구니에 끼여서 쏟아지는 빗속에서 공포에 떨고 있는 내가 있다. 습기 머금은 바람이 불어오고 하늘은 금세 어둑해져가고 주위엔 아무도 없다. 거대하게 치솟은 고목만이 나를 내려다보고 있다. 어떤 꿈에서는 고목 대신 거대한 피뢰침이 서 있기도 하다. 벼락이 내리치기도 하고 세상이 흔들리기도 한다. 수백수천의 날카로운 돌들이 우박처럼 쏟아지기도 한다. 사방 천지엔 천둥소리가 울려퍼지고 나는 오줌이 마렵다. 미칠 것처럼 오줌이 마렵다.

늘 비슷한 꿈이다. 꿈에서 깨어날 때면 방광은 터질 것 같은데 막상 화장실에 가면 조금밖에 나오지 않는다. 어떤 날은 그날처럼 오줌을 지린다. 어쩌자고 이런 꿈을 계속 꾸는 걸까. 팬티를 갈아입다가 거울에 비친 내 몸을 본다. 그러다가 나는 보았다. 가슴에서 시작되어 배꼽을 거쳐 내려가는 희미한 전문을.

J를 만났다.

"당신도 꿈을 꾸나요?"

J는 고개를 끄덕였다.

"그 경험은 당신이 생각하는 것 이상으로 강하게 우리 몸에 흔적을 남깁니다. 잠시 잊을 수는 있지만 곧 되살아납니다. 공포보다 먼저 지나간 것을 몸은 잊지 않습니다."

"그럼 어떻게 해야 되나요?"

"공포와 전류를 일치시키는 겁니다. 그때, 당신 스스로 전격이 되어 하늘과 땅으로 방전하는 거지요. 당신은 대기와 대지와 당신 몸의 주인이 되는 겁니다."

내 머리는 그의 말을 이해할 수는 없었지만 내 몸속에는 이미 뭔가가 흐르고 있었다. 그 뭔가가 땅과 하늘의 전하를 부르고 있는 모양이었다. 숙면을 잃어버린 육체가 그렇게 말하고 있었고 시도 때도 없이 배출되는 체액들이 그렇게 속삭이고 있었다.

"디오니소스가 어떻게 태어난 줄 아십니까?"

J가 물었다.

"몰라요."

"번개에 관한 수많은 전설이 있지만 제가 가장 좋아하는 전설은 디오니소스의 탄생설화입니다. 세멜레라는 아름다운 처녀가 있었답니다. 제우스는 자신이 제우스임을 밝히고 세멜레와 멋진 사랑을 나누었습니다. 세멜레는 곧 아이를 가졌습니다. 그런데 제우스의 아내 헤라가 이 사실을 알았습니다. 질투의 화신이니 복수를 해야겠지요. 헤라는 세멜레의 약을 올렸습니다. 제우스는 너를 사랑하지 않아. 그러니까 본모습을 보이지 않는 거야. 세멜레는 샘으로 눈이 멀어 제우스에게 간청했습니다. 세멜레의 부탁은 무엇이든 다 들어주겠노라고 약속한 바 있는 제우스는 하는 수 없이 번개와 천둥으로 둘러싸인 전차를 타고 세멜레의 방으로 들어서면서 언제나처럼 번개를 던졌습니다. 인간의 몸을 가진 세멜레는 번개의 화염에 휩싸여 죽고 말았지요. 그러자 제우스는 세멜레의 뱃속에서 육 개월된 아이를 끄집어내어 자신의 넓적다리에 넣었고 달이 차자 아이는 제 아비의 넓적다리를 뚫고 세상에 나왔습니다. 그가 바로 포도주와 향락, 생식의 신, 디오니소스지요."

디오니소스의 이야기를 들으니 우울해졌다. 두 여자가 있었고 한 남자가 있었다. 질투가 있었고 너무 강력한 남자가 있었고 그리고 벼락이 있었다. 향락은 인간이 감당할 수 없는 엄청난 공포가 지나간 자리에서 태어났다.

"재밌는 이야기군요. 나중에 그림으로 그려보고 싶어요."

어쩐지 그에게도 돌이키기 싫은 과거가 있어 보였다. 왜 하고많은 신화 중에서 저런 걸 좋아하는 걸까. 어쩌면 그에게도 넓적다리에 넣어 키워야 할 아이가 있는 건 아닐까.

"당신은 왜 전격을 받으려 하나요?"

J는 대답하려 하지 않았다. 한참의 침묵 뒤에 그는 이렇게 되물어

왔다.

"화가들은 왜 그럴까요? 자동차 레이서들은 왜 경주에 나서고 작가들은 어쩌자고 글을 쓸까요? 그냥 살면 될 텐데, 어쩌자고 그들은 그토록 아무 소용 없는 일에, 기껏해야 평생 한 번 혹은 두 번 정도 찾아올 희열을 위해, 자신을 던지는 걸까요?"

"그렇다고 그들이 당신처럼 위험한 일을 하는 건 아니잖아요. 그리고 그들은 꾸준히 일하면서 자연스럽게 찾아올 그 어떤 순간을 기다리는 거잖아요. 당신과는 달라요."

"아닙니다. 같습니다. 우리도 존재가 전이되는 그 순간을 위해 당신이 본 것처럼 이렇게 늘 준비합니다. 그러나 우리가 아무리 만반의 준비를 갖추고 전격을 찾아 헤매도 그가 우리를 찾아주기 전엔 세례받지 못합니다. 하지만 전격도 전격 나름. 그러다 어느 날, 갑자기 진짜가 찾아옵니다. 그때, 아주 잠깐, 다른 세상, 다른 나를 보는 겁니다. 나는 내 몸과 대기와 대지의 주인이 됩니다. 아주 잠깐. 우리는, 아니 적어도 나는, 한 사람의 퍼포머인 셈입니다. 언젠가 지극히 완벽한, 공포와 전격을 일치시켜 자아를 뛰어넘는, 그 경지에 이를 때까지 나는 적란운을 쫓아다닐 겁니다."

8

어느 날 갑자기 탐뢰여행이 공지되었다. 벼락은 급작스런 기층의 변동으로 적란운이 형성되고 위의 찬 공기와 아래의 더운 공기가 충돌할 때 발생하기 때문에 하루 전이 아니면 알 수 없다 한다. 떠나기 하루 전의 일기예보는 '기층의 불안정으로 천둥, 번개를 동반한 게릴라식 호우가 예상된다'는 것이었다.

막상 탐뢰여행 계획이 발표되자 나는 흔들렸다. 그런 나를 회원들은 따뜻하게 다독여주었다.

"간다고 다 받는 것도 아니니까 너무 겁먹을 필요 없어요. 정 불안하면 장비를 안 들고 있으면 되구요. 탐뢰여행 열 번에 한 번 받기도 힘들어요. 막상 가보면 아예 뇌우조차 형성이 안 된 경우도 많습니다."

우리는 두 대의 승합차에 나누어 타고 경부고속도로 만남의 광장을 출발했다. 목적지는 충주였다. 그들 말로는 우리나라에서 가장 좋은 포인트는 한강, 낙동강, 금강, 영산강 유역이라고 했다. 강 위는 공기의 흐름이 빠르고 산과 산에서 넘어오는 공기들이 충돌을 일으키기 때문이라고 친절하게 일러주었다.

우리는 충주 부근의 남한강 상류에 자리를 잡았다. 회원들은 각자 준비한 장비들을 꺼내 착용했다. 신발도 전류가 잘 통하도록 밑창에 접지 전극이 부착된 등산화를 신었고 철제 안전모를 썼고, 그리고 구리 또는 용융 아연 도금을 한 철 또는 강鋼으로 된 지름 십이 밀리미터 이상의 막대기를 꺼내들었다. 하늘은 꾸무룩하니 금방이라도 비를 쏟아낼 듯했고 바람의 방향도 수시로 바뀌는 게 심상치 않았다.

"이런 냄새는 처음입니다. 맡아보세요."

J가 코를 쿵쿵거리며 말했다.

"바람이 바뀌는 속도도 심상치 않아요. 이상 난동으로 더운 기류가 너무 빨리 상륙한 탓인가봐요. 보세요."

그의 손가락이 가리키는 방향은 강가에 절벽을 대고 면한 산등성이었다. 꾸역꾸역 층을 지어가며 구름이 쌓여가고 있었고 강을 따라 또 한 줄기의 검은 구름이 합류하고 있었다.

"탐뢰여행 수십 번에 이런 날씨는 처음입니다. 사 년 전, 괌에서 비슷한 걸 본 적이 있습니다만 이 정도는 아니었어요. 괌 쪽의 적란운은 상단부의 결빙이 약해서 이런 격렬한 충돌은 없거든요. 전격 세례를 받기엔 최적의 날씨입니다. 곧 난생처음 보는 놀라운 쇼가 펼쳐질 겁니다. 기대하셔도 좋을 겁니다."

장비를 챙기면서 J의 말을 듣는 회원들의 표정도 점점 더 붉게 상기되어갔다. 그들에게 J를 비롯하여 3회 이상 세례를 받은 베테랑들이 위치를 지정해주었다. 근처에 높은 나무나 전신주 따위가 없는 개활지를 주로 선택했고, 그중에서도 바위가 돌출해 있는 곳에 주로 사람들을 배치했다. 막상 작업에 들어가자 모두들 말이 없었고 어딘가 비장해 보였다.

초심자들은 베테랑 옆에서 작업을 도우며 배웠다. 나는 J를 거들었다. J의 장비는 다른 사람들 것보다 훨씬 낡아 보였는데 J 말로는 세례를 많이 받아서 그렇다고 했다. 한 번만 훑고 지나가도 엄청난 산화가 일어난다는 거였다.

그렇게 부산히 움직이다가 나는 문득, 자리에 멈춰서 주위를 둘러보았다. 각기 몇십 미터씩 떨어져 안테나를 들고 서 있는 사람들. 초조히 하늘을 바라보며 가늘게 떠는 사람들. 마치 외계와 송수신이라도 하려는 사람들 같았다.

"공기가 달라지고 있습니다."

J가 말했다.

"어떻게 달라지는데요?"

"표백제냄새 안 납니까?"

"조금 나는 것 같아요. 락스 냄새 비슷한."

"방전이 시작되면 공기 중의 산소가 오존으로 변하거든요. 곧 시작될 겁니다."

J가 플래시를 들어 모두에게 신호를 보냈다. 그때 강 쪽에 있는 사람 하나가 허리를 접으며 거꾸러졌다. 플래시로 비춰보니 토하고 있었다.

"신경쓰지 마십시오. 늘 있는 일입니다. 긴장되니까요."

J의 말이 끝나기가 무섭게 하늘이 갈라지기 시작했다. 나는 슬금슬금 J에게서 물러나기 시작했다. 표백제냄새가 더 강해지기 시작했다.

"세례를 안 받으려거든 너무 멀리 가지 마십시오. 제가 곧 피뢰침이니까요. 제 옆에 삼 미터 반경 안에 있는 게 가장 안전합니다."

피뢰침. 벼락을 피하는 침이라는 뜻이지만, 침의 입장에서 보자면 벼락을 맞는 침인 셈이다. J가 자신을 일컬어 피뢰침이라고 말했을 때, 나는 불현듯 서글펐다. 어두운 대기, 빠르게 모여드는 구름, 눈에서 불이 튀는 사람들, 거세게 흘러가는 강물, 그리고 내가 있고 생애 다섯번째의 전격을 기다리는 J가 있다. 나는 J의 눈을 보았다. 엄마와 아빠 사이로 웅크리고 기어드는 열다섯의 내가 보인다.

그 순간 강렬한 섬광이 구름 속에서 빛났다. 운간방전雲間放電이었다.

"내려오고 있는 겁니다."

토하는 사람이 하나 더 늘어났다. 이번엔 여자였다. 종합병원에서 간호사로 일하고 있다는 삼십대 초반의 여자였다. 여자를 도우러 갈까 하다가 그만두었다. 이곳에선 누구도 누구를 도울 수 없다는 걸 알았기 때문이었다.

그 순간 운간방전이 아닌 진정한 낙뢰, 뇌운과 대지 사이에서 방전되는 벼락이 처음으로 내리쳤다. 나직한 신음들이 여기저기서 들렸다. 아직 받은 사람은 없는 모양이었다. 후드득거리던 빗방울이 점점 굵고 잦아지더니 곧 쫘아 하는 소리와 함께 쏟아져내렸다. 곳곳에서 청색 번개가 번뜩였고 간혹 땅까지 내리꽂히기도 했다. 뒤쪽 모래밭에서 무릎을 꿇는 남자의 모습이 빗속에서 어슴푸레하게 드러났다.

"당신, 벼락이 어떻게 치는지 알아요?"

그가 소리쳤다.

"잘 몰라요."

그가 손가락으로 하늘을 가리키며 계속 소리를 질러댔다.

"저 뇌운에서 먼저 선도뇌격先導雷擊을 때려서 그게 대지에 닿으면 다시 복귀뇌격復歸雷擊을 되쏘는 겁니다. 그 시간이 너무 짧아서 우리 눈엔 한 번 치는 걸로 보이지만요."

"그건 저도 알아요."

"멋지지 않아요? 구름과 대지가 일제히 전류를 방출하며 공기를 찢어놓는다는 게?"

"하지만 무서워요."

"공포는 자연스러운 겁니다. 공포를 극대화하고 온 힘을 다해 전하를 끌어모은다고 생각해봐요."

그는 점점 더 말이 많아졌다. 횡설수설 갈피를 잡을 수 없었고 그나마도 빗소리, 천둥소리 때문에 잘 들리지 않았다. 사방은 불꽃놀이를 하는 것처럼 정신없이 벼락으로 난타당하고 있었다. 벼락은 한 줄기로 내려오다가 지상에서 불과 몇백 미터 위에서 갑자기 수백수천의 가지를 치며 한 번에 수십 군데를 때렸다. 그때 나는 벼락이 토양의 성분까지도 바꾼다는 얘기를 생각하고 있었다. 거대한 전류가 땅으로 꽂혀 대지를 일깨우는 것이다. 내 발밑과 머리 위를 흔드는 이 거대한 힘의 정체는 뭔가. 단순한 방전인가. 그 불꽃놀이의 한복판에서 나는 번개와 천둥을 숭배했던 자들을 이해했다.

나는 J를 보았다. 그의 안테나가 심하게 요동치고 있었다. 그도, 네 번이나 세례를 받았다던 그도, 떨고 있다는 사실이 오히려 내겐 위안이 되었다. 아, 바로 그때 나무뿌리 모양의 섬광이 내 오른쪽으로 타고 내리는 것이 보였다. 그러자 전류가 마치 한쪽 귀에서 다른 귀로 지나가는 것처럼 느껴졌다. 곧이어 문짝을 도끼로 쪼개는 것 같은 천둥소리가 몸을 흔들어댔다. 나는 무릎을 꿇고 귀를 막았다. 그 거대한 소리의 물결이 지나간 뒤에 살펴보니 모임에 나갔을 때 처음 말을 걸어준 남자가 모로 쓰러져 있었다. 나는 정신없이 그쪽으로 뛰어갔다.

"갈 필요 없어요. 그는 벌써 세번째예요."

J가 소리쳤지만 나는 계속 달려갔다.

그는 혼절해 있었다. 입가엔 희미한 미소를 담고 한 손엔 안테나를 꼭 부여잡고 있었다. 나는 뺨을 두드려 그를 깨웠다. 곧이어 엎드려 구토를 하고 있던 간호사가 달려왔다. 그녀는 맥을 짚어보더니 조금 약해졌을 뿐이라면서 괜찮다고 했다. 믿어지지 않아 나는 몇 번이고 폭우 속에서 그의 이름을 불러댔다. 잠시 후, 남자는 깨어나 비척거리며 승합차 쪽으로 걸어갔다. 그렇게 걸어가는 그를, 모두들 부러움과 두려움이 반반쯤 섞인 눈으로 전송하고 있었다.

나는 내 눈을 믿을 수 없었다. 물론 나도 그렇게 살아났지만 직접 보는 것과는 달랐다. 분명 나무뿌리처럼 갈라진 푸른 섬광이 그의 몸을 지나갔는데, 어떻게 몇 분 만에 저렇게 일어나 걸어갈 수 있는 걸까.

몸을 돌려 다시 J 쪽으로 걸어갔다. 빗방울이 점차 가늘어지고 있었다. 끝나갈 모양이었다. 가면서 보니 J의 안테나는 더 심하게 떨리고 있었다. 바로 그때 뒤통수 쪽에서 뭔가 강력한 힘이 밀려오는 것 같았다. 동시에 J의 몸 전체가 마치 헤드라이트 상향등처럼 빛났다가 사그라들었다.

그때 나는 보았다. 폭우 속에서 그의 몸이 요동하며 천천히 무너지는 것을. 그리고 그 순간 내 몸 구석구석 깊은 곳의 온갖 체액들이 격렬하게 요동쳤다. 나는 허물어졌고, 허물어진 그 자리에 쭈그리고 앉아 오줌을 누었다. 질척한 공기엔 강렬한 락스냄새가 팽만했다. 머릿속까지 하얗게 표백되는 느낌이었다.

그렇게 나는 한참을 넋이 나간 채 앉아 있었다. 비가 서서히 그쳐가고 있었고 바람이 몹시 불었다. 검은 적란운들이 산 너머로 밀려가고 있었고 운간방전은 여전히 계속됐다. 구름과 구름 사이로 노란 불빛들이 빌딩 꼭대기의 안전등처럼 점멸하고 있었다. 나는 옷도 못 추스른 채 무릎걸음으로 천천히 J에게 기어갔다.

그는, 벌레처럼 꿈틀거리고 있었다.

내 몸으로 그의 몸을 덮었다. 그의 몸이 뜨거웠다. 나는 그의 몸 여기저기를 더듬거렸다. 그의 하체에서도 뜨뜻한 물이 콸콸거리며 쏟아져나오고 있었다.

수십만 암페어의 전류가 훑고 지나간 그의 몸이 정겨웠다. 하늘을 보았다. 언제 그랬냐는 듯이 구름들이 엷어지고 있었다. 나는 고개를 들어 J의 얼굴을 내려다보았다. 그의 몸에서 무럭무럭 김이 올라오고 있었다. 그렇게 한참을 보다가 그의 뜨거워진 입술에 입을 맞췄다. 그의 몸속에 남아 있던 미량의 전류가 내 몸속으로 흘러들어 혀에 작은 경련을 일으켰고 그것을 스위치 삼아 내 몸속의 전원들이 일제히 켜지고 있었다.

거센 바람이 불어와 구름을 흩어놓기 시작했고 비는 멈춰버렸다.

먹먹해진 귀청으로 강물 흘러가는 소리들이 졸졸졸 들려왔고, 포격 끝난 전쟁터의 병사들처럼 강변 곳곳에서 검은 그림자들이 몸을 일으켰다. 서로를 부축하며, 전격이 비켜간 사람들을 위로하며, 천천히 강둑 쪽으로 몸을 옮기고 있었다. 밀레의 그림을 보는 것 같았다. 평온하고 따사로웠다.

내 첫번째 탐뢰여행은 그렇게 끝이 났다. 그리고 지금, 이렇게 집에 앉아 그 여행을, 표백제냄새를, 습기 찬 전하들을, 하늘을 향해 발기한 피뢰침들을 그리워하면서 아크릴화를 그리고 있다. 멋진 그림이 될 것만 같다.

비상구

그 여자애 배꼽 밑에는 화살 문신이 있다. 그걸 새길 때보다는 뱃살이 붙었는지 이제 그 문신은 화살이라기보다는 밧줄 모양이다. 화살촉 부분도 초기의 날카로움을 잊고 끝이 구부러져버렸다. 그런 화살이라면 아무도 못 죽일 것이다. 화살이든 밧줄이든 혀끝으로 그 부분을 핥을 때면 이상하게도 좀 씁쓸한 맛이 난다.

문신, 그러고 보니 문신한 여자애를 만난 건 참 오랜만이다. 옷을 벗겼을 때, 문신이 나타나면 그달은 운수대통이다. 허벅지쯤에 다른 남자의 이름이 새겨져 있다면 더 바랄 나위가 없다. 길수나 영식이처럼 흔하디흔한 이름이라면 더 즐겁다. 허벅지에 옛날 놈팽이 이름을 새기고 다니는 기분은 어떨까. 그게 궁금하여 나는 반드시 물어본다. 야, 넌 허벅지 볼 때마다 무슨 생각이 드냐? 그중 기억나는 대답은, 씨팔, 삼백만원만 있으면, 이었다. 옛 남자를 지우는 가격이 삼백만원이라면 싼 셈이다. 인상에 남았던 또하나의 대답은, 니 이름도 새겨주랴? 였다. 출석부 만들 일 있냐고 비아냥거렸지만 나중에 생각해보니 좀 치졸한 대꾸였다.

"야, 근데 왜 화살표만 있어? 하트는 어디 갔어?"

"하트 박으려는 참에 그 새끼 아빠가 온 거야. 잽싸게 옷 줏어입고 창문으로 튀었지. 야, 그 얘기 그만해. 그 생각만 하면 재수없어."

그래서 나는 알게 되었다. 그 옛날 놈팽이가 화살만 쏘고 사라졌다는 것을. 생각해보니 이상하다. 나라면 하트부터 그렸을 텐데 말이다. 하트를 그리고 화살을 꽂아넣는 게 순서 아닌가? 하지만 다시 여자애 배꼽을 들여다보니 하트는 차라리 없는 게 나았다. 화살은 배꼽에서 시작되어 거시기를 향해 내리꽂히고 있어서 섹시한 맛이 있었다. 화살표의 끝에다가 EXIT라고 쓴다면 더 죽일 것 같았다. 정전이 되면 켜지는 EXIT 표지처럼, 여자애의 EXIT도 불이 꺼져야 보이니까 말이다.

"야, 내가 니 거시기에 이름을 붙였는데 말야."

"뭔데? 웃기면 죽어."

"비상구."

"비상구? 비상구 같은 소리 하고 있네. 씨발, 근데 왜 하필 비상구야?"

"비상구는 불났을 때 뛰어가는 데잖아."

그러면서 나는 팬티 속에서 내 거시기를 꺼내 보여주었다. 벌써 거시기는 빨갛게 달아오르고 있었다. 여자애가 까르륵거리면서 내 거시기를 쥐고 웃었다. 조금 아팠다. 하지만 아픈 체하기 싫어서 참고 있었다. 남자새끼가 거시기가 아프다고 말하는 건, 쪽팔릴 일이다.

우리는 여관 밖으로 나갔다. 카운터의 형이 씩 웃으며 우리를 배웅했다. 정확히 말하면 나를 배웅한 것이다. 한 달에 열흘쯤은 그 형과 그런 인사를 나눈다. 물론 요금도 반값이다. 우리는 내 똥차를 몰고 자유로로 나간다. 밤 열한시, 차들은 전속력으로 질주한다.

"어디 가는 거야?"

여자애는 어딜 가도 상관없다는 표정으로 묻는다. 나는 대꾸하지 않는다. 왠지 그래야 할 것 같아서이다. 여자애들은 시시콜콜하게 대답해주는 남자를 좋아하지 않는다. 나는 일산으로 접어들어 24시간 영업하는 대형마트 앞에 차를 댄다.

"내려."

"뭐 살 거 있어?"

"아니."

우리는 쇼핑카트를 밀고 마트 안으로 들어간다. 이 늦은 시각에도 장을 보러 온 사람들로 북적인다.

"너 돈 있어?"

여자애가 힐끔거리며 묻는다.

"아니, 없어. 너는?"

"나는 딱 만원 있다."

"그럼 만원어치만 사자."

우리는 쇼핑카트를 탱크처럼 밀면서 여기저기를 쑤시고 다닌다. 여자애가 카트 위에 올라탄다. 여자애는 맥주 두 병을 집어들고 마시는 시늉을 한다. 감자칩 한 봉지, 라면 두 봉지, 오징어채 한 봉지를 카트에 밀어넣는다. 그러곤 주방기구 코너로 가서 뒤집개 하나를 뽑아든다.

"야, 씨발, 오밤중에 부침개 해먹을 일 있냐?"

내가 핀잔을 주자 여자애가 뒤집개로 내 머리를 때린다.

"난 이걸 꼭 사야겠어."

"왜?"

"한 번도 못 사봤고 앞으로도 못 살 것 같으니깐."

하긴, 배꼽에 화살표를 새겨가지곤 앞으로도 뒤집개 따위를 사긴 힘들 것이다.

"이런 거 사는 여자들 보면 다 한 대씩 줘박고 싶었어."

"잘했어. 니 돈이니까 니 맘대로 해."

우리는 과일 코너로 가서 이 과일 저 과일 집적거려보았지만 다들 비쌌다. 제일 싼 게 귤이었지만 그건 먹고 싶지 않았다. 우린 바나나가 먹고 싶었다. 하지만 뒤집개를 사면 바나나를 살 수 없었다.

"야, 뒤집개 갖다놓고 바나나 사자."

"싫어."

"뒤집개로 뭘 뒤집겠다고 뒤집개를 사? 바나나는 먹기나 하지."

"그래도 싫어. 뒤집개는 꼭 살 거야. 그리고 바나나도 먹을 거야."

여자애는 고집을 부렸다. 어쩔 수 없었다.

"좋아, 그럼 바나나는 여기서 먹자."

"오우케이."

주위를 둘러보았지만 직원들은 없었다. 창고형 할인매장답게 최소한의 인원만 쓰는 모양이었다. 우리는 바나나 두 개를 꼭지에서 떼어낸 다음 잽싸게 껍질을 벗기기 시작했다. 입술이 뒤집어진 늙은 여자 하나가 우리를 힐끔거리며 지나갔지만 별일은 없었다. 우리는 바나나를 우격우격 입속으로 쑤셔넣으며 낄낄거렸다.

"야, 이건 너무 익었다."

그 와중에도 품평까지 해대면서 최후의 한 조각까지 깨끗하게 발라먹고는 껍질은 진열대 꼭대기의 상자 위로 던져버렸다.

"완전범죄다."

우리는 계속 낄낄거리면서 서로의 입가에 묻은 바나나 찌꺼기를 닦아주었다. 그때 보니 여자애 얼굴이 좀 예뻐 보였다.

계산은 9730원이 나왔다. 270원을 거슬러 받았지만 그걸로는 아무것도 살 수 없었다. 좆만한 껌 한 통조차도.

"에이 씨팔, 뭐 이래? 좆같잖아."

투덜대며 카트를 밀고 나오려는데 갈색 유니폼을 입은 직원 하나가 내 어깨를 붙들었다.

"야, 니들 바나나 먹었지? 먹었으면 돈을 내야 될 거 아냐?"

다짜고짜 반말이었다. 이럴 땐 밀리면 지는 거다. 어차피 바나나 값도 없는 판이다.

"뭐 이 개새끼야? 뭘 처먹었다고 이 지랄이야?"

이럴 땐 화를 돋워야 이긴다. 예상대로 직원은 화가 났다.

"이 새파란 새끼가 어따 대고 반말이야. 너 일루 와봐."

그가 내 어깨를 잡아끌자 여자애가 나섰다.

"뭐 이런 데가 다 있어? 손님 보고 새끼라니? 새끼라니? 너넨 직업윤리도 없냐?"

직업윤리? 여자애 입에서 갑자기 튀어나온 말이 너무 웃겨서 순간 웃을 뻔했다. 이애는 어디서 그런 말을 주워들었을까?

"너네 둘 다 잘 걸렸다. 이 도둑놈의 새끼들."

직원자식도 만만찮았다.

"야, 어떤 씨발놈이 우리보고 바나나 먹었대? 니가 봤어? 그거 니가 처먹은 거 아냐?"

나는 슬슬 약을 올리기 시작했고 직원의 얼굴은 점점 더 붉어져갔다. 직원은 내 어깨에서 손을 풀더니 카운터 안쪽에 서 있는 늙은 여자를 손짓으로 불렀다. 조금 전 바나나 먹을 때 지나쳤던 그 입술 뒤집어진 여자였다. 상황을 짐작한 나. 이럴 때는 더 세게 나가야 한다.

"이런 씨팔, 니미 좆같은 경우를 봤나. 이렇게 생사람 잡고 발뻗고 잘 거 같아? 내가 이러고 들어갔다 나오면 오냐 나 죽었다 하고 조용히 살 거 같아?"

그러면서 카트 속에 든 맥주병을 손에 꼬나들고는 옆에 놓인 종이상자를 발로 걷어차버렸다. 효과가 있었다. 늙은 여자가 겁먹은 강아지처럼 슬슬 뒷걸음질치기 시작했다. 때맞춰 여자애가 카운터 안쪽으로 달려들어가 여자의 멱살을 잡았다. 계산하던 직원 하나가 소리를 지르며 뛰쳐나와서 여자애와 여자를 뜯어말리기 시작했다. 하지만 여자애의 우악스런 몸집에 직원은 저만치 나가떨어지고 만다.

"손님, 얘기 좀 해보세요. 이것들이 바나나 먹은 거 맞죠?"

남자 직원이 애타게 물었지만 여자는 우리 눈치를 보며 아무 말도 하지 않았다. 아귀처럼 달려드는 여자애에게 이미 팔 하나가 잡혀 있었고 아마도 그녀의 머릿속엔 오로지 이 상황에서 벗어나고픈 생각뿐이었을 것이다.

"아, 아까 저한테 그러셨잖아요. 저것들이 바나나 훔쳐먹고 도망간다고."

직원은 애가 타는 모양이었다. 나는 슬슬 웃음이 나기 시작했다.

"야, 이 새끼야. 저 아줌마가 아니라잖아. 글쎄."

내 말이 떨어지기가 무섭게 늙은 여자도 고개를 가로젓고 있었다. 아닌가봐요. 내가 잘못 본 것 같아요. 나는 직원의 멱살을 슬며시 잡았다가 놓으면서 조용히 속삭여주었다.

"너 오늘 재수 존 줄 알아라."

그러고는 큰 소리로 외쳤다.

"이런 씨팔, 원 재수가 없으려니까 좆만한 바나나 가지고 멱살을 다 잡히네. 야, 가자."

의기양양하게 카트를 밀고 나가는 우리 뒤통수에 대고 아직 분이 풀리지 않은 남자 직원이 우리가 먹다 남긴 바나나 송이를 손에 든 채로 소리를 질러댔다.

"에이, 씨팔. 더러운 새끼들, 껍질까지 먹었나보네. 에이씨, 껍질은 어디 간 거야?"

엘리베이터를 타고 내려오면서 나는 여자애를 놀려댔다.

"야, 클클, 너 직업윤리 되게 따지더라?"

"그러는 너는 맥주병은 왜 드냐? 찍지도 못할 주제에. 빙신. 그래도 한 폼 하던데? 킬킬."

우리는 엘리베이터 안에서 발을 구르며 웃었다. 여자애의 얼굴을 보니 발갛게 상기돼 있었다. 나 역시 흥분되기는 마찬가지였다.

"야, 이거 한 재미 하는데. 또 할까?"

"오늘은 그만하고 여관 가서 이 맥주나 까면서 놀자."

다시 똥차에 올라 자유로를 타고 신촌으로 달렸다.

"문 열까?"

"음악 이빠이 틀고."

히터를 최대한으로 올리고 창을 열었다. 라디오에선 젝스키스의 〈기사도〉가 귀청을 때렸다.

"나 옷 벗는다."

"조오치."

여자애는 아랫도리부터 윗도리까지 홀렁홀렁 벗어버렸다.

"야, 안 추워?"

"아냐, 시원해. 죽인다, 이거."

나도 벗고 싶었지만 운전 때문에 곤란했다. 여자애의 몸을 힐끔거려보지만 어두워서 잘 뵈지 않는다. 그저 허연 살덩이만 드러난다. 그래도 다리는 벌리지 않고 있는 걸 보면 '직업윤리'는 있는 모양이라고 생각하며 혼자 웃었다.

"야, 옷 입어. 신촌 다 왔다."

"들어가면 또 벗을 건데, 에이씨. 위에만 입어야지."

여관에 도착하니 새벽 한시. 카운터 형은 자고 있었다. 여자애는 방에 들어서자마자 다시 옷을 벗어젖히며 말했다.

"나 지금 필 오걸랑. 빨랑 벗어."

그러는 그녀를 보자 나도 땡겼다. 사실은 차에서부터 필이 꽂혀 있었다. 비닐봉지를 놓자 맥주병이 모로 쓰러졌다. 하지만 상관하지 않고 침대로 몸을 던졌다. 화살표 위에 살짝 입을 맞추자 여자애가 내 머리를 잡아 거칠게 위로 올려끌었다.

"빙신아. 필이 온다니까. 바로 쪼아."

"오우케이."

서둘러 입구를 찾아 쪼기 시작했다. 하지만 차에서부터 너무 떠 있었던 탓인지 오래가진 않았다.

"야, 미안해. 이게 다 니가 차에서 옷 벗은 덕이야."

"괜찮아. 한 번 떴으니깐."

여자애는 노래를 부르며 욕실로 들어간다. 유리를 통해 다 들여다보인다. 라라라라라. 나는 힐끔거리면서 볼 건 다 본다. 하지만 여자애가 오줌 싸는 모습만은 보이지 않는다. 애초부터 그쪽은 볼 수 없게 만들어놓았기 때문이다. 이왕 만들 거 다 보이게 해놓을 일이지. 나는 투덜대며 그녀가 소변보는 모습을 상상하고 있다. 포르노처럼,

내가 욕실 타일 위에 누워 있을 테니 서서 싸달라고 해볼까. 화살표
방향 따라 오줌줄기가 내려오겠지? 클클. 아무리 생각해도 그 화살
표는 섹시하다. 그런 상상을 하는 동안 욕실은 수증기로 가득차고
끝내는 아무것도 뵈지 않는다.

"비상구 잘 닦았어?"

욕실에서 나온 그녀를 향해 장난을 걸어본다.

"뭐하러 잘 닦어? 오늘밤에 또 불날 일 있나?"

"불이야 언제 날지 모르니까 늘 잘 닦아둬야지. 그러니깐 비상구
지."

"놀고 있네. 너나 잘 닦아둬."

"닦는 얘기 하니까 생각난 건데."

"뭔데?"

"우리, 밀자."

"밀긴 뭘 밀어?"

"비상구."

"야, 너 미쳤냐?"

"나 문신한 여자애들은 많이 봤어도 민 애는 못 봤거든."

여자애는 곰곰이 생각하는 눈치다.

"그냥은 안 돼."

"그럼?"

"너도 뭐 하나 해야지."

"나도 밀까?"

"남자가 밀면 뭐하냐? 애새끼들 같잖아. 나 삐리들은 취미 없어."

"그럼 뭐할까?"

여자애는 골똘히 생각하는 기색이다. 그런 모습은 처음 본다.

"너 딸딸이 쳐?"

"음…… 가끔."

"여자 없을 때?"

"있을 때도 가끔. 그런 때 있어."

여자애는 담배를 피워문다. 한 호흡 쭉 빨고 나서 포기했다는 표정으로 말한다.

"나중에, 나 안 만날 때 말야. 내 생각하면서 세 번만 쳐줘."

의외로 쉬운 부탁이다. 나는 선선히 고개를 끄덕인다.

"알았어. 쉽네 뭐."

"너 약속 꼭 지켜. 나중에 내가 물어볼 거야."

"전에 만난 새끼들은 약속 안 지켰나부지?"

"몰라, 이건 너한테 처음 부탁하는 거야. 글구 그 새끼들은 부탁했어도 안 했을 거야."

"뻥으로 했다고 그러면 어쩔 거야? 니가 알아?"

"그러지 마."

여자애 표정이 졸라 심각하다.

"알았어."

나도 심각한 표정으로 고개를 끄덕여준다. 그제야 여자애 얼굴이 밝아진다.

"자, 그럼 밀어."

여자애가 다리를 벌리고 침대맡에 걸터앉는다. 나는 면도기와 면도거품을 가지고 와서 여자애 앞에 앉는다. 떡 하니 앉아 다리를 벌리고 앉은 폼이 꼭 여왕이라도 된 듯하다. 면도거품을 화살표부터 바르기 시작한다. 화살 근처에도 음모가 일부 있다. 화살 방향을 따라 음모는 점점 진해지다가 어느 순간 갑자기 넓어지고 깊어진다. 하얀 거품과 검은 털이 잘 어울린다. 샴푸를 바른 머리와는 다른 느낌이다.

"차가워."

여자애가 오스스 몸을 떤다. 면도거품을 항문 근처까지 넉넉히 바르자 그녀의 사타구니엔 눈이 쌓인 것 같다. 나는 면도거품으로 눈사람을 만들어본다.

"야, 빨리 밀어. 무서워 죽겠어. 이거 피 나는 거 아냐? 피 나면 너 죽어."

나는 화살표부터 천천히 밀고 내려간다. 이미 길게 자란 털이어서 밀고 내려갈 때마다 드드득 소리가 난다.

"아파?"

"아니. 안 아파."

그녀는 고개를 숙이고 있다. 눈동자는 면도기가 아니라 내 눈을 향하고 있다. 갑자기 부담스러워진다. 아무래도 피를 낼 것만 같다.

"움직이지 마."

"나도 그런 건 알아. 지금 숨도 안 쉬고 있어."

면도날은 화살촉 부분을 지나 이미 짙고 깊은 부분에 이르렀다. 천천히 하지만 집요하게 밀고 내려간다. 드드득, 드드득. 검은 터럭들이 떨어진다. 아래로 내려갈수록 굴곡이 심하고 그래서 더 어렵다.

"다리를 더 벌려야 되겠어."

그녀는 아무 말 없이 다리를 확 벌려준다. 나는 면도기를 상하좌우로 움직이며 조심스럽게 깎아내려간다.

피를 보고 싶다. 왜 갑자기 이런 생각이 드는 걸까. 겁이 난다. 나는 왼손으로 클리토리스를 확인한다. 그런 식으로 튀어나온 부분부분을 일일이 만져보면서 면도질을 진행한다. 내 손 위로 그녀의 땀이 떨어진다.

마지막으로 항문 근처를 밀기 위해선 그녀가 자세를 바꾸어 엎드려야만 했다. 그녀는 순순히 그 자세를 취해주었다. 하지만 그 자세로도 충분치 않아서 결국엔 그녀가 바로 누워서 자기 무릎을 잡고 두 발을 가슴 쪽으로 끌어당기는 자세도 필요하게 되었다.

그런 일을 하는 동안 우리는 도자기를 만드는 장인들처럼 아무 말도 하지 않게 되었다. 손짓과 눈짓만으로도 손발이 척척 맞았다. 내 성기는 쪼그라들었고 어떤 흥분도 느낄 수 없게 되었다.

모든 작업은 끝이 났다. 사타구니의 모든 털은 제거되었다. 하지만 작업이 끝나고 나서도 나는 한참이나 그 엉덩이를 보고 있었다. 왜 그랬는지, 씨팔, 눈물이 났다. 나는 여자애 모르게 눈물을 훔쳤다. 그애가 내 쪽을 안 보고 있던 게 얼마나 다행이었는지 모른다. 그렇게 내가 한동안 아무것도 하지 않고 있으니까 그녀가 엉덩이를 쳐든 채로 내게 물었다.

"다 끝났어?"

"그래. 다 끝났어. 너 캡이야."

"정말?"

"그래. 니 히프 쨩이야."

여자애는 수건으로 사타구니를 슥슥슥 문질러 닦으며 얼굴을 찡그렸다. 아픈 모양이었다.

"이상해. 다리를 하도 벌리고 있어서 그런지 허벅지도 뻐근하고, 좀 쓰라리기도 하고."

"그래?"

"이제 다시 털 나겠지?"

"그렇겠지."

나는 침대로 올라가 여자애를 등뒤에서부터 껴안았다. 하지만 왠지 억세게 껴안을 수는 없었다. 그렇게 우리는 한참을 아무 말 없이 누워 있었다. 여자애는 오랫동안 뒤척이며 잠들지 못했다.

"하고 싶어?"

"아니."

"왜? 비상구 밀고도 필이 안 꽂혀?"

"안 꽂혀."

나는 고개를 가로저었다. 그러고는 여자애 가슴에서 손을 빼고 돌아누웠다. 그제야 여자애는 서서히 고른 숨을 쉬기 시작했고 나는 침대에서 일어나 욕실로 갔다. 그곳에서 나는 발갛게 부어오른 비상구를 애써 떠올리면서 여자애와의 약속을 지켰다. 생각처럼 쉽지는 않았다. 이제 두 번 남은 셈이었다.

여자애는 오후 두시가 되어서야 잠에서 깨어났다.

"오늘 일 나갈 거야?"

"돈 떨어졌으니까 가봐야지, 언니들도 기다릴 거야. 이년이 어디 가서 죽었나 하면서. 너는?"

"나도 가봐야지. 그럼 내일 오겠네?"

"2차 안 나가면 일찍 오고."

여자애를 보내고 나서 샤워를 한판 하고 세탁소에서 찾아온 옷을 걸쳐입었다. 김 서린 다리미냄새다. 세탁소에서 일하는 건 정말 지루할 것이다. 하루종일 그 좁은 곳에 갇혀 다림질을 하며 살다니 말이다. 다림질하는 장면을 생각하다보니까 비상구를 면도하던 게 떠오른다. 클클. 이제 보니까 면도가 아니라 다림질이었네. 말이 났으니 말이지만 털 때문에 비상구는 좀 구겨져 있었거든. 어렸을 때의 판판한 모습으로 다려주었으니 잘한 일이다. 왜 나이를 먹으면 뭐든 다 구겨질까? 그럼 나는 어디가 구겨졌을까? 후까시 잡느라고 생긴 이마의 주름? 칼에 찍힌 어깨의 땜빵 자국?

카페에 나가보니 형들은 아무도 나와 있지 않았다. 주방 아줌마만 나와서 영업준비를 하고 있었다.

"아줌마, 김치볶음밥 하나 주세요."

"좀만 기다려."

충청도 아줌마라 그런지 좀 느려터졌다. 하지만 날 이뻐해서 툭하면 밥을 챙겨주곤 한다. 아줌마의 아들도 열다섯 때 집을 나갔다고 한다. 그래도 가끔 연락은 온다고 한다. 그 새끼도 뻔하다. 나처럼 어느 여관방에서 장기투숙하든지 아니면 벌써 깔치 하나 끼고 살림 차렸을 거다. 아줌마도 불쌍하다. 평퍼짐한 엉덩이로 애새끼들 여럿 낳았을 거 같은데 그놈 하나뿐이란다. 하긴 그놈 잘못도 아니다. 죽어라고 학교 다녀봐야 대학 갈 팔자도 아니고, 국으로 있는 놈만 병신이다. 선생들은 패지, 애들은 쪼지, 주먹으로 못 잡을 바에야 뜨는 게 장땡이다. 집에 있어봐야 대학 못 갔다고 어이구 불쌍한 내 새끼 하면서 카페 하나 차려줄 재산이 있기를 하나. 그저 밖에서 구르는 게 집도 좋고 지도 좋은 거지. 부모들만 애들이 돌빡인 줄 안다. 우리도 눈치로 다 때려잡는다. 다 지 갈 곳을 알고 그쪽으로 흘러가면서 구겨지는 거다. 아줌마, 걱정 마세요. 아줌마 아들 그 새끼도 어디 가서 아줌마 같은 사람한테 밥 잘 얻어먹고 있을 테니까요.

김치볶음밥을 우적우적 씹어 삼키다가 종식이새끼를 만났다. 종식이는 보자마자 내 뒤통수를 한 대 갈기면서 씩 웃는다.

"씹새야, 어제 얼루 떴어? 삐 쳐도 깜깜이던데?"

"엉아가 중요한 사무가 있어서 자리 좀 비웠다, 새꺄."

"중요한 사무는, 씹새, 또 어느 여관방에서 꼬꾸라져 있었겠지."

"놀지 말고 너도 밥이나 처먹어. 밥 먹었냐?"

"지금 시간이 세신데 당연히 식전이지. 아줌마, 해장국 하나 말아 주세요."

종식이는 나랑 동갑이다. 얼굴이 잘생겨서 여자들이 좀 끓는 편이다. 근데 좀 우유부단해서 여자관계를 질질 끄는 경향이 있다. 얼마 전에도 같이 사는 기집애 두고 딴 여자랑 자다가 한판 난리굿이 났었다. 같이 사는 기집애는 이름이 나라인데, 나한테 찾아와서 울고불고하는 바람에 진땀 뺐다. 나라도 보통은 아니다. 작년에도 종식이가 바람피우는 현장에 들이닥쳐서 깨진 맥주병으로 팔목을 그어대는 바람에 119 구급대에 실려갔더랬다. 또 한번은 종식이 좋다고 쫓아다니는 유부녀 얼굴에 면도칼을 꽂은 적도 있다. 그래도 그 유부녀가 종식이 못 잊어서 삐삐에 음성 남겼다가 나라한테 혼쭐이 났다. 이번엔 남편한테 찾아가서 다 꼰지른 모양이었다. 하여간 독종이다.

나라는 처음에 나랑 사귀었었다. 우린 궁합이 좀 맞지 않았는데 종식이 덕택에 잘 해결된 셈이다. 종식이새끼가 나라 보는 눈초리가 심상치 않다 했더니 어느 날인가 술 옴팡 꼴아가지고 와서는 눈에 후까시 주고는 심각하게 고백하는 것이었다.

"야, 새꺄. 너 나라 사랑해?"

너무 유치해서 웃음이 나왔지만 그 자식 표정이 너무 진지해서 웃을 수가 없었다.

"왜 물어 새꺄? 남의 가정사를."

"그냥 새꺄. 대답해봐. 빨랑."

종식이가 다그쳤다. 그쯤에서 눈치 못 까면 병신이다.

"사랑은 새꺄. 좆까. 그냥 만나는 거지."

"야, 씨방새야. 나, 걔랑 사귀면 안 되냐?"

속으로 잘됐다 싶었다. 나라는 나랑 영 맞질 않았던 터여서 미련도 나발도 없었다.

"대신 오늘 술 사, 씹새야."

나라를 주고받던 날, 우리는 밤새 술을 퍼댔다. 마음 약한 종식이가 그날 좀 무리를 했다. 나한테 뭘 많이 해줬다는데 너무 취해서 아무것도 기억나지 않았다. 그냥 아침에 깨보니 여관방에 처음 보는 여자애하고 누워 있었던 것만 생각났다. 그날부터 나라는 종식이와 살았다.

해장국을 다 말아 먹은 종식이가 자리에서 일어나면서 창밖을 쳐다보며 씹었다.

"어, 이거 아직도 해가 중천이네. 웬 겨울해가 이렇게 길어?"

"좆만한 새끼. 아직 세시잖아."

내 말에 시계를 들여다보던 종식이가 갑자기 목소리를 낮추며 말했다.

"야, 너 요새 돈 있어?"

"개털이야, 좆같아. 어젠 씨발, 바나나 두 개 때문에 한따까리했잖아."

"그게 뭔 소리야?"

"넌 몰라도 돼."

"야, 그래서 말인데 오늘 한따까리 뛰자."

"뭐할 건데."

"삑치자. 그게 제일 확실해."

"술 꼴아서 맛간 아저씨들 이젠 취미 없어. 야 씨발, 언제까지 그런 노가다를 뛰어야 되냐? 이 짬밥에 삑치게 됐냐? 글구 그건 달리면 최하 삼 년이야. 특수강도잖아? 종달이 형 그걸로 달려서 지금 뺑이치잖냐."

"야 씹새야, 너 무쟈게 유식해졌다. 그럼 씹새야. 넌 뭐 먹고 살 거야?"

그 순간 흔들렸지만 참기로 했다. 어쩌면 여관방에 그 여자애가 일찍 들어올지도 모르는 거고 재수좋으면 그애 수중에 돈이 좀 들어왔을지도 모르니까.

"야, 오늘은 딴 애랑 뛰어. 난 오늘 컨디션 꽝이야."

"알았어, 씹새야. 야 혹시 나라가 나 찾거든 나 오늘 삐끼 뛴다고 그래라."

"나이 스물에 삐끼 뛴다면 나라가 믿겠냐?"

"IMF시대를 맞이하야 개과천선했다고 그래 새꺄."

종식이와 헤어져 당구장으로 들어가니까 아는 얼굴들이 좀 있었다. 간단하게 몇 큐 돌려서 삼만원을 땄다. 화장실 들어가서 삐삐 밧데리 다 쓴 걸로 갈아끼우고 다시 나와 큐대 드니까 때맞춰 밧데리 떨어졌다고 밥 달라는 소리가 우렁차게 삑삑거렸다.

"어, 삐 오네. 잠깐만."

잠시 전화기를 들고 아무데나 번호를 돌리고는,

"아 형, 저 우현인데요. 예, 예, 곧 갈게요."

다시 당구대로 돌아와 같이 치던 인간들에게 야부리를 깠다.

"야, 나 먼저 간다. 형들이 찾네."

"아, 저 씹새끼. 돈 따먹고 그냥 빠지네."

"야이씨, 일이 그렇게 됐다. 담에 보자."

"퍽큐다."

미안하지만 어쩔 수 없는 일이다. 삼만원이라도 굳히려면 이 수밖에는 없다. 이걸로 저녁값 하고 맥주나 몇 병 까면 하루는 지난다.

여관에 돌아가서 비디오 몇 편을 때렸다. 본 게 반이고 안 본 게 반이지만 다 비슷하다. 이불 뒤집어쓰고 껄떡대는 한국판 에로물들이다. 웃기는 새끼들. 하려면 하고 말려면 말지. 저게 뭐야? 그래도 계속 본다. 그것 말곤 할일이 없으니까.

여자애는 자정이 다 되어도 오지 않는다. 2차 뛰나? 씨발년. 나도 모르게 욕이 나온다. 돈을 빨리 많이 벌어야겠다. 아담한 카페나 노래방 하나 차려서 여자애는 카운터 보라고 하고 알바 하나 쓰면 이 꼴저꼴 안 보고 살 수 있는데. 그러려면 최소 오천은 있어야 어디 비벼볼 텐데. 그 돈이 씨발 어디서 나오나.

여자애가 빨리 왔으면 좋겠다. 오늘은 여자애 태우고 미사리 쪽으로 뛰어봐야겠다. 보면 볼수록 애가 싸가지도 있고 귀엽다. 어제 바나나 쌔리다가 한따까리할 때, 고 기집애 하는 게 아주 깜찍했다. '너넨 직업윤리도 없냐?' 푸푸. 화끈한 데도 있고 다소곳한 데도 있다. 내가 거기 밀자고 하니까 암 소리 없이 치마 내리는 거만 봐도 그렇다. 그만한 여자는 없다. 나라년 같았으면 벌써 내 대갈빡에 맥주병

174

이 꽂혔을 거다.

내 나이도 올겨울만 지나면 스물하나가 된다. 오토바이 타고 장난칠 때도 지났고 삐끼질 할 짬밥도 아니다. 조직에 들어가서 허리 굽히고 살기도 싫다. 집구석으로 들어가는 건 더 좃같다. 집에 가봐야 눈칫밥밖에 더 먹나. 괜찮은 년 하나 있으면 살림 차리고 씨팔, 이삿짐이라도 날라볼까. 하루 일당 십만원이면 뺑이야 치지만 삐끼보다는 낫다. 종식이새끼는 아직도 뺙이나 치자고 하고, 정신 못 차렸다. 익스프레스도 호흡이 잘 맞아야 껀수라는데, 명수새끼랑 하면 괜찮을 거 같은데, 언제 술 한번 옴팡 처멕이고 얘기 좀 해봐야겠다.

비디오가 계속 돌아간다. 요즘 에로물의 특징은 외국애들이 많이 나온다는 거다. 가슴 좃나리 크고 금발에 파란 눈. 부산 가면 있다던데. 열나 비쌀 거 같다. 종식이새끼 정신 차리면 언제 부산 한번 갔다 와야겠다.

비디오가 끝났다. 암스테르담인지 어딘지에서 찍었다는 거다. 씨팔, 내가 암스테르담인지 뉴욕인지 지들이 그렇다면 그런 줄 알지, 가보기를 했나, 앞으로 가볼 일이 있나. 개새끼들, 어차피 이불 뒤집어쓰고 방 안에서 씹질하는 거, 부산에서 하면 어떻고 암스테르담에서 하면 어떤가. 저런 새끼들 때문에 나라가 이 모양 이 꼴이다. 저런 씹질 비디오도 외국 나가 찍는 새끼들 때문에 아이엠에픈지 뭔지가 됐다는데, 하여간에 좃같다.

벌컥, 문이 열린다. 설핏 잠이 들었던 나는 벌떡 일어나 불을 켠다. 여자애 들어오는 꼴이 심상치 않다. 비틀거리다가 고꾸라진다.

또 술 꼴았구나. 꼴보기 싫어 다시 이불을 뒤집어쓰려고 하는데 여자애가 무슨 소린가를 낸다. 무슨 말인지 도통 알아들을 수 없다. 어, 이건 아니다. 이불을 박차고 달려가보니 여자애 눈이 보이지를 않는다. 온통 멍투성이 얼굴에 입가도 찢어져 있고 머리는 뭉텅이로 뽑혀 있다.

"야, 너 왜 이래? 어떤 씹팔새끼가 이랬어? 엉?"

"나 좀 눕혀줘."

여자애는 간신히 말하고는 다시 쓰러진다. 번쩍 들어서 침대에 눕혀놓고 밝은 불에 다시 보니 얼굴은 아까보다 더 엉망이다.

"어떤 새끼야? 말해봐. 니네 손님이야? 말해봐 빨랑."

내가 다그쳐도 여자애는 눈을 감은 채 조용히 끙끙대고 있다.

"얼음 좀 갖다줄래? 괜찮아. 걱정하지 마. 며칠 쉬면 돼."

"왜 그런 거야? 너 손님이랑 싸웠어?"

"말하자면 길어."

나는 카운터로 내려가 냉장고에서 얼음덩이를 꺼내 비닐에 담아왔다. 얼굴에 대자 여자애가 아파한다. 기분이 더럽다. 어떤 개새끼가 여자애를 이렇게 조질 수 있나.

"얼음 줘봐."

여자애는 얼음을 가져다 얼굴 여기저기에 대고 지그시 누른다. 나는 담배를 피워물려다가 다시 집어넣고는 옷을 꺼내 입는다.

"어디 가?"

여자애가 몸을 돌리고는 묻는다.

"너네 업소에. 내가 가서 물어보고 어떤 씹새낀지 아작을 내고 올게."

"가지 마."

"뭔지 알아야 될 거 아냐? 속 터지잖아. 이 빙신아."

내가 소리를 지르자 여자애가 훌쩍거리기 시작했다.

"가지 마. 내가 다 말해줄게. 니가 가면 내가 쪽팔려."

신을 신으려다가 나는 다시 주저앉는다.

"말해봐."

"간단한 거야. 오늘 어쩐지 2차 나가기 싫더라구. 근데 생각해보니까 돈도 없고, 또 자꾸 나가자고 껄떡대는 새끼도 있고 해서 그냥 나가려고 그랬는데. 아 근데 이 새끼가 지랄을 하더라고."

여자애가 잠시 말을 쉬고는 다시 얼음찜질을 해댔다.

"어떻게 지랄을 했는데?"

"나가기 전에 화장이나 고치려고 화장실에 들어갔는데 이 새끼가 따라왔어. 내가 왜 왔냐고 그러니까 거기서 하고 싶다는 거야. 어차피 좀 이따 줄 거니까, 거기서 한판 뜨자는 거야."

"그래서?"

"그래서 내가 농담으로 기냥 넘기려구 오빠, 여기서 하면 따블 줄 거야? 그랬더니 그러겠다는 거야. 그러니까 씨발 할말이 없더라고. 난 아무리 따블 아니라 따따블을 줘도 업소에선 하기 싫어. 언니들도 있고 동생들도 있잖아. 애들이 날 뭘로 보겠어. 글구 그러면 거기 오빠들도 안 좋아해."

"그래서 어떻게 했는데?"

"내가 그냥 웃으면서, 에이 오빠 여관 가서 해. 내가 서비스 잘해줄게, 그랬거든. 그랬더니 이 새끼가 다짜고짜로 달겨드는 거야. 내가 씨팔, 소리라도 지르면 거기 오빠들이 와서 다 해결해줄 텐데, 그러기는 싫더라구. 그래서 에이 그냥 한번 주자, 그러고는 문 닫고 들어갔는데 이 새끼가 내 치마 밑으로 손을 넣더니, 어, 그러는 거야. 그러더니 막 웃는 거야. 씨팔."

그제야 뭔가 짐작이 오기 시작했다.

"그래서?"

"날더러 재수가 없다는 거야. 빽이라나. 조금 더 더듬더니, 어 완전 빽이네, 이러더니 이 새끼가 문 열고 그냥 나가버리는 거야. 좆나 쪼개면서. 글고는 손을 씻더라고. 뭐 이런 새끼가 다 있나 싶어서 따라나갔더니 이 새끼가 지 술 마시던 룸으로 들어가는 거야. 나도 따라갔지. 그랬더니 이 병신 같은 자식이 지랑 술 먹던 인간들한테 그 얘기를 막 떠드는 거야. 그러고는 매니저 오빠 불러서 아가씨를 바꿔야겠다는 거야. 당연히 매니저 오빠는 뭐 잘못된 거 있냐고 물었지. 근데 그 새끼가 그 얘길 그 오빠한테도 또 하는 거야. 이 여자 빽이라 재수없어서 못 자겠다고. 좆같은 새끼."

"그래서? 니가 깠구나."

"몰라. 기억 안 나. 나중에 언니들 얘기 들어보니까 내가 위스키병으로 그 새끼 마빡을 깠대. 그렇게 되니까 그 새끼 친구들하고 우리 언니들하고 난장이 났어. 리나 언니도 많이 다쳤어."

"짜부 안 떴어?"

"떴지. 리나 언니가 자기가 책임질 테니까 먼저 빠지라고 해서 나온 거야."

"이런 씹새끼들을 봤나? 이 새끼들 지금 그럼 파출소나 뭐 그런데 가 있겠네."

"아마 그럴 거야."

여자애의 눈두덩은 더 부어오르고 있었다.

"그 새끼 명함 같은 거 받아논 거 없어?"

"없어. 요 근처에서 장사하는 놈이란 것만 알아."

"나 좀 나갔다 올게."

"왜 나가? 일 다 끝났어."

"종식이 좀 보게. 그 새끼 아까 만났는데 좀 보자더라고. 넌 여기서 쉬고 있어."

"야, 너 쓸데없는 짓 하지 마. 부탁이야."

"걱정 마. 벌써 짭새들 떴다면서."

나는 여관 밖으로 나와 크게 숨을 들이쉬었다. 다방 입간판이 보였다. 오른발로 걷어차 박살을 내버렸다. 좆같은 놈들이 너무 많다. 나도 별 볼일 없는 놈이지만 그렇게는 안 산다. 다 쓸어버리고 싶다.

차를 몰고 여자애 업소로 향했다. 업소는 벌써 셔터가 내려져 있다. 다시 관할 파출소로 가보았다. 차를 파출소 건너편에 대고 동정을 살폈다. 짭새 하나가 왔다갔다하고 있었고 나무의자 위에 잠바 차림의 남자 셋이 앉아 있는 게 보였다. 한 새끼가 마빡에 뭘 붙이고 있었을 뿐 나머지들은 말짱했다. 그리고 그 반대편에 여자들이 앉아 있었다. 여자애하고 같이 일하는 애들이었다. 머리칼들이 헝클어져 있었고 벌써 반창고 따위를 붙인 애들도 있었다.

종식이새끼한테 핸드폰을 때렸다.

"종식이냐? 나다."

"어, 우현이구나. 어디야?"

"야, 여기 우리 동네 파출소. 너 삐끼 뛰던 업소 앞이야."

"아 거기. 근데 거긴 왜? 너 달렸어?"

"아니 파출소 안이 아니고 밖이야."

"깜짝 놀랐잖아. 거기서 뭐해?"

"알 거 없고. 야, 아까 빽친다더니 어떻게 됐냐?"

"같이 할 놈이 없어. 애새끼들 요즘 다 몸 사리데."

"나랑 뛰자."

"그런 노가다 이젠 안 한다며?"

"빽치는 건 아니고, 조질 놈이 하나 있거든. 이쪽으로 올래?"

"오 분쯤 걸릴 거야."

"빨랑 와. 너 차에 연장 있지? 그것도 가져와."

종식이가 도착하는 데는 십 분쯤 걸렸다. 종식이 차로 갈아타고 상황을 설명했다. 종식이도 당연히 흥분했다.

"저런 좆만한 새끼들을 봤나? 근데 저 새끼들 저기서 밤새우는 거 아냐?"

"가정이 있는 새끼들이 저런 거 가지고 오래가겠냐? 여기서 대충

합의보고 나갈 거야."

"그러겠지."

종식이하고 한 시간쯤 기다리고 있자니, 파출소 안에서는 하얀 종이가 왔다갔다했고 다들 그 종이 위에 지장을 찍고 있었다. 경찰 하나가 일장 훈계를 하는 모양이었고 남자들 중 하나가 경찰 하나를 끌고 파출소 밖으로 나오더니 주머니에 뭔가를 찔러주는 기색이었다.

"씹새끼들. 짜웅하네."

"야, 지금 합의보는 모양이니까 곧 나오겠다."

먼저 여자애들이 지배인으로 보이는 남자하고 같이 나왔고 남자 셋도 따라나왔다. 남자 하나가 길에 침을 짝 뱉었고 다들 갈 길로 흩어지기 시작했다.

"야, 저 마빡에 뭐 붙인 새끼가 그 새끼야."

"좆만하게 생겨가지고는. 야, 근데 걔 진짜 빽이냐?"

"이 새끼가 너도 맞을래? 아냐 새꺄."

"알았어, 인마."

종식이가 차를 몰고 그 새끼를 따라갔다. 검은색 무스탕을 입어서 뒤뚱거리며 걸어가는 폼이 꼭 오리 같았다. 남자는 파출소를 나와 길을 건너더니 택시를 잡기 시작했다. 밤늦은 이면도로라서 택시는 보이지 않았다. 남자는 터덜터덜 큰길 쪽으로 걸어가기 시작했다. 종식이와 나는 그 새끼 뒤를 라이트를 끈 채로 천천히 따라갔다.

"야, 여기서 뜰까?"

"여긴 파출소랑 너무 가깝잖아."

"이런 데가 좋아. 지금 누가 보냐? 저 새끼 큰길로 내려가서 택시 잡으면 따라가기 힘들어."

"그럼 저기서 꺾어지면 하자."

편도 이차선 도로를 삼십 미터쯤 내려가면 삼거리가 나오고 그쪽에서 오른쪽으로 백 미터쯤 걸어가야 큰길이 나온다. 우리는 차를 세우고 각목 두 개를 꺼내 뒷자리에 놓고는 다시 차를 몰아 그 남자를 앞질러가서 이십 미터 전방에 다시 차를 세웠다. 남자는 계속 한 손으로 이마를 만지면서 걸어오고 있었다.

"저 새끼 이 차 지나치면 종식이 니가 먼저 내려서 말 붙이고 있어. 그럼 내가 처리할게."

"오케이."

남자는 걸어오다 말고 벽 쪽을 향해 몸을 돌리고는 바지 지퍼를 내렸다. 예상치 못한 상황이었지만 찬스였다.

"어쭈, 저 새끼가 도와주네."

우리는 차 문을 반쯤 열어둔 채로 차에서 내려 그에게 다가갔다. 종식이가 다가가는 사이 내가 짱을 봤지만 행인은 고사하고 지나가는 차 한 대도 없었다. 종식이가 오줌을 누고 있는 남자에게 다가갔다.

"아저씨, 술 한잔 더 하시죠? 아가씨들 끝내주는 데 있어요."

남자가 고개를 종식이 쪽으로 돌리려는 찰나, 뒤쪽으로 다가간 내가 남자의 엉덩이를 발로 차 쓰러뜨렸다. 오줌을 누던 터라 제대로 추스르지도 못하고 남자는 쉽게 무너졌다. 나는 쓰러진 남자의 머리를 각목으로 내리찍었다. 이 개새끼야. 너도 죽어봐라. 나는 한 번 더 확실하게 각목의 끄트머리로 놈의 마빡을 찍었다. 남자는 끽소리 한 번 못 내고 대자로 뻗어버렸다. 그러자 종식이가 다가가 신속하게 남자를 부축하는 척하면서 주머니를 뒤졌다.

"형, 형. 집에 가서 자요. 예?"

종식이는 연막을 피우면서 계속 주머니를 뒤졌고 나는 두리번거리면서 짱을 보았다. 종식이는 지갑을 찾아내서는 잽싸게 내게 건네주었다. 그때 갑자기 환한 자동차 헤드라이트가 삼거리 쪽에서 나타나 우리 쪽으로 다가왔다.

"야, 튀어."

종식이가 다급하게 외치면서 차 쪽으로 뛰어가려는 걸 내가 잡았다.

"야, 천천히 움직여. 장사 한두 번 하냐."

우리는 천천히 차에 올라타고 그 차가 지나가기를 기다렸다. 하지만 그 차는 지나가지 않았다. 차는 우리와 적당한 거리를 두고 멈춰 섰다.

"야, 저거 택시잖아?"

백미러를 통해 보니 정말 택시였다. 이럴 때, 택시만큼 위험한 건 없다. 이상하게 정의감에 불타는 기사들이 있다.

"어떡하지? 저 새끼 안 가는데? 저 새끼 감잡은 거 같은데."

"야, 할 수 없다. 발르자."

종식이는 핸드브레이크를 내리고 급출발로 달렸다. 그제야 택시는 천천히 움직이더니 정확하게 그 남자가 쓰러진 곳에 차를 세웠다.

"저 새끼 우리 번호판은 못 봤을 거야. 라이트 꺼놨으니까."

우리는 큰길을 나와 양화대교 쪽으로 핸들을 꺾었다.

"야, 따라오는데? 한 대가 아니라 두 대야."

뒤를 보니 택시 두 대가 비상등을 켜고 하이빔을 쏘면서 따라붙고 있었다.

"야, 어떡하지?"

종식이가 연방 뒤를 보면서 초조해했다.

"씨발, 어떻게 되겠지. 야, 좀 있으면 양화대교지?"

"응."

"양화대교로 들어가지 말고 망원동 쪽 주택가로 빠져. 거기 샛길들 많거든."

우리는 망원동 쪽으로 갑자기 접어들어 편도 이차선 도로를 곡예하듯 달렸다. 하지만 택시들도 만만치 않았다.

"종식아. 우리 차 버리자."

"차 버리고 얼루 가?"

"주택가 적당한 데 파킹시키고 서로 갈라져서 담 타자."

택시들은 계속 추격중이었다. 하지만 거리는 쉽게 좁혀지지 않았다. 한때 대리운전으로 밥 벌어먹던 종식이도 운전에는 끗발이 있었다.

"야, 저기서 꺾어."

차는 끼이익 소리를 내면서 골목길로 접어들었다. 하지만 주차할 만한 빈 곳은 보이지 않았다. 우리는 주택가 도로에 설치된 턱들을 쿵쾅쿵쾅 넘어서 요리조리 달렸다. 몇 개의 백미러를 부쉈고 몇 대의 차 옆면을 긁어버렸다.

"저기 교회 앞에 자리 있다."

내가 손짓으로 가리키자 종식이는 그 앞에 차를 세웠다. 멀리 택시들의 앞 범퍼가 긁히는 소리들이 연달아 들려왔다. 택시들도 턱을 넘느라 고생하는 모양이었다. 우리는 차를 세우고는 황급히 교회 담을 타넘었다. 곧이어 택시들이 급정거하는 소리가 들렸다. 이쪽이야, 하고 외치는 소리가 들려왔다. 나는 들고 내린 각목을 교회 안쪽으로 던져버리고는 골목을 달렸다. 종식이는 반대쪽으로 튀었다. 야, 내일 보자. 한참을 그렇게 뛰면서 숨을 곳을 찾아봤지만 마땅한 곳이 없었다. 여기저기서 클랙슨소리가 울렸다. 택시는 한 대가 아니었다. 그사이 더 불어난 모양이었다. 경찰차의 사이렌소리도 들려오기 시작했다. 어디로 가야 하나. 문득 여자애 생각이 났다. 한동안 업소도 못 나갈 텐데 뭘 먹고 살지? 가슴이 쿵쾅거리기 시작했다. 머리도 멍해져왔다. 이게 다 그 새끼 때문이다. 아까 아예 반 죽여놨어야 했는데. 씨팔새끼. 곱게 술이나 처먹고 갈 것이지.

더 뛸 수는 없다. 나는 다세대주택 담 하나를 타넘었다. 아이들 세발자전거가 놓여 있는 좁은 정원에 웅크리고 앉아 대문 틈으로 밖을 살폈다. 잠시 후 골목으로 경찰차가 사이렌을 울리면서 지나갔다. 그러곤 조용해졌다. 여기저기서 울려오던 클랙슨소리도 잠잠해졌다. 그러더니 멀리서 쿵 하는 커다란 소리가 들렸다. 추격하던 택시 하나가 어딜 들이받은 걸까? 알 수 없었다. 그렇게 삼십 분쯤 지났을 것이다. 대문을 열고 나왔다. 여기가 어딜까? 망원동 어디쯤 되는 것 같은데 다 거기가 거기 같아서 알 수가 없다.

골목을 한참 걸어나오니 이차선 도로가 있었다. 종식이새끼는 어떻게 됐을까? 걘 도바리엔 선수니까 잘 발랐을 것이다. 멀리 택시 한 대가 오고 있었다. 나는 손을 들어 택시를 잡았다. 혹시나 싶어 살펴봤는데 아까 그 택시는 아닌 것 같았다. 차종이 달랐다. 택시에 올라타니 피곤했다.

"아저씨, 신촌이오."

이차선 도로를 빠져나온 택시는 큰길 입구에서 정차했다.

"왜 그래요? 아저씨?"

"앞에 사고가 난 모양이여."

차들이 천천히 한 대씩 빠져나가고 있었다. 내가 탄 택시도 천천히 그 뒤를 따랐다. 멀리 빨간불이 번쩍이는 게 건물 유리창을 통해 보였다. 경찰의 검문이었다. 씨팔.

"검문하나보죠?"

머리를 길게 빼고 앞을 둘러본 기사는 고개를 가로저었다.

"검문은 아닌 거 같고 사고인 것 같구먼."

우리는 점점 더 현장에 가까워졌다. 택시 한 대가 가로수를 들이받은 채 멈춰서 있었고 앰뷸런스와 경찰차가 그 옆에 서 있었다. 몇 대의 다른 택시들도 비상등을 켠 채로 그 옆에 있었다. 사람들이 웅성웅성 모여 있었다.

내가 탄 택시의 기사도 차를 잠시 세우고 고개를 내밀었다. 나는 반대쪽으로 고개를 돌렸다.

"뭔 일이우?"

"아무 일도 아니니까 빨리 가요."

교통정리를 하던 경찰이 신경질적으로 손짓을 했다. 차가 출발하자 나는 뒤를 돌아다보았다. 느낌이 좋지 않았다. 씨팔. 어떻게 된 거야. 잠시 후, 앰뷸런스가 사이렌을 울리면서 출발하는 소리가 들렸다.

택시를 일부러 여관에서 좀 떨어진 곳에 세우고는 천천히 여관으로 걸어갔다. 방으로 들어가니 여자애가 깨어 있었다.

"왜 안 자고 있었어?"

"나 돼지꿈 꿨다. 무지하게 많은 돼지들이 꿀꿀거리면서 나한테 오더라."

"내일 복권이나 사."

"꿈 같은 거 믿어?"

여자애가 내 눈을 들여다보며 묻는다.

"아니."

"난 돼지꿈 처음이야. 돈 졸라 벌 건가봐."

"쌍통은 다 찌그러져가지고 행여 떼돈 벌겠다. 퍼져 잠이나 자."

내 말에 여자애는 뾰로통해져서 다시 누웠다. 나도 누웠지만 잠이 오지 않았다. 종식이새끼는 왜 연락이 없을까. 씨팔놈. 달린 거 아냐? 뒤척뒤척. 유난히 밤이 길었다. 여자애는 쌔근쌔근 아이처럼 잔다. 나는 일어나 붉은 스탠드를 켜고 그 새끼한테서 쌔빈 지갑을 열어보기로 했다. 지갑 속에서 웬 아이 사진 한 장이 떨어져내렸다. 세

살쯤 됐을까. 재수없다. 쭉쭉 찢어서 휴지통에 집어넣었다. 계속 뒤져보았지만 돈이라고는 만원짜리 세 장 말고는 아무것도 없다. 돈도 없는 새끼가 여자를 패? 쓸데없는 현금카드하고 신용카드만 그득한 지갑이었다.

어느새 날이 밝아온다. 종식이에게선 계속 연락이 없다. 달린 게 확실하다. 삐리리릭. 핸드폰이 울린다. 벨이 다섯 번 울릴 때까지 받을까 말까 한참을 망설인다. 받아보니 나라년이다.

"야, 우현아. 너 어제 종식이새끼랑 같이 안 있었니?"

"나? 아니."

나라는 울고 있다. 나는 거짓말을 했다. 자동으로 그랬다. 왜 그랬는지 모른다.

"종식이 그 새끼, 어제 달렸대. 병신 같은 새끼. 픽치다가 재수없게 택시기사들한테 붙들렸는데 가꾸목 들고 개기다가 택시기사 하나 머리통 깨고, 또 발르다가 뒤쫓아온 딴 택시한테 받혔대. 갈빗대 몇 대 나가고 좆나 깨졌나봐."

"어떡하냐? 재수 좆나리 없었네."

나라는 계속 울먹인다. 나라가 우는 건 처음 본다.

"그게 재수없는 게 아니고 종식이가 픽친 놈이 죽은 거 같아. 자세히는 모르겠고, 아침 뉴스에 나왔대. 종식이라고 이름은 안 나오는데 망원동 어디라는 거 보니까 종식이새끼가 한 거 같아. 종식이새끼도 망원동에서 달렸걸랑. 아침에 짜부한테 전화왔었는데 종식이새끼 지금 경찰병원에 있대. 어떡하니. 너 같이 가줄래?"

"지금 면회 안 될 거야. 사람이 뒈졌는데."

"나 어떡하니. 나 어떡해."

나라는 한참을 흐느끼다가 전화를 끊어버렸다.

나는 도망가지 않았다. 가만히 앉아 마치 종례시간을 기다리는 고삐리들처럼 얌전히 기다렸다. 하지만 아무도 찾아오지 않았다. 여자애가 깨어난 오후 두시가 다 되도록 조용했다. 그럴수록 나는 꼼짝도 하지 않고 계속 기다렸다. 짱깨를 시켜 먹으며 여관 밖으로는 한 발짝도 나가지 않았다. 종식이가 불었다면 짭새들이 올 거고 안 불었다면 안 올 것이다. 왠지 종식이가 불어줬으면 좋겠다는 생각이 들었다. 하지만 그 새끼는 안 불 거다. 빌어먹을, 불어도 어쩔 수 없다. 지도 혼자서 다 뒤집어쓰긴 싫을 것이다.

여자애가 일어났다. 얼굴은 어제보다 더 부어 있다. 여자애가 배고프대서 밖으로 나갔다. 편의점에 들러서 그 새끼한테 쌔빈 삼만원으로 즉석복권 다섯 장하고 컵라면, 맥주를 샀다. 긁어봤지만 오천원짜리 하나 빼곤 모두 꽝이다. 돼지꿈 좋아하네. 복권을 박박 찢어서 던져버렸다. 좆같은 세상, 되는 게 없다. 편의점 밖에서 한참을 앉아서 맥주를 마시며 담배를 피웠다. 어쩐지 여관으로 돌아가기 싫었다.

나는 컵라면에 물을 부어가지고 여관으로 돌아왔다. 우리는 컵라면을 국물까지 다 비우고 나서 맥주를 깠다. 맥주를 다 비우자 약속이나 한 것처럼 옷을 벗고 엉켰다. 사타구니에 닿는 감촉이 달랐다. 비상구는 깨끗했다. 나는 그곳에 한참이나 얼굴을 비벼댔다. 여자애는 가만히 몸을 뒤채며 내 얼굴을 감싸주었다.

"니 소매에 피 묻어 있더라. 빙신 같은 새끼, 너 어제 일 쳤지?"

나는 고개를 들지 않았다. 어쩐지 여자애는 다 알고 있는 것만 같다.

"이 씨팔새끼야. 내가 어제 그러지 말랬잖아. 왜 그랬어? 이 빙신아."

비상구에 처박고 있는 내 머리를 여자애가 연방 때린다. 나는 피하지 않는다. 배꼽에서 내리꽂히는 화살을 혀로 더듬어본다. 여자애는 꼼짝도 하지 않는다. 화살에서 비상구까지 혀로 핥아내려간다. 그러면서도 내 온 신경은 밖을 향하고 있다. 씨발, 오려면 빨리나 와라.

그 말이 끝나기가 무섭게 인터폰이 울린다. 카운터 형이다. 우현아, 빨러. 층계를 오르는 발소리가 요란하다. 부지런히 옷을 꿰어입고 문을 잠근 후, 의자로 유리창을 깼다. 잘 깨지지 않는다. 꽝, 여관문을 박차고 사람들이 뛰어들어온다. 야, 김우현이. 내 이름을 저렇게 부르는 건 선생들과 짭새들뿐이다. 얼굴이 밤탱이가 된, 배꼽에 화살 문신을 한 여자애가 짭새들에게 알몸으로 달려든다. 이럴 줄 알았으면 그애 배꼽 화살표 끝에다가 EXIT라고 새겨줄걸, 내 이름도 박아주고 말이다. 너무 늦었다. 나는 창문을 타넘어 옆집 지붕 위로 뛰어내린다. 그러곤 앞만 보고 달렸다. 발밑으로 기왓장 부서지는 소리들이 들려왔다. 두두두둑. 형사들은 열심히 쫓아오고 있다. 야이 씨팔새끼들아, 내가 니네 형 죽인 것도 아닌데 왜 이렇게 죽어라고 쫓아와? 좆같은 새끼들아. 그렇게 속으로 욕을 해대면서도 내 발은 계속 지붕에서 지붕으로 넘어다녔다. 다행히 타넘을 지붕은 얼마든지 있었다. 니미 씨팔이다.

고압선

1

어느 날 그 남자는 희한한 소리를 듣게 되었다. 여자를 사랑하지 마십시오. 위험합니다. 남자는 처음에는 흘려들었다. 그러나 점쟁이는 진지했다. 명심하십시오. 그저 하는 말이 아닙니다. 여자를 사랑하면…… 점쟁이는 그 대목에서 고개를 가로저었다. 당신은 사라집니다.

죽는다는 말입니까? 아닙니다. 사라집니다. 그냥 사라진다고 되어 있습니다. 그러니 사랑하지 마십시오. 그 남자는 점쟁이의 말을 곧 잊었다. 회사일은 바빴고 사랑할 만한 여자도 없었다. 결혼생활은 평탄했다.

그는 은행원이었다. 감원의 계절이었다. 동료들이 하나둘 직장을 떠났다. 그는 불안했다. 외국어에 능통하지도, 줄이 튼튼하지도 않았다. 좋은 대학교를 나오지도 못했고 아부를 잘하지도 못했다. 그저, 세심하고 꼼꼼해서 별 대과 없이 직장생활을 해왔다는 것밖에는 어디에도 내세울 것은 없었다. 물론 여자관계도 깨끗했다. 함께 일하는 여자 행원들은 아마도 그를 수도승처럼 생각했을 것이다. 업무에 관한 말 말고는 사소한 농담도 하지 않았다.

그의 어머니는 아들을 너무 사랑한 나머지 혼자 살려 하지 않았다. 그래서 아들의 집에서 함께 살았다. 어머니와 아내는 자주 싸웠다. 어머니 때문에 섹스조차 마음대로 하지 못할 때가 많았다. 잠이 없고 귀가 예민한 여자였다. 섹스중이라는 것을 번연히 알면서도 며느리나 자식을 불러낼 때도 있었다. 나가보면 사소한 것들을 찾는 일이었다. 새로 산 고무장갑이나 체중계 따위를 한밤중에 내놓으라는 것이다. 한번은 갑자기 방으로 들이닥치는 바람에 이불을 뒤집어써야 했던 적도 있었다.

아내는 가끔 여관에라도 가자고 했다. 하지만 여관비가 아까워서 한 번도 가지 않았다. 대신 어머니가 잠들기를 기다렸지만 그녀는 쉬 잠들지 않았고 그러는 동안 그가 먼저 곯아떨어지기 일쑤였다.

2

어느 날, 은행으로 한 여자가 찾아왔다. 그 남자는 대번에 그 여자를 알아보았다. 세월이 흘렀지만 변한 것은 별로 없었다. 여자는 대출창구로 다가갔다. 대학 때와 달라진 게 있다면 눈가에 주름이 좀 생겼다는 것과 옷이 좋아졌다는 것뿐이었다. 티셔츠와 청바지를 입은 모습만을 기억하고 있던 그에겐 정장을 한 그녀가 좀 생소해 보였다.

대출은 좀 어려워 보였다. 담당 직원은 연신 고개를 저으며 그녀에게 열심히 뭔가를 설명하고 있었다. 자격요건이 불충분한 모양이었다. 그 남자는 대출창구로 갔다. 여자도 그를 알아보았다. 여기 다니는구나. 여자가 어색한 반말로 인사를 붙여왔다. 남자는 멋쩍게 웃었다. 무슨 일로 왔어? 여자는 핸드백을 매만지며 천천히 대답한다. 마이너스통장을 좀 만들려고 왔는데.

여자는 힘들어 보였다. 담당 직원은 그 남자를 올려다보며, 아는 사이예요? 하면서 난감한 표정을 지었다. 그 남자는 여자를 돕고 싶었다. 왜, 무슨 문제라도 있어? 담당은 여자가 가져온 서류들을 그 남자에게 건네주며 말했다. 가계 회전대출을 신청하러 오셨는데요. 요건이 안 돼요. 평잔 미달이에요. 담당은 볼펜을 딱딱거렸다. 그 남자는 담당의 어깨를 두드리며 웬만하면 해주라는 사인을 보냈다. 그가 이런 부탁을 한 건 처음이었기에 담당은 놀랐다.

고마워. 여자의 말에 남자는 별것 아니라는 투로 손을 저었다. 그러고는 창구 밖으로 나가 여자와 자판기 커피를 뽑아 마셨다. 얼마 전에 여기로 이사왔어. 세상에, 너를 여기서 보다니. 그렇게 말하는 여자의 어깨엔 피로가 얹혀 있었다.

십 년 만에 마주친 두 사람은 할말이 별로 많지 않았다. 결혼은 했니? 애는 있니? 친구들은 만나니? 이런 상투적인 질문을 하다가 종이컵이 다 비어버렸다. 그러는 사이 지점장이 그를 찾았고 둘은 헤어져야 했다. 어려운 일 있으면 찾아와. 힘닿는 대로 도와줄게. 남자는 자신도 모르게 그런 말을 해버렸다. 여자는 쓰게 웃으면서 은행을 나갔다. 남자는 지점장이 불렀다는 사실도 잊은 채 한참 동안 유리문 밖을 응시했다. 그녀의 뒷모습은 아주 빨리 작아져갔다.

3

여자는 한때 그 남자와 절친했던 친구 B의 애인이었다. 얼굴은 수더분했지만 몸매가 멋진 여자였다. 밤이면 떠오르는 그녀 때문에 남자는 잠을 설칠 때가 많았다. 친구의 여자를 생각하다니. 남자는 자신을 책망했지만 그럴수록 그녀의 육체는 더 생생하게 떠올라 그를 괴롭혔다.

반면에 B는 그녀를 별로 귀하게 생각하지 않았다. 가끔 다른 여자를 몰래 만나기도 했고, 그녀에게 이별을 선언한 적도 여러 번 있었다. 그때마다 그녀는 울며 매달렸다. 그래도 안 되면 그 남자에게 찾아와 B를 설득해달라고 호소하기도 했다. 그럴 때마다 남자는 여자를 달래거나 술을 사주는 게 고작이었다.

가끔 B는 그 남자에게 그녀와의 정사 장면을 이야기해주곤 했다.

마치 영화 줄거리를 이야기하듯 무심하게 말이다. 걔, 막상 벗으면 그렇게 적극적일 수가 없어. 보기엔 조신하지? 침대에 들어가면 완전히 딴사람이야. 글쎄, 사람 잠을 안 재운다니까. 여하튼 대단해. 술 마시면 더해. 처음엔 그렇게 빼던 애가 한번 맛들이니까 사람 잡더라. 야. 역시 여자는 겉으로 봐서는 모르는 거야.

그런 날이면 그 남자의 밤은 지옥이었다. 잡지에서 사진을 오려붙이듯, 그녀의 얼굴과 나체가 상상 속에서 콜라주되었다. B와 섹스하는 모습이 마치 포르노를 보듯 선명하게 떠올랐다. 특히 그를 괴롭게 했던 것은 오럴섹스 장면이었다. 그것만 생각하면 누웠다가도 벌떡 일어나곤 하였다. 하지만 다음날 학교에서 그녀와 마주치면 아무렇지도 않은 얼굴로 그녀를 대해야 했고 그게 그에겐 더 어려웠다.

한번은 B의 자취방으로 놀러간 적이 있었다. 벨이 울린 지 한참 후에야 B가 부스스한 모습으로 문을 열어주었고 흐트러진 모습의 그녀가 뒤를 따랐다. 매무새를 미처 만지지 못하여 블라우스 깃 사이로 가슴의 골이 그대로 들여다보였다. 한낮의 정사를 방해한 죄로 그 남자는 두서도 없는 이야기를 늘어놓아야 했으나 분위기를 바꾸는 데 성공하지 못했고 곧 그 방을 떠났다. 여자는 그를 배웅하지 않았다.

졸업 무렵, B와 그녀는 결국 헤어졌다. 덕분에 그녀도 더이상 만날 수 없게 되었다. 그후 그 남자는 다른 여자를 사귀었고 얼마 지나지 않아 결혼했다. 아내는 함께 잔 첫 여자였고 그것으로 충분한 이유가 되었다.

4

　며칠 후, 그녀가 은행으로 전화를 걸어왔다. 저녁이나 함께하자고
했다. 남자는 그러마고 했다. 그러면서 수화기를 내려놓는데 느낌이
이상했다. 손등으로 전화기의 버튼들이 희미하게 보이는 것 같았다.
*, #, 0, 7, 8, 9······ 손이 반투명 유리라도 되는 것처럼 말이다. 하
지만 남자는 눈을 비비고는 더이상 그 문제를 생각하지 않았다. 약
속시간에 맞추자면 정산을 빨리 끝내야 했기 때문이었다. 다행히 별
다른 문제 없이 작업이 끝났고 그 남자는 옷걸이에 걸려 있는 윗도
리를 걸쳐입고 퇴근할 준비를 했다. 인사를 하러 차장 쪽을 바라보
자, 차장이 자신을 유심히 보는 게 아닌가. 내가 너무 빨리 퇴근하
나? 남자는 시계를 보았지만 이른 시각은 아니었다. 아니면 혹시 명
예퇴직자 명부에 올라 있는 걸까. 그 남자는 불안해졌다. 가뜩이나
명예퇴직이다 뭐다 해서 어수선한 무렵이었다. 남자는 입었던 옷을
다시 의자 등받이에 걸쳐놓고는 자리에 앉아서 눈치를 보았다. 그사
이 두 명의 여자 행원이 인사를 하고 퇴근했고 차장도 서서히 몸을
일으켰다. 그제야 그도 다시 윗도리를 입고 자리에서 일어났다. 차
장님 이제 퇴근하세요? 차장은 고개를 끄덕였지만 여전히 그를 주시
하고 있었다. 뭐 하실 말씀이라도? 그가 물었지만 차장은 고개만 갸
웃거릴 뿐 시원한 대답은 하지 않았다. 아무것도 아니야. 자네도 그
만 퇴근하지그래. 차장이 그렇게 말하자 자신이 해고 예정자일 거라
는 생각이 더 확실해졌다. 어쩐지 자신을 대하는 태도가 예전 같지

않았다. 해고되면 뭘 먹고 살지? 퇴직금에 위로금을 합쳐도 포장마차 하나 내기도 힘들 텐데. 자동차 할부금과 아파트 중도금은 뭘로 내지? 하긴, 지금까지 안 잘린 게 이상하지. 갑자기 담배가 피우고 싶어졌다. 하지만 담배를 찾을 수 없었다. 그는 포기했다.

은행을 나와 약속장소로 향했다. 십 년 만의 해후. 조금 떨렸다. 어떤 남자와 살고 있을까. 아이는 없다는데 왜 그랬을까. 전업주부 같아 보이지는 않던데 직장은 어디일까. 이런 여러 가지를 궁금해하면서 그는 바삐 걸어갔다. 길에는 사람들이 많았다. 그래서 그런지 유난히 사람들과 많이 부딪쳤다. 어떤 여자는 깜짝 놀라며 뒤로 넘어지기까지 했다. 그때마다 사람들은 미안하다고 말하기는커녕 어디서 갑자기 나타났느냐는 투로 신경질을 부렸다. 예의를 모르는 사람들이 너무 많다고 그는 생각했다.

여자는 약속장소에 나와 있었다. 감색 카디건과 그 나이에 입기에는 조금 짧은 스커트를 입고 있었다. 두 사람은 소주를 곁들여 갈비를 먹었다. 술이 들어가니 말이 많아졌다. 두 사람은 대학생활의 여러 가지 에피소드들을 끄집어냈다. 어머, 그런 일도 있었니? 맞아, 맞아. 그랬던 것 같아. 이제 생각난다. 여자는 맞장구를 쳐주었다. 물론 B와 관련된 이야기는 슬쩍 피해갔다. 그러니까 이야기들은 모두이가 하나씩 빠진 것 같았다. 일테면 셋이 함께 간 여행도 마치 둘이간 여행처럼 되어버리는 식이다.

여자도 소주를 많이 마셨다. 원래 술을 잘하는 여자가 아니었다. 세월이 주량을 늘린 건지도 몰랐다. 나, 이혼했어. 여자가 갈비에 붙은 살을 이빨로 뜯으며 말했다. 질긴 힘줄이 상 위로 툭 떨어졌다. 여자는 그것을 젓가락으로 집어 입에 넣었다. 그렇게 됐구나. 남자는 주인을 불러 갈비 이인분을 더 시켰다. 그럼 지금 뭐하니? 직장 나가? 여자는 물수건으로 입을 닦으며 웃었다. 나, 보험 해.

남자는 조금 슬픈 얼굴을 지어 보였다. 하지만 적절한 표정이 아닌 것 같아서 다시 아무렇지도 않은 얼굴로 바꾸면서 말했다. 아, 생활설계사? 여자는 웃었다. 그래. 요즘은 그렇게도 부르지.

두 사람은 갈빗집을 나왔다. 거리에 서니 바람이 쌀쌀했다. 집이 이 근처라 그랬지? 남자가 묻자 여자가 고개를 끄덕였다. 여자는 명함을 주고는 손을 들어 인사를 했다. 잘 가. 돌아서려는 여자의 팔을 남자가 잡았다. 아마도 술이 용기를 줬을 것이다. 데려다줄까? 여자는 아무 말도 하지 않았다. 남자는 천천히 그녀를 따라 걸었다.

아파트 앞까지 오자 이번에는 남자가 먼저 인사를 했다. 잘 들어가. 그러자 여자가 남자의 팔을 잡았다. 괜찮으면 차나 한잔하고 가. 남자는 그녀를 따라 아파트로 들어섰다. 경비는 졸고 있었다. 엘리베이터에 올라타자 그 남자의 머릿속에는 옛날 B가 해주었던 이야기들이 맴돌기 시작했다.

걔, 막상 벗으면 그렇게 적극적일 수가 없어. 보기엔 조신하지? 침대에 들어가면 완전히 딴사람이야. 글쎄, 사람 잠을 안 재운다니까. 여하튼 대단해. 술 마시면 더해. 처음엔 그렇게 빼던 애가 한번 맛들이니까 사람 잡더라, 야.

엘리베이터가 멈췄다. 여기야. 여자는 열쇠를 꺼내 문을 열었다.

혼자 사는 여자의 수칙 중에 이런 게 있어. 동네 사람들 보는 데서는 절대 열쇠로 문을 열지 않는 거야. 벨을 누르다가 사람들이 지나가면 그때 열쇠로 문을 따는 거야. 남자는, 그렇겠네, 하면서 맞장구를 쳐주었다.

그에게 차를 가져다주고 여자는 방으로 들어가 옷을 갈아입고 나왔다. 헐렁한 스웨터로 갈아입은 그녀는 대학 시절의 모습에 더 근접해 있었다. 그의 몸이 달아올랐다. 그는 화장실에 다녀오는 척하며 슬쩍 그녀 옆에 앉아보았다. 그녀는 엉덩이를 조금 미적거렸을 뿐, 멀리 떨어지지는 않았다. 대신 여자는 커피잔을 내려놓으며 머리를 그의 어깨에 기댔다. 나, 좀 취했나봐. 남자는 팔을 들어 그녀의 머리와 어깨를 받쳤다. 그러고는 조심스럽게 입을 맞췄다. 혀가 쉽게 딸려올라왔다. 두 사람은 곧 미친듯이 이빨과 혀뿌리를 핥아댔다. 스웨터 속으로 들어간 그의 손이 그녀의 가슴을 움켜쥐었다. 그녀의 입이 크게 벌어졌고 그를 통해 신음을 내보냈다. 두 사람은 내기라도 하듯 재빨리 옷가지를 벗어던졌고 이내 바닥으로 내려와 엉켰다. 남자의 입술은 연신 젖꼭지 언저리를 떠나지 않았다.

B의 말대로 여자는 대담하고 적극적이었다. 소리를 질러댔고 다리로 그의 허리를 조였다. 여자들이 흥분하며 지르는 소리를 그의 두 귀로 이렇게 직접 듣기는 처음이었다. 그것이 그의 남성성을 자극했다. 어머니가 있는 집에서는 한 번도 해보지 못한 격렬한 몸짓으로 움직였다.

긴 정사가 끝나고 남자와 여자는 나란히 침대에 누워 숨을 몰아쉬었다. 이런 기분은 처음이야. 남자가 말했다. 내가 옛날에 얼마나 너랑 자고 싶었는지 모르지? 남자는 여자의 가슴에 입을 맞췄다. B라는 놈, 참 복도 많구나 싶었지.

만난 후 처음으로 B의 이야기가 나오자 여자의 몸이 잠시 움츠러들었다. 나도 알고 있었어. B가 얘기해줬거든. 여자는 남자의 가슴에 안기며 말했다. 남자는 충격을 받았다. B가 뭐라고 말했는데? 여자는 조심스럽게 대답했다. 그냥, 네가 나랑 자고 싶어하는 것 같다고. 나는 믿지 않았었는데, 사실이었네? 여자는 웃었다. 하지만 남자는 웃지 않았다.

가야겠어, 엄마가 기다릴 거야. 남자는 옷을 입었다. 여자는 그의 표정을 살폈다. 화났어? 남자는 고개를 젓는다. 아니야. 정말 가봐야 돼서 그래.

여자는 현관까지 나와서 배웅을 한다. 남자는 터덜터덜 집으로 돌아온다. 경비는 신문을 보고 있다. 그가 인사를 하자 두리번거리다가 돋보기를 꺼내 쓴다. 저예요. 1008호요. 그제야 경비는 그를 알아보는 것 같다. 하지만 그가 엘리베이터에 탈 때까지 계속 그를 주시한다. 너무 늙은 사람을 경비로 쓰면 안 되겠구나. 그렇게 생각하면서 그는 십층 버튼을 눌렀다.

5

다음날 남자의 머릿속엔 온통 그녀 생각뿐이었다. 사춘기 소년처럼 하루종일 아무 일도 손에 잡히지 않았다. 외도에서 오는 범법의 스릴이 그를 흥분시켰고 처음 자각한 남성성이 그를 고무시켰다. 자신도 여자를 유혹하여 잠자리까지 끌고 갈 수 있다는 발견은, 그로서는 놀라운 것이었다.

그렇게 다른 데 정신이 팔려 있는 바람에 그는 여러 번 실수를 저질렀다. 고객의 인감을 자기 서랍에 넣어버리거나 액수를 잘못 계산해 지급하기도 했다. 물론 그때마다 고객들이 항의했다. 결산에 문제가 생기지는 않았지만 차장과 과장은 그를 예의 주시하는 것 같았다.

점심시간에는 이런 일도 있었다. 동료들과 함께 식당에 갔는데 주문을 받는 사람이 그를 그냥 지나쳐버리는 것이었다. 아저씨, 주문 받으셔야죠. 그가 지적하자 종업원은 죄송하다고 머리를 조아리고는 그의 주문을 받았다. 음식이 나왔을 때도 그 남자만 안 주고 가버리는 것이었다. 더 이상한 것은 다른 동료들 누구도 그 문제를 종업원에게 지적하지 않았다는 점이었다. 이봐요. 왜 나만 설렁탕을 안 주는 거요? 그 남자가 항의하자 종업원과 동료 행원들은 깜짝 놀라며 그 남자 쪽을 쳐다보았다.

손님, 새로 오셨어요? 그 남자는 화가 났다. 무슨 소리 하는 거예요? 이 사람들하고 같이 와서 똑같이 설렁탕 시켰잖아요. 종업원은 전표를 확인하더니 다시 설렁탕을 가져다주었다. 그 남자는 동료들에게 투덜대려 했지만 그들은 묵묵히 앞에 놓인 음식만 퍼넣고 있었다. 그래서 그 남자는 포기하고 말없이 설렁탕만 먹고 말았다.

고된 일과가 끝나고 집에 돌아오니 이미 밤 아홉시가 훌쩍 넘어 있었다. 어머니는 그 남자가 들어오자마자 며느리가 하루종일 자신을 어떻게 푸대접했는지를 시시콜콜 늘어놓았다. 남자는 건성으로 대꾸한 후에 씻으려 했으나 곧 아내에게 붙들려 푸념을 들어야 했다.

그가 사는 열여덟 평 아파트는 사람들이 싸우기 딱 좋은 구조를 가지고 있었다. 좁은 방과 마루, 겹치는 동선, 여름이면 바람도 통하지 않고, 복도로는 아이들이 괴성을 지르며 뛰어다녔다. 음식이라도 만들면 온 집 안에 냄새가 퍼지고 빨래는 사흘만 지나도 산더미처럼 보였다. 머리카락들은 쉽게 뭉치고 싱크대 아래로는 곰팡이가 피었다. 이불 빨래라도 한번 할라치면 온 집 안이 전쟁터고 베란다에 널어놓으면 마루 전체가 컴컴해졌다.

곧 새 아파트에 입주하면 이 모든 아귀다툼에서 벗어나리라. 남자의 희망은 오직 그것뿐이었다. 하지만 그 꿈은 어쩐지 이루어질 것 같지 않았다. 잘릴 날이 얼마 남지 않은 것 같았다. 자신이 해고될 것이라는 이 추측은 시간이 흐를수록 확신으로 변해갔다. 점심시간의 일만 해도 그랬다. 나만 빼고 다 알고 있는 거야. 그래서 날 피하는 거야. 미안하니까.

남자는 샤워를 하러 화장실로 들어갔다. 팬티를 내리는데 이상했다. 팬티만 보일 뿐, 자신의 성기와 터럭이 잘 보이지 않았다. 털이 없었으면, 성기가 없었으면, 하고 바랄 때가 있었지만 이런 순간은 아니었다. 그건 아주 어릴 적, 아버지와 함께 목욕탕에 갈 때나 들었던 부끄러움이었다. 손을 내려 만져보았다. 분명 모든 것이 그대로 있었다. 그는 나머지 옷을 벗고 거울 앞에 섰다. 눈과 머리카락과 몸의 윤곽은 구별할 수 있었으나 다른 건 분명하지 않았다. 이를테면 갈비뼈 사이의 골이나 배꼽 같은 것.

안과에 가봐야겠구나, 이제 서른 줄에 들었을 뿐인데 벌써 눈이 흐려지다니. 남자는 물을 틀었다. 수증기로 거울에는 뿌연 김이 서려 있었다. 그의 모습이 점점 더 흐려져갔다. 샤워를 하면서 그는 성기를 다시 만져보았다. 성기는 천천히, 하지만 완강하게 일어섰다. 아직 멀쩡하군. 그는 안심했다.

6

며칠 후, 여자를 만났다. 이번엔 좀더 속도가 빨라졌다. 식탁에서 침대까지 채 두 시간도 걸리지 않았다. 미치겠어. 하루종일 네 생각만 나. 여자는 웃으며 블라우스를 열어주었다. 남자는 고개를 파묻고 젖꼭지를 입에 물었다. 여자는 엄마처럼 그를 품어주었다. 그는 너무 감격해서 눈물을 흘릴 뻔했다. 그리고 말했다.

아, 나는 너를 사랑하는 것 같아.

그러자 갑자기 온 방 안의 공기가 싸늘해졌다. 여자의 몸도 차가워졌다. 탁자 위의 커피도 식어버렸다. 남자는 그 생각지 못한 반향에 놀라 고개를 들었다. 왜 그래? 남자는 여자에게 물었다. 여자는 고개를 저었다. 몰라. 그냥 뭔가 섬뜩했어. 미안해.

남자는 여자를 누이고 스타킹과 검은 팬티를 함께 벗겨내렸다. 여자의 하체에선 은은한 향수냄새가 났다. 단 한 번도 잠자리를 위한 향수 따위는 쓰지 않는 아내를 둔 그로서는 이런 경험이 처음이었다. 남자는 자신도 놀랄 만치 흥분했다. 조금 전까지 엄마였던 여자는 이제 온순히 엎드려 그의 처분을 기다리고 있었다. 그는 광포하게 그녀를 덮쳤다. 넌 대단해. 여자가 그를 더욱 부추겼다. 아, 날 죽여줘, 제발. 침대 머리맡의 선반에서 기물들이 우수수 떨어져내렸다. 자명종과 사진틀과 책 몇 권. 둘은 격렬하게 침대를 이리저리 돌며 정사를 벌였다.

멀리 괘종시계소리가 들려왔다. 남자는 그 소리와 함께 사정을 하고 나가떨어졌다. 목이 말랐다. 이온음료가 있으면 좋을 것 같았다. 남자는 냉장고로 갔다. 냉장고 문을 열자 환한 빛이 어두운 거실로 차고 나왔다. 이온음료 대신 콜라가 있었다. 콜라를 집으려 손을 넣었지만 손이 보이지 않았다. 분명 자신은 콜라를 잡았다고 생각했는데 콜라만 보였다. 그는 천천히 콜라를 꺼내보았다. 콜라만 올라왔다. 놀란 그는 콜라 캔을 떨어뜨렸다. 안방에서 여자의 목소리가 들려왔다. 왜 그래? 남자는 아무 일도 아니라고 말했다. 그러곤 콜라를 집어 따개를 손가락으로 걸어 젖혔다. 따개가 혼자 움직이는 것처럼 보였다.

그가 돌아오지 않자 벌거벗은 그녀가 거실로 나왔다. 냉장고 문만 열어놓고 어디 간 거야? 그는 분명 냉장고 앞에 있었는데 그녀는 그를 찾고 있었다. 나 여기 있어. 남자가 힘없이 대답했다. 어디? 여자는 아직도 그를 발견하지 못한 것 같았다. 남자가 여자의 손을 잡아주자 여자는 그제야 그를 알아보았다. 어머, 여기 있었는데 왜 안 보였지? 근데 너 좀 이상해. 잘 안 보여. 어두워서 그런가? 불 켤까? 남자는 그러지 말라고 했다. 남은 콜라를 마저 마시고 두 사람은 다시 어두운 침실로 돌아가 누웠다. 모든 게 확실해졌다. 남자는 점점 희미해지고 있었다. 남자는 이제 그게 시력 때문이 아니라는 것을 알게 되었다. 침침한 눈 때문이라면 콜라도 안 보여야 마땅할 것이었다.

내 생애 처음으로 사랑하는 여자가 생겼는데, 어째서 그 이유 때문에 내가 사라져야 하지? 왜 점점 희미해져야 하지? 남자는 멍하니 누워 고민해봤지만 아무 대답도 얻을 수 없었다. 여자는 남자가 왜 갑자기 침묵하는지 이유를 알지 못하므로 불안해했다. 그래서 부드러운 손으로 남자의 성기를 만져주었다. 그러고는 입맞춰주었다. 남자는 그 느낌이 너무 좋았다. 그렇지만 계속하도록 내버려둘 수는 없었다. 남자는 말했다.

우리는 헤어져야 할 것 같아.

왜?

사랑하니까.

여자는 푹, 하고 웃음을 터뜨렸다. 지금 연극해? 하지만 남자는 심각했다. 아니야. 연극이 아니라구. 내가 사라지고 있어. 여자를 사랑하면 사라질 운명이랬어.

누가?

어떤 점쟁이가.

그 말을 믿어?

안 믿을 수가 없어. 정말 나는 점점 희미해지고 있어. 여자는 불을
켰다. 그러고는 눈을 비볐다. 정말이잖아. 자기가 잘 안 보여. 남자는
울고 싶었다. 날 좀 안아줄래? 여자는 더듬더듬 다가와 남자를 안았
다. 남자는 그렇게 탐해왔던 그녀의 가슴에 얼굴을 묻고 울었다.

나는 잘릴 거야. 가뜩이나 나를 자르려고 안달인데 이렇게 희미해
지면 이것만큼 좋은 이유가 없을 거야. 보이지도 않는 행원에게 누
가 예금을 맡기려 하겠어? 여자는 그를 위로했다. 괜찮을 거야. 우리
둘 다 너무 섹스를 격하게 했나봐. 한숨 자고 나면 나아질 거야. 너무
피곤했나봐. 설령 네가 투명해져도 나는 아무렇지도 않아.

여자가 그렇게 말했지만 그는 이미 마음을 굳히고 있었다. 그녀를
사랑하면 자신은 투명인간이 되고 투명인간이 되면 회사에서 해고
될 것이고 그러면 아파트 중도금과 자동차 할부금을 낼 수 없을 것이
다. 어머니에게 용돈도 아내에게 생활비도 지급하지 못할 것이다.
지금 함께 누워 있는 이 여자도 투명한 자신을 사랑해주지는 않을
것이다.

가봐야겠어. 남자가 눈물을 훔치면서 일어서자 여자는 옷가지를
챙겨주었다. 너무 걱정하지 말고 집에 가서 한숨 푹 자. 남자는 고개
를 저었다. 내일 아침엔 또 일찍 나가봐야 해. 월말이거든. 잠잘 시간
이 너무 없어. 여자는 다시 한번 남자를 엄마처럼 안아주었다. 잘 가.

전화할게. 그러자 남자는 울먹이며 말했다. 아니, 전화하지 마. 더 투명해지면 난 잘릴 거야. 멀쩡해질 때까지 좀 기다려줘. 형체가 다시 보이게 되거든 내가 연락할게.

7

남자는 집으로 돌아갔다. 경비는 졸고 있었다. 아내와 어머니는 늦게 들어온 그를 들볶았다. 그는 두 사람의 표정을 조심스레 살펴보았지만 이상한 낌새는 없었다. 그들은 평소처럼 그에게 하소연하고 잔소리하고 푸념했다. 관리비가 얼마, 전화비가 얼마, 경로당에서 함께 가는 제주도 여행의 경비가 얼마, 돈, 돈, 돈. 남자는 진저리가 났다.

엄마, 나 보여요? 남자는 물어보았다. 어머니는 별 시답잖은 소리다 듣겠다는 표정이었다. 이놈아, 돈 주기 싫으면 말어. 어머니는 토라져서 자기 방으로 들어가버렸다. 그는 아내에게 다시 물었다. 나보여? 아내는, 아니 이 양반이 술 취했나? 하면서 안방으로 들어가버렸다. 남자만 홀로 마루에 남았다. 희망이 생기기 시작했다. 사랑을 포기하니까 원래대로 돌아오는구나. 화장실로 들어가 얼굴을 보았다. 남자는 절망했다. 변한 것은 없었다. 여전히 희미한 윤곽만이 드러날 뿐이었다. 그는 새삼 어머니와 아내에게 분노가 솟구쳤다. 나는 이렇게 사라져가는데, 그래서 회사에서도 곧 잘릴 판국인데,

가족이라는 사람들이 내 얼굴 하나 똑바로 보아주지 않다니!

화가 난 그는 양복을 벗어던졌다. 그리고 그것들을 모두 세탁기 속에 처박아버렸다. 회사에서도 곧 잘릴 텐데 이놈의 양복이 무슨 소용인가. 그러곤 씻는 것도 포기하고는 그냥 침대로 들어가버렸다. 그런 그의 귀에 대고 아내가 속삭였다. 오늘은 어머니가 일찍 주무시는 거 같아요. 아내는 살금살금 일어나 문을 잠갔다. 그러곤 그의 몸 구석구석을 만져댔다. 만사가 귀찮은 그가 돌아누워봤지만 아내는 집요했다. 결국 그의 성기가 반응을 하게 만들었고 하는 수 없이 그는 똑바로 누워 다리를 벌린 아내의 몸 위로 올라탔다. 이불 바스락거리는 소리, 지나가는 자동차 소음이 유난히 크게 들렸다. 섹스하다 말고 남자는 여자에게 물어보았다. 혹시, 내가 회사에서 잘리면, 어쩔 거야? 순간 모든 동작과 소리가 멈췄다. 그게 무슨 소리야? 당신 잘렸어? 아내의 목소리가 앙칼졌다. 남자는 말을 주워담으려 애썼다. 아니, 그냥, 요즘 그런 일이 많다기에.

아내는 잠옷을 추스르고는 침대머리에 앉아 그를 내려다보았다. 행여 농담이라도 그런 소리 하지 마. 말이 씨가 된다잖아. 남자는 잘못했다고 빌었다. 아내는 다시 누워 그를 배 위에 올렸지만 이번에는 성공하지 못했다. 한번 수그러든 남자의 성기는 다시 발기하지 않았다. 아내의 탄식이 그의 가슴을 뚫고 지나갔다. 그는 자신이 조금 더 희미해진 것만 같았다.

며칠 후 그는 아침 일찍 출근해 누구보다도 먼저 자리에 앉아 있었다. 만나는 사람마다 반갑게 인사했고 열심히 일을 처리했다. 월말이어서 바빴고 모두들 정신없이 움직였다. 은행은 손님들로 북적거렸다.

점심시간이 되었다. 모두들 교대로 밖에 나가 점심을 먹었다. 그도 차례가 되어 나가려 할 때, 지점장이 그를 불렀다. 가슴이 철렁했다. 지점장은 탁자 위의 돌담뱃갑에서 담배를 꺼내물며 말했다. 이런 말 해서 뭐하네만, 우리 은행이 요즘 어렵네. BIS 비율이니 뭐니해서 여기저기 돈 끌어대느라고 말야. 게다가 고객들은 금리 높은 제2금융권으로 몰려가지, 정부는 정부대로 구조조정을 하라고 난리지 말야. 지점장의 눈은 예리하게 그 남자의 위아래를 훑고 있었다.

그 남자는 모든 것을 눈치챘다. 괜찮습니다, 지점장님. 그냥 본론부터 말씀해주십시오. 지점장은 담배연기를 훅하고 들이마셨다. 직원들이 모두 자네가 요즘 이상하다는 거야. 내가 봐도 그래. 어디 아픈 거 아닌가? 사람이 좀 희미해 보여. 맥도 없어 보이고 말야. 원 그렇게 핏줄이 훤히 들여다보여서야 어디 불안해서 같이 일하겠냐고들 해. 자네 팔 좀 보게나. 실핏줄들이 다 보이지 않는가 말야.

정말로 남자의 팔뚝엔 핏줄들이 해부도처럼 선명하게 드러나 보였다. 아직 완전히 투명해지지는 않았구나. 남자는 조금 안도했다. 요즘 피곤해서 그렇습니다. 월말 지나면 괜찮아질 겁니다.

좀 쉬는 게 어떤가? 지점마다 휴직자를 뽑고 있는데, 내 생각엔 말야, 자네가 몸도 안 좋고 하니 몇 달 쉬면서 재충전을 하는 게 좋을 것 같은데. 지점장의 말에 남자는 재빨리 머리를 굴렸다. 어차피 몸을 정상으로 되돌리지 않으면 안 되니까 조금 쉬는 것도 괜찮을지 몰라. 하지만 그동안 생활은 뭘로 하지. 보너스도 없고 급여도 칠십 퍼센트밖에 안 나올 텐데. 그리고 휴직 후에 복직된다는 보장도 없지 않은가. 이럴 때 쉬는 건 해고나 마찬가지야.

전 그냥 일하고 싶습니다. 건강이 그렇게 안 좋은 것도 아니구요. 정말 월말만 지나면 좋아질 겁니다. 믿어주세요. 지점장은 난감한 표정이었다. 좋아, 그럼 며칠만 더 두고 보세. 나가서 일보게나.

식욕이 완전히 사라졌다. 식사는 포기하고 자기 자리로 돌아와 동료 행원들을 돌아보았다. 저자들이 나를 해고시키려고 모두 합심을 했구나. 내가 조금 투명해졌다고. 나를 몰아내고 자기들만 살아남으려 하다니, 나쁜 놈들! 남자는 분통이 터졌지만 드러내지는 않았다. 아니 그럴 틈도 없었다. 손님들이 끊임없이 밀려들었기 때문이었다.

9

퇴근하고 남자는 소주를 마시러 포장마차에 들렀다. 술을 마시니 그 여자 생각이 더 간절해졌다. 그래, 마지막으로 딱 한 번만 멋진 섹스를 하자. 섹스를 하되 사랑은 하지 말자. 그냥 몸만 취하는 거다.

섹스파트너. 그래 그거다. 사랑은 뭔가 숭고한 거잖아. 서로 위하고 아끼고 보듬는 그런 걸 사랑이라고 하지. 이렇게 몸만 그리워하는 건 사랑이 아니잖아. 이건 그저 불륜이야. 유희일 뿐이라고.

남자는 여자의 아파트를 찾아갔다. 여자는 없었다. 남자는 놀이터에서 여자를 기다렸다. 이 시간까지 뭘 하고 안 오는 걸까. 혹시 다른 남자라도? 남자의 마음은 더 조급해져갔다. 피가 서서히 몸을 빠져나와 말라버리는 것 같았다. 그렇게 밤 열두시가 되자 남자의 인내는 한계에 이르렀다. 남자는 미끄럼틀에 여러 차례 발길질을 해대고는 집으로 향했다. 아, 다시 여기 오면 내가 인간이 아니다. 남자는 그녀의 아파트를 향해 욕도 퍼부었다. 그러자 순찰중이던 경비원이 다가왔다. 어, 여봐요. 도대체 지금이 몇시요? 경비원은 플래시를 그의 얼굴에 들이대다가 소스라치며 뒤로 나자빠졌다. 오히려 놀란 것은 그였다. 어, 왜 그러세요? 그가 다가가자 경비원은 슬금슬금 뒷걸음질을 쳤다. 어, 얼굴이 없어. 경비는 플래시를 내던지고 도망가면서 호루라기를 불었다. 여기저기서 다른 경비원들이 달려오는 소리가 들렸다. 그제야 그는 모든 사태를 알아차렸다. 얼른 옆에 주차된 자동차 사이드미러로 자기 얼굴을 들여다보았다. 여러 각도에서 비춰봤지만 아무것도 보이지 않았다. 셔츠 위로는 완전히 허공이었다. 경비원들이 주위를 포위했다. 십여 개의 플래시가 그의 눈 쪽으로 밀려들어왔지만 눈이 부시지 않았다. 빛은 그대로 그의 얼굴을 통과해버렸다. 이봐요. 왜들 이래요. 난 그냥 조금 아플 뿐이오. 요 바로 앞 은행 대리요. 신분도 확실하단 말이오.

하지만 경비들은 물러서지 않았다. 오히려 그들은 점점 더 가까이 다가왔다. 그는 붙잡히고 싶지 않았다. 여자를 만나야 했다. 사랑이 없는 섹스를 한 번만 하면 마치 저주가 풀리듯 이 모든 게 치유될 텐데, 다시 원상태로 돌아올 텐데, 쓸데없이 경비들과 실랑이를 하고 싶지는 않았다. 곧 신문기자들까지 몰려올 테고 그는 동물원의 원숭이처럼 감금될 것이었다.

그는 경비들이 조심조심 다가오는 사이 옷을 벗었다. 넥타이를 풀고 셔츠를 벗었다. 러닝셔츠도 집어던지고 허리띠도 풀었다. 그사이 경비 하나가 갑자기 덤비는 바람에 허리띠를 휘둘러 막아야 했다. 경비들이 물러서는 사이, 서둘러 바지와 팬티를 함께 벗어던졌다.

그러자 그는 완벽하게 사라졌다. 경비들은 주위를 두리번거리며 공포에 떨었다. 그는 알몸이 되어 그들 사이를 누비면서 시험을 해보았다. 누구도 그를 볼 수는 없었다. 잠시 기분이 상쾌해졌다. 그는 호기롭게 말했다. 나는 투명인간이다. 내 옷을 가져가는 자는 죽여버릴 테다. 지금부터 열을 셀 동안 여기서 백 미터 밖으로 물러나라. 하나, 둘, 셋. 경비들은 황급히 달아났다.

경비들이 사라지자 그는 옷가지를 챙겨들었지만 이걸 어찌해야 할지 도무지 알 수 없었다. 들고 걸어갈 수도 없는 노릇이었다. 그는 할 수 없이 옷을 다시 입기 시작했다. 옷을 입고 으슥한 곳에 숨어 여자를 기다렸지만 여자는 오지 않았다. 남자는 담을 넘어 아파트 단지를 벗어났다.

10

집에 도착해서 벨을 눌렀다. 어머니가 문을 열어주었다. 고개를 숙이고 들어갔지만 어머니가 이내 소스라쳤다. 아이구 이놈아, 이게 어찌된 일이냐? 그 서슬에 아내도 튀어나왔다. 여보, 어떻게 된 거예요? 왜 안 보여요? 남자는 말했다. 나도 모르겠다. 갑자기 이렇게 돼버렸어. 얼굴뿐이 아니야. 온몸이 그래.

어머니와 아내는 주저앉아 울기 시작했다. 그럼 다음달에 내야 할 중도금하고 자동차 할부금은 어떡해? 아내는 그렇게 말했고 어머니도 비슷했다. 네가 우리집 가장인데 아이구 이게 웬 날벼락이란 말이냐. 이제 우린 다 굶어죽었다.

처음에 그는 슬프고 미안했다. 자신의 불륜 때문에 집안이 풍비박산나는구나 싶어서 말이다. 하지만 조금 지나자 화가 나기 시작했다. 아무도 그 남자는 걱정해주지 않았다. 계속 돈, 돈, 돈뿐이었다.

남자는 옷을 벗기 시작했다. 어머니와 아내는 멍하니 그가 하는 일을 지켜볼 뿐이었다. 그는 마지막 속옷까지 던져버리고는 침대로 들어가버렸다. 잠시 후 아내가 뒤를 따라 들어왔다. 어디 있어요? 남자는 대답하지 않았다. 여자는 더듬거리며 침대로 들어와 그 옆에 누웠다. 남자는 여자를 위로했다. 만져봐. 나는 그대로야. 단지 보이지 않을 뿐이지. 섹스도 애무도 다 할 수 있어. 어쩌면 예전보다 더 잘할지도 몰라. 엄마 몰래 들어와서 해줄 수도 있어. 안 그래? 아내는 아무 대답도 하지 않고 한숨만 쉬었다.

다음날 그는 옷을 벗고 은행으로 출근했다. 고객 의자에 앉아 사람들의 움직임을 지켜보았다. 출근시간이 되자 차장이 자신을 조금 기다리다가 쪼르르 지점장에게 달려가 보고하더니만 아무렇지 않은 표정으로 다른 직원을 불러다 자기 자리에 앉히는 것이었다. 누구도 자신이 사라졌다는 사실에 놀라지 않았다. 단지 과장만이 그 남자의 집에 전화를 해보는 기색이었으나 그나마도 형식적이었다.

남자는 버스를 타고 여자의 집으로 갔다. 추웠다. 견딜 수 없이 추웠다. 길거리를 지나다니는 사람들은 봄이라고 모두 희희낙락인데 자신만 죽을상이었다. 아무도 자기를 쳐다보지 않았는데, 그러니까 오히려 모든 사람들이 자기를 보는 것처럼 느껴졌다. 그는 누구와도 부딪치지 않으려 노력하며 걸었다.

아파트 단지에 도착했다. 여전히 미치도록 추웠다. 오들오들 떨면서 여자를 기다렸다. 여자는 일곱시에 다른 남자의 차로 퇴근했다. 함께 차에서 내린 남자를 그는 익히 알고 있었다. B였다. B와 여자는 엘리베이터까지 다정하게 걸어들어갔다. 그 남자도 뒤를 따랐다. 여자는 열쇠를 꺼내면서 B에게 말했다. 혼자 사는 여자의 수칙이 뭔지 알아? 동네 사람들이 볼 때는 열쇠를 꺼내지 않는 거야. B는, 그렇겠구나, 하며 고개를 끄덕였다.

두 남녀는 거실로 들어서자마자 불을 뿜었다. 여자는 B와 섹스할 때 좀더 대담했다. 더 큰 소리를 질렀고 난생처음 보는 희한한 체위를 선보였다. 둘은 오랜 세월 호흡을 맞춰온 복식조 같았다. 그동안 그 남자는 조용히 앉아 그들의 섹스를 지켜보았다. 대학 때와 달라진 것은 별로 없었다. 그때나 지금이나 그 남자는 있으나 마나 한 존재였다.

그곳에서 그는 조용히 잠이 들었다가 아침이 되자 아무도 모르게 문을 열고 밖으로 나왔다. 집으로 돌아가고 싶지도 않았고 찾아갈 친구도 없었다.

종로에 들렀다가 탑골공원으로 갔다. 갈비와 물김치가 못 견디게 먹고 싶었다. 하지만 이룰 수 없는 꿈이었다. 할 수 없이 다른 사람들이 먹다 남긴 음식을 몰래 주워먹었다. 그러고는 행인들을 구경하며 그들의 얘기를 엿들으며 하루를 보냈다. 아무도 그를 쳐다보지 않았고 말 걸지 않았다.

그런 날들이 계속, 계속되었다. 바로 오늘까지.

바람이 분다

바람이 분다. 바람이 분다. 바람이 분다. 바람은 분다. 바람이 분다. 다섯 번을 되뇌고 하늘을 본다. 컴퓨터를 켠다. 컴퓨터를 끈다. 컴퓨터를 켠다. 컴퓨터를 끈다. 시간이 흐른다. 시간은 흐른다. 시간이 흐른다. 시간은 흐른다. 한 여자를 잊지 못하고 있다. 게임을 한다. 게임이 한다. 게임을 한다. 게임과 한다. 게임을 한다. 시간이 가지 않는다. 시간이 가지 않는다. 시간은 가지 않는다. 불을 끈다. 이제 그녀의 얼굴이 보인다.

그녀가 온다. 머리를 짧게 자른 그녀가 온다. 치렁한 흑갈색 원피스에 머리를 짧게 자른 그녀가 온다. 한때 나를 미치게 했던 치렁한 흑갈색 원피스에 머리를 짧게 잘라 더 고혹스러워진 그녀가 온다.

1

헤밍웨이의 소설 「킬리만자로의 눈」을 읽고 있었다. 그 소설엔 어쩐지 커피가 어울릴 것 같아 한잔 끓여 마시면서. 하지만 커피가 채 식기도 전에 그 소설을 다 읽어버렸다. 나는 자리에서 일어났다. 표범은 왜 킬리만자로의 정상에서 얼어 죽었는가. 소설은 그 이유를 설명하고 있지 않다. 대신 소설은 아프리카의 뜨거운 대지와 만년설의 킬리만자로를 선명하게 대비시키면서 하찮은 사고로 인생을 종친 한 바람둥이의 말로를 보여주고 있을 뿐이다.

나는 생각했다. 왜, 표범은 킬리만자로의 정상까지 올라가 얼어 죽고야 말았는가. 왜 돈 많은 유부녀를 유혹한 바람둥이는 사소한 사고로 죽음에 이르고야 말았는가. 왜, 헤밍웨이는 킬리만자로의 표범처럼 우아한 죽음을 바람둥이의 사고사 따위에 비교하는가. 왜 그의 문장은 그토록 간결하고 명료한가. 그것은 소설의 문장인가. 나는 생각하고 있었다.

'킬리만자로에 오르기 위해 석 달 동안 새벽 신문을 돌렸습니다.'

한 사진현상 업소의 광고문구. 사진작가의 모습이 담겨 있었고 그는 자랑스럽게 웃고 있었다. 정말로, 그는 석 달 동안 새벽 신문을 돌렸을 것이다. 돈보다는 체력을 기르기 위해서였겠지만. 나는 그가 부러웠다. 꿈꾸는 일을 위해 석 달을 하루같이 뭔가를 할 수 있는 그가 경이로웠다. 나였다면 단 일주일도 힘들었을 터이다. 세상은 그런 사람들 때문에 굴러간다.

지금까지 나는 그런 세상에서 슬쩍 비켜서 있었다. 달려오는 사람을 피하듯이 몸을 약간 비틀었을 뿐이다. 그런 자세로 세상을 보면 세상은 평화롭기만 했다. 그 평화로운 세상으로 그녀가 달려와 슬쩍 비켜설 틈도 없이 내게 충돌해버렸다. 뒤로 나동그라지면서 아주 많은 생각을 했다. 다 쓰잘데없는.

2

밤도 없고 낮도 없다. 신도시 아파트 단지들 사이 식객처럼 자리잡은 단독주택지구 상가 지하에 사는 나에게는, 밤도 없고 낮도 없다. 직장이면서 집인 이 습한 공간까지 기어들어오는 빛은 없다. 아니, 처음엔 있었으나 막아버렸다. 영화 포스터보다 조금 큰 들창. 그 빛에 감사하며 살고 싶지는 않았기 때문이었다.

구석엔 작은 침대, 그 옆으로 이단짜리 싱크대가 놓여 있다. 책꽂이로 형식적인 칸막이를 해두었지만 애당초 그런 구분이란 게 무의미한 공간이다. 영화 〈칼리포니아〉의 포스터가 싱크대 옆에 붙어 있다. 눈을 가린 긴 머리카락 사이로 백인 남자가 나를 쏘아보고 있다.

싱크대에서 다섯 발자국쯤 걸어가면 사무용 책상 두 개가 벽을 바라보며 앉아 있고 그 위엔 으레 그래야 하는 것처럼 컴퓨터와 모니터, 프린터, 스캐너 등속이 자리잡고 있다. 소형 스피커 두 개는 컴퓨터와 연결되어 음악을 들을 수 있게 되어 있다. 물론 TV와 비디오도 비슷한 방식으로 볼 수 있다. 컴퓨터가 없으면 음악도 영상도 없다. 그러니 눈을 뜨면 가장 먼저 하는 일은 컴퓨터를 켜는 일이다. 물론 자기 전에 마지막으로 하는 일도 그것을 끄는 일이다. 창이 없는 이 방에서 컴퓨터는 내 창이다. 거기에서 빛이 나오고 소리가 들려오고 음악이 나온다. 그곳으로 세상을 엿보고 세상도 그 창으로 내 삶을 훔쳐본다.

여기가 마음에 들어요.

그녀가 처음 여기에 왔을 때 던진 말이다. 나는 놀랐다. 몇 명의 여자들이 이 방을 방문했지만 그런 말을 듣기는 처음이었다. 당신이 마음에 들어요, 라는 말보다 훨씬 좋았다. 그녀는 정말로 이곳을 마음에 들어했다. 아주 느리게, 하지만 완전하게 그녀는 이곳에 젖어 들었다.

그 무렵 내겐 사람이 하나 필요했다. 나는 무심히 엔터키를 쳐가며 구직 사이트에 올려진 자료들을 검색하고 있었다. 공간이 하나 주어지면 그 속에 있는 모든 것들은 서로 닮아간다. 구직 사이트도 마찬가지였다. 대부분이 대동소이. 약간의 과장을 섞어 자신의 이력을 소개한다. 그리고 누구나 다 갖고 있는 그런저런 자격증들. 그 천편일률 속에서 그녀는 빛났다.

일자리를 구해요. 아무것도 잘하는 게 없어요. 워드를 조금 치고 액셀은 몰라요. 잘 웃고 아주 가끔 우울해요. 종교도 없고 친구도 없

어요. 야근할 수 있지만 토요일은 일하고 싶지 않아요. 영화를 좋아
하고 소설을 싫어해요. 바흐와 너바나를 좋아해요. 일터가 조용한
곳이면 좋겠어요.

나는 바로 그녀에게 연락했다. 돈을 많이 주지는 못합니다. 나는
처음부터 질러 말했다. 그녀는 놀라지 않는 기색이었다. 돈이 많이
필요하지는 않아요. 그런데 무슨 일을 하는 곳인가요? 나는 잠시 망
설였다. 그 생각을 해두지 않았다는 걸 깨달았다. 무슨 일을 한다고
해야 할까. 잠시 고민하다가 그냥 둘러댔다. 온라인 쇼핑업체지요.
아직 직원은 없습니다. 전화로 주문받고 직배로 보내니까 직원은 많
이 필요하지 않아요. 그녀는 선선히 일하겠노라고 말했다. 내일부터
출근하세요. 나는 그렇게 말하고 전화를 끊었다.

3

새로운 사람을 만난다는 건 피곤한 일이다. 만나야 할 모든 종류
의 사람들을 나는 오 년 전에 다 겪어버렸다. 그후로는 사람보다는
책이, 책보다는 음악이, 음악보다는 그림이, 그림보다는 게임이 나
를 편안하게 한다.

그녀는 아침 일찍 나타났다. 찾기 힘든 곳이었는데 용케 찾아온
걸 보면 그리 둔하지는 않은 모양이라고 생각했다. 겨울이었고 바람

이 거세게 불던 날이었던지라 그녀의 목엔 빨간 머플러가 갑옷처럼 둘러져 있었다. 들어오세요. 한동안을 멍하니 입구에 서 있던 그녀는 천천히 계단을 내려오며 외투와 머플러를 벗었다. 그러자 그 속에 감춰져 있던 긴 머릿단이 흘러내렸다. 알이 작은 안경엔 김이 서렸고 그 때문에 계단을 내려서며 잠시 멈칫거렸다.

나는 그녀를 위해 커피를 끓여 내놓았고 우리는 한동안 말이 없었다. 어쩐지 그녀가 아주 멀리서 나를 찾아온 친구로 느껴졌다. 그렇게 한참을 앉아 있다가 그녀가 먼저 입을 뗐다. 여기가 아주 마음에 들어요. 나는 그녀를 자리로 안내했다. 자리래봐야 책상과 의자, 컴퓨터가 있을 뿐이었지만 그녀는 기뻐하는 기색이었다. 이제 날마다 갈 곳이 생겨서 좋아요. 그녀는 그렇게 말하면서 웃었다. 이름은 송진영이라고 했다. 나이는 이십대 중반쯤. 얼굴엔 아직 주름이 없을 나이였다.

송진영씨가 할 일을 알려드리지요. 전화를 받아주고 시간 나면 가끔 여기저기에 광고를 올리면 되는 거예요. 채팅을 해도 좋아요. 채팅하다가 우리 제품이 필요하다는 사람이 있으면 물건을 팔면 됩니다. 프로그램 CD나 게임 CD가 필요하다는 사람이 있을 거예요. 이게 우리 제품 가격표예요. 용산보다 훨씬 싸니까 사겠다는 사람은 많을 거예요. 가끔 우체국에 가서 물건을 부치거나 하는 일도 있을 거예요.

가격표를 보던 그녀가 고개를 갸웃거리다가 웃었다. 이거 불법이지요? 불법복제해서 파는 거 맞지요? 나는 솔직하게 시인했다. 그래요. 하지만 진영씨는 안전할 거예요. 직접적인 거래는 다 제가 하니까요. 만약 무슨 일이 생겨도 몰랐다고 하시면 돼요. 나는 다소 더듬거리며 말해주었다. 하지만 그녀는 신경쓰지 않는 눈치였다. 그렇게 할게요. 의리 없다고 나중에 욕하지나 마세요.

내 말은 거짓이 아니었다. 나는 안전하게 일한다. 파고다공원에 나가 할아버지들에게 오만원씩을 주고 대포통장을 개설한 뒤에 그것으로 거래한다. 프로그램 불법복제자 따위를 잡자고 경찰이 은행의 CCTV까지 조사하지는 않을 테지만 만약을 위해 CCTV가 없는 지하철의 현금 자동지급기를 이용해 돈을 인출한다. 역시 그 할아버지들의 주민등록번호와 이름으로 통신상에 ID를 만들어 사용하다가 일정한 시간이 지나면 바꾼다. 통신회사들의 전화접속 경로 추적이 가장 까다로운 장애지만 그것도 인터넷으로 몇 군데를 우회해 흔적을 지운 후에 다시 접속하면 되니까 귀찮을 뿐 그다지 심각한 문제가 되지는 않는다. 이 모든 걸 그녀에게 당장 말해줄 필요는 없었다. 그럴 필요가 없어 보이기도 했거니와.

4

우리는 빛도 없는 방에서 하루종일을 함께 보내게 되었다.

내가 기계로 CD를 복제하고 있노라면 그녀는 채팅을 했다. 가끔 그녀가 웃었고 보기 좋았다. 시간이 나면 나는 컴퓨터게임에 몰입하곤 했는데 그럴 때면 그녀는 내 등뒤에서 어깨 너머로 그걸 구경했다. 처음엔 익숙해지지 않았다. 혼자 하는 데 너무 길이 들어 있어서일 것이다. 그러다가 그녀도 게임에 끼어들기 시작했다. 우리는 격투사가 되어 서로 싸우기도 했고 비행기 조종사가 되어 함께 폭격에 나서기도 했다. 가끔 그녀는 늘씬한 미녀로 변신하여 나를 흠씬 두들겨패고는 즐거워했다. 나는 일부러 그녀에게 맞아 나가 떨어지는 일을 즐기기 시작했다. 화면 속에선 피가 낭자해도 화면 밖에선 아무 일도 일어나지 않았다. 그저 게임만이 반복됐다.

왜 이렇게 살아요? 어느 날 그녀가 물어왔다. 예상치 못한 질문이어서 나는 조금 당황하여 그녀를 보았다. 그녀의 눈은 화면 속에 고정돼 있었고 손은 열심히 키보드 위에서 놀고 있었다. 이렇게 사는 게 어떤 건데요? 나 역시 같은 자세로 되물었다. 화면 속의 내가 그녀의 턱을 갈겼다. 그녀의 에너지가 줄어들었다. 그녀는 두 걸음쯤 물러나 앞차기와 돌려차기로 반격을 가해왔다. 나는 재주를 넘으며 뒤로 피했다. 내가 사장님이라면 이렇게 안 살 것 같아서요. 그녀가 다가와 업어치기로 나를 메치고는 다시 발길질을 해댔다. 화면 속의 나는 피를 흘리고 있었다. 그럼 진영씨는 어떻게 살 건데요? 저요? 저라면 이 컴퓨터 같은 거 다 팔아서 여행을 갈 거예요. 사무실 보증금도 빼구요. 그때 화면 속의 나는 주먹으로 그녀의 얼굴을 난타하고 있었다. 진영씨는 어딜 가고 싶은데요? 내 주먹질 때문에 그녀의 에너지가 빠르게 줄어들고 있었다. 곧 결판이 날 것 같았다. 에너지 바는 빨간색을 가리키고 있었다. 그건 얼마 남지 않았다는 뜻이었다. 저요? 저라면 세계일주를 하겠어요. 요새 이백만원이면 세계를 다 도는 비행기표를 살 수 있어요. 싼 거는 백만원짜리도 있어요. 단, 제한이 있어요. 한 방향으로만 돌아야 한다는 거예요. 여기서 미국, 미국에서 유럽, 유럽에서 방콕, 방콕에서 다시 한국. 이런 식이에요. 한번 떠나면 지구를 한 바퀴 다 돌기 전에는 돌아올 수 없는 거지요. 그렇게 일 년쯤 한 방향으로만 가는 거예요. 나는 오른발로 그녀의 가슴을 지른 후에 그녀를 업어서 멀리 던졌다. 그녀는 비명을 지르며 쓰러져서는 일어나지 못했다. 게임은 끝났다. 우리는 다시 서로의 일에 열중했다.

그날 이후로 나는 종종 그녀와 함께 배낭을 메고 비행기에 오르는 상상을 하기 시작했다. 이상하게도 혼자 떠나는 모습은 그려지질 않았다.

5

어느 날 그녀가 아무 말 없이 결근했다. 함께 일을 한 지 두 달 만의 일이었다. 나는 아무 일도 하지 못했다. 하루종일 그녀를 기다리고 있었던 것이다. 그건 아주 드문 일이었다. 사람을 기다려본 적이 언제지? 나는 멍하니 앉아 카드게임을 하면서 햇수를 꼽고 있었다. 아주 오래 전에 나도 누군가를 기다려본 일이 있었다. 추웠다는 게 기억나는 걸로 봐서 겨울이었을 거고 실외였을 게다. 끝까지 나타나지 않는 사람을 증오하며, 그 사람을 증오하는 자신을 증오하며, 증오하면서도 증오한다고 말하지 못하는 실없음을 증오하며 나는 아주 오래도록 누군가를 기다리고 있었다. 하지만 그건 아주 오래 전의 일이다.

사장님은 아무것도 묻지 않아 좋아요. 언젠가 그녀가 그렇게 말한 적이 있었다. 나는 후회했다. 내가 그녀에 대해 알고 있는 것이라고는 그녀가 대학에서 추운 나라의 언어를 전공했다는 것과 컴퓨터를 약간 다룰 줄 안다는 것. 그리고 이력서에 기재된 전화번호와 주소가 전부였던 것이다.

그녀를 기다리는 동안 나는 카드게임을 시작했다. 컴퓨터의 손놀림은 신속하고 정확하다. 그는 신속하게 카드를 배열하고 거두어간다. 기다릴 필요는 없다. 잘 섞여 있는 카드들을 숫자 순서대로 배열하면 게임은 끝난다. 어렸을 적, 골방에서 할머니가 홀로 반복하던 화투놀이와 닮아 있다. 목표는 오로지 다시 시작하는 것. 난관이 있다면 원하는 패가 나오지 않는 것뿐이다. 원하는 패가 나와서 모든 패가 질서정연하게 다 맞아떨어지면 게임은 끝난다. 그럼 카드를 다시 섞고 처음부터 새로 시작한다. 어쩌면 '원하는 패'를 원하는 것이 아니라 '원하지 않는 패'를 원하는 것일지도 모른다. 이 게임이 영원하기를 바라면서 한 패 한 패 뒤집는 것일지도. 할머니는 결국 화투를 떼다가 가셨다. 쓰러진 할머니의 얼굴 옆에는 꽃들이 만발했으리라. 9월 국화, 3월 벚꽃, 5월 난초. 할머니에겐 꽃이 아니라 그저 9, 3, 5를 의미했겠지만.

6

그녀는 이틀 후에 출근했다. 발목까지 내려오는 치렁한 흑갈색 원피스를 입고 있었는데, 그렇게 차려입은 모습은 처음이었다. 컴퓨터 게임 속에 등장하는 캐릭터처럼 그녀는 매혹적이었다. 아무 일도 없었다는 듯이 자신의 자리에 가서 앉은 그녀가 나를 향해 커피를 마시겠느냐고 물었다.

송진영씨. 아무리 허술해도 여기는 회사고 당신은 일주일에 오 일은 여기 나와야 하고 만약 그러지 못할 때는 연락을 해야 하는 거 아닙니까? 나는 화를 냈다. 지금 생각해보면 그건 아주 낯선 장면이다. 내가 화를 내다니. 내가 누군가에게 무언가를 해야 한다고, 해달라고 요구하고 그러지 아니한다고 감정을 드러내다니. 그건 내가 아주 오래 전에 포기한 의사소통 방식이었는데.

송진영도 그걸 간파했다. 사장님은 화 같은 거 안 내실 것 같았는데, 아니네요. 그녀는 웃었다. 그녀가 웃어서 모든 것이 우스워져버렸다. 그녀가 오지 않은 이틀 동안 무수히 모였다가 흩어졌던 스페이드와 하트, 클로버와 다이아몬드 들이 나를 비웃고 있었다.

우리는 함께 도시락을 주문해 점심으로 먹었다. 간이 센 밑반찬들을 뒤적이다가 문득 고개를 들자 그녀가 입을 우물거리며 나를 보고 있었다. 음식을 먹으면서 누군가를 바라보는 일에는 감정이, 때로는 감상이 개입한다는 걸 나는 알고 있다. 그건 연인이나 가족이 하는 일이다. 바로 그 순간 나는 내 삶을 비집고 들어오는 불길한 징조를 읽은 셈이었다. 읽었으면서도, 나 역시 한참 동안 그녀 얼굴을 바라보았다. 음식물을 다 씹은 그녀가 다시 고개를 떨굴 때까지.

7

우리, 떠나요.

길고 따뜻한 정사가 끝난 후에 그녀가 또박또박 힘을 실어 말했다. 컴퓨터에 연결된 스피커에선 요한 제바스티안 바흐의 첼로가 흘러나오고 있었다. 콤팩트디스크의 발명이 이런 일을 가능하게 했다. 나는 이런 CD가 좋다. LP의 추억 따위를 읊조리는 인간들을 나는 신뢰하지 않는다. LP의 음은 따뜻했다고, 바늘이 먼지를 긁을 때마다 내는 잡음이 정겨웠다고 말하는 인간들 말이다. 그런 이들은 잡음을 사랑하는 것이 아니라 잡음에 묻어 있을 자신의 추억을 사랑하는 것이고, 추억을 사랑하는 자들은 추억이 없는 자들에 대해 폭력적이다. 한때 내가 사랑했던 앨범들을 집어던지면서 아버지는 말했다. 그건 음악이 아니라 소음이다. 천박하다. 그런 걸 듣겠다고 용돈을 써버리다니. 아버지의 진공관 앰프로는 바그너가 출렁거렸지만 실제로 진공관 속에서 원심분리되던 이는 다름아닌 아버지 자신이었다.

오래전부터 CD의 세계에서 살아왔고 그렇게 살아오다보면 CD에도 기억이 깃든다. 음의 신호를 일 초간에 44,100으로 분해하고 그

하나하나의 크기를 약 65,000단계의 16비트 디지털 숫자로 나누어 기록하는 그 미세한 틈 한구석에도 온기가 남아 삶을 데운다.

갓 스물을 넘겼을 때, 한 여자가 보낸 결별의 선물을 기억한다. 우리는 술에 취한 것처럼 만났고 숙취에 절어 싸우고 맨정신이 되어 헤어졌다. 그녀가 보낸 마지막 선물이 집으로 배달되어왔을 때, 나는 쉽사리 그 봉투를 뜯지 못했다. 우체부에게서 받아든 우편물의 배는 불룩했고 만질 때면 그 속에서 뭔가 불규칙하게 바스락거리는 소리가 났다. 조심스럽게 개봉했을 때, 내 발밑으로 우수수 떨어져 내린 것은 그녀를 만날 때면 자주 들었던 음악의 LP음반이었다. 손으로 부러뜨린 것도 아니고 가위로 잘게 잘려 있었다. 그것 말고는, 아무것도 없었다. 나는 무서웠다.

우리 떠나요. 그녀는 다시 반복했다. 나는 그녀의 머리를 끌어안았다.

8

그녀가 퇴근하지 않는 날이 많아졌다. 우리는 함께 장을 보기도 했고 비디오를 빌려오기도 했다. 소시민적인 일상이 갑자기 내게 찾아왔다.

어느 날, 담배를 사러 가게로 향하다가 한 남자를 보았다. 색이 바랜 검은 반코트를 입고 사무실 앞을 서성대고 있었다. 남자의 뒤로는 삼층짜리 건물이 올라가는 중이었다. 그것이 남자를 더 추레하게 만들었다. 남자의 눈빛이 나를 좇고 있었다. 느낌이 좋지 않았다. 남자는 담뱃가게로 걸어가는 나를 미행했다. 도망치고 싶지는 않았다. 그가 경찰이든 아니든 이미 이곳까지 와 있다면 모든 걸 알고 있는 셈이었으니까.

남자는 돈을 치르는 내 뒤에 서 있었다. 얘기를 좀 하지요. 남자는 내 가슴께를 바라보며 말했다. 그러고는 맥주 두 병을 사서 가게 앞 파라솔 아래 앉았다. 종이컵에 술을 따랐다. 거품이 넘쳤다. 술을 받아 마시는 걸 보면 경찰은 아니었다.

무슨 일입니까? 앉자마자 내가 그에게 물었다. 한참이나 뜸을 들이던 그가 말을 꺼냈다. 여직원이 하나 있지요? 미스 송이라고 부르나요? 나는 굳이 부인했다. 아닙니다. 그렇게 부르지는 않습니다. 남자는 입가를 비틀며 웃었다. 개 한 마리가 코를 킁킁거리며 가게 앞을 지나가고 있었다. 군데군데 털이 빠진데다가 다리를 절고 있었다. 늙고 병든 개였다. 입춘을 갓 넘긴 시절의 차가운 대기가 발치를 훑고 지나갔다. 종이컵을 집어드는 남자의 왼손 새끼손가락엔 한 마디가 부족했다. 남자는 벌컥 맥주를 들이켰다. 저희 애엄마가 집에 들어오지 않은 지가 오래돼서 이렇게 찾아와봤습니다. 출근은 했습니까? 나를 바라보는 남자의 눈빛엔 초조가 묻어 있었다. 송진영씨가 결혼한 줄은 몰랐습니다. 말을 안 했으니까요. 어느새 내 손은 맥주를 찾아 종이컵에 붓고 있었다. 가게 주인이 익숙한 솜씨로 라면 상자를 들어 가게 안으로 옮기고 있었다. 애엄마더러 오늘은 집에 꼭 다녀가라고 전해주십시오. 남자는 종이컵을 쓰레기통으로 집어 던지면서 자리에서 일어났다.

출근 여부 따위를 알고자, 저런 메시지 따위를 전하고자 나를 보자고 하지는 않았을 것이라는 것쯤은 나도 알아챌 나이가 되었다. 직접 만나서 말씀하시죠. 내 종이컵도 쓰레기통으로 들어갔다. 남자는 다시 입가를 비틀며 웃었다. 다 알면서 왜 그러느냐는 투로 그는 내 어깨를 툭툭 치더니 큰길을 향해 걸어가버렸다.

9

다 거짓말이에요. 내가 가는 곳마다 따라다니면서 나하고 가까워 보이는 남자들에게 항상 하는 소리예요. 신경쓰지 마세요. 여자는 대수롭지 않다는 듯이 말하고는 다시 게임에 열중했다. 나도 그녀 옆에 앉아 함께 게임 속으로 들어갔다. 우리는 한 팀이 되어 보물을 찾아 마법의 성으로 떠났다. 불을 뿜는 용가리와 괴물 들을 차례차례 처치했다. 그럴수록 우리의 무기는 점점 강력해졌다. 그녀는 칼로, 나는 철퇴로 마법사와 괴수 들을 무찔렀다. 한 사람이 위기에 처하면 다른 사람이 가서 도왔다. 그런 남자 있으면 피곤하지요? 내 철퇴가 용의 머리를 강타했다. 아까 그 남자 손 봤어요? 여자가 용이 흘린 보물을 주웠다. 에너지가 최고로 상승했다. 박쥐 한 마리가 재빠르게 내 머리를 치고 날아가버렸다. 내 에너지는 줄어들었다. 철퇴를 더 굳게 움켜쥐었다. 어느 날 우리집에 다짜고짜 쳐들어와서 칼로 자른 거예요. 엄마는 기절하고, 하여간 난리가 났었어요. 피가 많이 났어요. 마법사가 그녀의 칼을 빼앗아 공격해왔다. 그녀를 뒤로 빠지게 하고 내가 마법사에게 철퇴를 휘둘렀다. 마법사는 불을 뿜었다. 그의 목을 잘라야만 이 코스를 통과할 수 있다. 칼을 되찾은 그녀까지 가세하여 우리는 마법사의 목을 노렸다. 박쥐들이 날아왔고 정신이 혼란했다. 마법사는 점점 더 뒤로 물러섰다. 나는 철퇴를 휘두르며 마법사를 추격해들어갔다. 갑자기 땅이 꺼지면서 나는 못이 박힌 함정 속으로 떨어졌다. 컥, 하는 소리와 함께 피가 튀었고 그녀만 남았다. 그녀는 함정을 뛰어넘어 더이상 도망갈 곳이 없는 마법사의 머리를 갈랐다. 레벨2가 끝났다.

10

그날 밤도 그녀는 집으로 돌아가지 않았다. 내 몸 위에 올라앉아 그녀는 다시 나를 채근했다. 그녀의 허벅지가 내 허리에 밀착되어 더없이 안온했다. 함께 떠나고 싶어요. 한번 떠나면 돌아오고 싶어도 돌아올 수 없는 그런 여행을 하고 싶어요. 남미와 로키와 케냐, 그리고 이집트를 가는 거예요. 네팔에선 트레킹도 하고 치앙마이에서 코끼리를 타고 밀림을 누비는 거예요. 불법복제 따위는 잊어버리구 말이에요. 비행기값을 빼고 오백만원이면 육 개월쯤은 넉넉히 돌 수 있대요. 천만원만 있으면 일 년은 문제없구요. 나도 돈이 있어요. 월세 보증금을 빼면 되거든요.

나는 열심히 일하기 시작했다. 부지런히 광고를 올리고 아침이 되면 지웠다. 낮에도 게시되어 있으면 경찰이나 감시자의 눈에 띌 우려가 있었다. 주문이 몰려들었다. CD 한 장에 온갖 프로그램이 다 들어 있는데 만원, 이만원이라면 혹하지 않을 사람은 적었다. 삐삐가 하루종일 울려댔고 우체국과 은행을 부지런히 오갔다. 잠이 부족했다. 게임 CD도 많이 나갔다.

그러던 어느 날, 갑자기 주문이 폭주하기 시작했다. 하루에 오십만원어치를 팔아치웠다. 그녀를 만나기 전엔 하루 평균 오만원이면 족했다. 그녀를 고용한 후에도 십만원이면 넉넉했다. 하지만 떠나야 했으므로, 나는 갑자기 성실해졌고 그러자 돈이 굴러들어오기 시작한 것이다.

돈이 모이고 일이 분주해질수록 그녀가 우울해지는 날들이 많아졌다. 그녀는 낮에 일했고 나는 밤에 일했다. 건물주를 만나 사무실을 빼겠다고 말했다. 보증금은 다음 사람이 들어와야 주겠다고 했다. 부동산업자 얘기로는 그리 오래 걸리지 않겠다고 했다. 그러다 문득 나는 이 어둡고 침침한 공간을 돌아보게 되었다. 빛도 낮도 밤도 없는 이 공간. 떠난다는 일이 처음으로 두려워졌다. 킬리만자로의 표범은 왜 눈 덮인 정상에서 얼어 죽었는가, 나는 다시 생각하게 되었다. 킬리만자로를 오르기 위해 석 달 동안 새벽 신문을 돌린 남자와 나는 무엇이 다른가. 다리를 잘린 불구의 비둘기들이 청계고가

아래에 살고 있다던데. 왜들 그렇게 살아가게 되는 걸까. 그러나 그
런 돌아봄은 잠깐이었다. 나는 다시 고개를 돌리고 일에 열중했다.
이미 미세한 균열이 내 삶을 흔들어놓았고, 나는 떠난다는 것 말고
는 생각하지 않기로 했다.

11

　나의 꿈엔 점점 더 그녀가 많이 출현했다. 정체불명의 남자들이
나타나 그녀를 빼앗아가는 흉몽 뒤엔 그녀와 함께 카리브해안을 거
니는 유의 꿈들이 이어졌다. 미래도 과거도 생각하지 않던 내가 계
획이라는 걸 세우기 시작했다. 여권을 만들고 비행기표를 예약했다.
우리는 함께 여행사에 갔다. 지도를 샀고 대형서점에 가서 여행안
내책자를 구입했다. 지도를 펴놓고 도시마다 동그라미를 치며 일정
을 짰다. 그건 참으로 행, 복, 한, 일이었다. 지도 위엔 우리가 가야
할 도시와 산 들이 냉정한 글씨로 씌어 있었다. 우리, 정말 가는 거예
요? 그녀는 몇 번이나 내게 물었다. 여행을 다녀오면 우린 빈털터리
가 되어 있을 텐데. 그녀의 심중을 떠보면 그녀는 활짝 웃어 나의 심
려를 털어줬다. 또 이렇게 살면 되지. 임대료가 싼 지하실 하나 얻어
서 조금만 벌면서 살면 되잖아요. 가끔 소시지를 안주 삼아 맥주나
마시면서.
　우리는 여행 가서도 그녀가 좋아하는 바흐와 너바나를 듣기 위해

소형 카세트를 샀다. 일제 워크맨이었고 성능이 좋았다. 두 개의 이어폰을 동시에 연결할 수 있는 제품이었다. 기차를 타거나 버스를 탈때, 우리는 하나의 음악을 함께 듣게 될 터였다. 그럴 수만 있었다면.

12

지금 생각해보면 그 일은 전적으로 내 잘못이었다. 냉혹한 킬러들에게는 단 한 번의 실수가 예정되어 있다. 그 실수란 나약함 때문에 빚어지므로 그건 인간된 자의 숙명이다. 그 단 한 번의 실수가 그를 죽음에 이르게 한다. 그게 하드보일드의 문법이다. 킬러도 못 되는, 그저 세상에서 조금 비켜섰을 뿐인 나 같은 인간에게도 지켜야 할 룰이 있다. 나는 그 룰을 어긴 셈이었다.

한 남자가 한꺼번에 열 장의 CD를 주문했을 때는 의심했어야 했다. 게다가 그가 직접 만나서 받기를 요구했을 때는 더더욱 그랬다. 하지만 그런 손님은 가끔 있어왔고 별 탈은 없었다. 구좌로 입금하면 즉시 발송하겠다는 불법복제업자의 말을 믿지 못하는 사람은 많았다. 하지만 열 장씩 사는 사람은 드물었다.

어느 대학 학생회관까지 나갔다. 일은 단순했다. 나는 CD 꾸러미를 넘겨주었고 그는 대충 훑어보고는 돈을 건네주었다. 그는 간단하게 몇 마디를 물어왔다. 장사가 잘되냐는 정도의 이야기였고 나는 대충 고개를 주억거려주었다. 그는 내가 통신망에 게시한 리스트에 없는 물품 중에서 몇 개를 구해달라고 했다. 해보겠다고 나는 말했고 그는 자신의 전화번호를 주며 연락 달라고 했다. 그러곤 헤어져 서로의 갈 길로 갔다.

송진영을 찾아왔던 남자는 그뒤로도 계속 모습을 보였다. 하지만 그녀 앞에 모습을 드러내지는 않았다. 오직, 나에게만 슬쩍 자신의 존재를 내비치고는 사라졌다. 이빨을 드러낸 개처럼 그가 으르렁거리는 것 같았다. 잘려나간 그의 새끼손가락이 자꾸만 눈에 어른거렸다. 킬리만자로를 오르기 위해 석 달 동안 새벽 신문을 돌렸다는 남자와 그는 무엇이 다른가. 또 나와는 무엇이 다른가.

며칠 후, 우체국에 다녀오니 사무실은 엉망이 되어 있었다. 전선들이 흩어진 채 끊어져 있었고 컴퓨터와 장비, CD 들이 모두 없어져 버렸다. 처음에 나는 도둑이라고 생각했었다. 하지만 도둑이 CD 따위를 가져가지는 않았을 것이었다. 건물 경비원을 만나자 분명해졌다. 경찰들이 다녀갔고 그녀를 연행해갔다고 경비원은 전했다.

경찰이 이 사무실까지 알 수는 없는 노릇이라고 생각했다. 단 한 번도 이곳에서 거래를 한 적도 없거니와 통신망 등에 주소를 노출한 적도 없었다. 대번에 나는 손가락이 잘린 남자를 의심했다. 지하에서 뛰쳐올라오니 약속이나 한 것처럼 그 남자가 그 앞에 있었다. 나는 그의 어깨를 붙잡았다. 당신이지? 당신이 한 짓이지? 그러자 남자는 오히려 내 멱살을 붙잡았다. 애엄마 어딨어? 우리는 한동안 아무 말 없이 서로의 옷자락을 부여잡고 있었다. 금세, 아주 빠르게, 나는 그가 한 짓이 아님을 알았다.

13

다음날 나는 변호사를 고용했고 그와 함께 경찰에 출두했다. 오백만원쯤 변호사에게 준다 해도 풀려나기만 한다면 아깝지 않았다. 떠나야 했으므로.

경찰서에서 만난 그녀의 모습은 완전히 달랐다. 처음 한동안 나는 그녀를 알아보지 못했다. 그녀의 긴 머리는 거추장스러워 보였고 얼굴엔 핏기가 없었다. 미안하게 됐어요. 나는 그녀에게 말했지만 그녀는 대꾸하지 않았다. 내게 CD를 샀던 형사가 앉아서 웃고 있었다. 요새 장사 잘돼? 경찰다운 유머에 아무도 웃지 않았다. 나는 모든 걸 다 이야기했다. 변호사가 함께 온 덕분에 분위기는 부드러웠다. 하지만 송진영도 바로 석방되지는 못했다. 검찰의 불기소 처분을 받고서야 나갈 수 있었다. 그녀가 경찰서를 나설 때, 언뜻 손가락이 잘린 남자의 모습을 본 것 같기도 했다. 나는 자리에서 일어나려다 제지를 받았다.

형사는 일사천리로 조서를 작성해갔다. 함정수사였다. 그가 건네준 전화번호로 내가 전화를 걸었을 때 번호를 추적했고, 그것으로 모든 게 완료되었다고 했다. 저작권법 위반에 금융거래법 위반이 추가됐다. 마지막으로 조서에 도장을 찍으라고 했다. 미처 도장을 준비해오지 못한 나는 지장을 찍고 구속되었다가 변호사가 신청한 적부심으로 다음날 풀려났다. 벌금 액수가 상당할 것이라고 일러주는 것을 변호사는 잊지 않았다.

난장판이 된 사무실로 돌아와 그녀의 집에 처음으로 전화를 걸었다. 전화는 남자가 받았다. 나는 그 목소리를 알 것 같았다. 송진영씨 부탁합니다. 남자도 내가 누군지 알 것이었다. 잠깐만 기다리세요. 그녀가 전화를 받았다. 미안하게 됐어요. 그녀는 한참을 말이 없다가 무심하게 대꾸했다. 미안해하실 거 없어요. 어쩐지 이런 날이 꼭 올 것만 같았어요. 처음 그곳에 들어갈 때부터요. 만약 그런 일이 일어난다면 꼭 내가 있을 때 일어날 것 같았구요. 당신이 나갈 때마다 겁이 났어요.

14

손가락이 잘린 남자를 다시 만날 수 있었다. 여자는 잘 있다고 한다. 컴퓨터로 채팅과 게임을 하며 세월을 죽이고 있다고 했다. 그녀와 함께하던 게임들을 생각했다. 우리는 다른 연인들처럼 극장에도 가지 못했고, 공원을 거닐거나 동물원의 원숭이도 보지 못했다. 멋진 식당에서 밥을 먹지도 못했고 카페를 전전해보지도 못했다. 우리가 함께한 일이라고는 함께 마법사들을 무찌르거나 서로 격투를 벌인 일뿐이었다. 배달된 중국음식과 도시락, 찌개백반 따위가 우리가 함께 먹은 모든 것들이었다. 나쁘지는 않았다. 회전돌려차기를 할 때 그녀의 얼굴에는 득의만만한 웃음이 흐르곤 했었다. 마법사의 목을 자를 때엔 키보드를 두드리는 손에 힘을 너무 주는 바람에 키보드가 부서지는 줄 알았었다. 내게 어울리는 추억이란 그런 것들이었다.

손가락이 잘린 남자와 여자 사이에는 네 살 된 아들이 있다고 했다. 추운 나라의 언어를 전공했다는 것도 거짓말이라 했다. 아들은 뇌성마비를 앓고 있다 했다. 이혼한 지 이 년째라 했다. 나는 새로운, 하지만 별로 새롭지 않은 이야기를 많이 알게 되었다.

나는 남자의 말도, 여자의 말도 반쯤만 믿기로 했다. 남자는 여자 때문에 손가락을 잘랐을 것이다. 여자는 그 남자와 결혼했을 것이다. 추운 나라의 언어도 배웠을 것이다. 뇌성마비를 앓는 아이는 그 여자의 아이가 아닐 것이다. 둘은 이혼했을 것이다. 여자는 떠나고 싶었을 것이다. 아니 지금도 그럴 것이다.

남자가 다녀간 뒤 여자는 메일을 보내왔다. 문득 그녀의 글씨체가 궁금해졌다. 언제나 깔끔하게 인쇄된 글만 보아왔었기 때문이었다. 그녀도 궁금해했을까. 내 글씨체를.

우리, 다음주에 떠나요. 열심히 준비하고 있어요. 테이프에 음악을 녹음하고 있거든요. 제가 좋아하는 곡들로만 가려서 말이에요. 러시아에 가면 카자흐 노래를 가르쳐드릴게요. 남자가 부르면 훨씬 멋지거든요.

그곳에 계속 계신다면 찾아갈게요. 이젠 정말로 떠나는 거예요.

그 남자가 당신에게 갔다는 거 알아요. 그 남자를 믿지 마세요.

나도 준비가 다 되어 있었다. 사무실은 빠졌고 보증금도 돌려받을 예정이다. 남은 집기를 모두 팔아치웠고 비행기도 예약해두었다. 하지만 그녀가 올 거라고는 생각하지 않는다. 그러면서도 나는 무연히 게임을, 또 게임을 하고 있다. 바람이 분다. 바람이 분다. 바람이 분다. 빛도, 낮도, 밤도 없는 이 지하실에 바람이 분다. 바람이 분다. 게임을 한다. 게임을 한다. 게임이 한다. 게임을 한다. 그녀가 오지 않는다.

아무래도 나는 석 달 동안 새벽 신문을 돌릴 팔자는 아니었던 것 같다. 킬리만자로의 표범이 만년설이 쌓인 정상까지 기어올라가 죽은 까닭을 다시 생각한다. 아마도, 바람이 불어서였을 것이다. 초원에 바람이 불고 바람이 불고 바람이 불고 또 바람이 불어 표범은 무료했을 것이다. 사냥을 하고 사냥을 하고 사냥이 하고 사냥을 하다가 지루해졌을 것이다. 〈칼리포니아〉의 백인 남자가 나를 쏘아보고 있다. 내일이면 나는 떠난다. 떠난다. 떠난다. 떠날 수 있다. 그녀가 없어도 떠날 것이다. 그럴 수 있다. 게임 따위는 집어치울 것이다. 나는 컴퓨터가 깔아주는 카드를 순서대로 맞추어가면서 계속 되뇌고 있다. 카드들은 벌써 수십 번이나 질서정연하게 정리되었다.

사방이 꽉 막힌 이 지하실로 어디에서 이렇게도 바람이 불어오는 걸까. 바람이 분다. 바람이 분다. 바람이 분다. 한 여자를 기다리고 있다. 바람이 분다. 바람이 분다. 분다.

소설의 '비상구'는 어디인가

백지연(문학평론가)

1. 위험한 미로 게임

김영하는 영상문화의 프리즘을 통해 현대적 일상성의 세계를 묘파한 소설들로 문단의 주목을 받는 젊은 작가이다. 천부적인 이야기꾼의 감각을 소유한 이 날렵한 소설가는 첫 장편인『나는 나를 파괴할 권리가 있다』(문학동네, 1996)와 소설집인『호출』(문학동네, 1997)을 통해 새로운 서사의 형태를 예시한 바 있다. 나르시시즘, 악마적 탐미주의, 에로티시즘, 물화된 성과 욕망, 급진적 허무주의, 변형된 후일담, 멜로와 신파, 댄디즘, 키치, 판타지 등 김영하의 소설을 두고 지금까지 논의된 주제도 다양하기 이를 데 없다. 문학적 주제의 현대성과 더불어 김영하의 소설이 자랑하는 무기는 서사적 테크닉의 유려함이다. 이미지로 포착되는 일상 문화의 양상을 김영하

만큼 감각적이고 매끄러운 서술 기법으로 풀어내는 작가도 보기 드물다. 그의 소설이 빠른 속도로 독자들을 파고든 이유도 여기에 있을 것이다.

최근 소설에 자주 등장하는 이미지 중심의 서사구조에 거부감을 느끼는 보수적인 독자들조차도 김영하의 소설이 잘 짜인 이야기 구조를 지녔다는 점에는 동의한다. 김영하는 현란한 문화 기호의 과잉으로 인해 스토리조차 종잡을 수 없는 다른 작가들의 도발적인 해체 실험에서 일찌감치 비켜서 있다. 얼핏 보면 그의 작품은 기존의 소설 형식과 별다를 바 없는 가지런하고 깔끔한 플롯을 갖춘 것으로 보인다. 그러나 이러한 모양 좋은 이야기틀은 전통적인 소설 형식을 공격하는 가장 반역적인 방식으로 은밀하게 사용된다. 그것을 깨닫는 순간 독자는 작가가 제공하는 이야기의 게임에 이미 말려들고 있는 것이다.

소설 작법의 규칙을 충실히 따르지만, 근본적인 측면에서 소설 장르에 대한 고정 관념을 뒤집으려는 시도가 바로 김영하의 소설 안에서 벌어지고 있다. 여기서 우리가 익히 알고 있던 근대적 산문 형식으로서의 소설은 격렬히 부정당한다. 고뇌에 찬 문제적 개인의 길찾기, 웃음과 눈물을 자아내는 찬란한 감동의 세계를 열망했던 독자들은 김영하의 소설 앞에 당혹하고 침묵할 수밖에 없다. 세련되고 잘 짜여 있는 이야기의 내적 세계는 놀랍게도 고요하기 이를 데 없다. 그 세계 안에는 단자화된 개인들의 피로와 권태가 일렁이지만, 정작 사람들의 고통스러운 신음소리는 들리지 않는다. 심지어 작가의 혼해빠진 애정 고백이나, 신변잡기적 기록조차 찾기 힘들다. 작가는 자신의 몸을 휘장 속에 숨긴 채 오로지 화려한 가상현실 속에서만 독자를 만나고자 한다.

영혼의 자기성숙적 드라마가 사라진 장에서 움튼 낯선 이야기의 세계는 대중문화 시대의 소설 양식이 피할 수 없는 새로운 영역이다. 주인공들의 예정된 모험과 고난, 결말이 예시하는 삶의 총체적 비전은 진부한 것으로 여겨지게 되었다. 근대적 산문 양식이 담보했던 미학적 원본성이 상실되는 순간 본격적인 모사의 세계가 펼쳐진다. 경험적 현실을 박차고 날아오른 문학은, 문학 자신을 기원으로 삼아 출발한다. 삶으로부터 문학이 탄생하는 것이 아니라 문학으로부터 삶이 형성된다. 김영하의 소설은 문학의 전범을 변형하고 복제하는 실험을 기꺼이 감행한다. 작가는 현실보다도 더 교묘하고 화려하게 꾸며진 허구를 우리 앞에 들이댄다. 현란한 뮤직비디오에 수많은 장면들이 모자이크되는 것처럼 광범위한 문학 소재들이 조립되고 모방되고 변형되어 소설에 등장한다. 그것은 재현의 원리도, 정치한 미학규범도 비켜서는 아슬아슬한 시도이다.

김영하의 작품을 통해 독자는 소설 아닌 소설을 만난다. 그것은 어쩌면 아무것도 아닌 그저 읽을거리일 수도 있다. 그렇다면 한낱 가벼운 모사품에 불과한 것처럼 보이는 이야기들이 우리에게 호소하는 가치는 도대체 무엇일까. 이 의문은 소설의 미래적인 존재양식에 대한 탐색으로 우리를 이끌고 간다. 우리는 일단 작가가 만들어 놓은 현기증나는 이야기의 롤러코스터에 올라타야 한다. 그것은 소설의 양식이 넘보기 시작한 두렵고 황홀한 미지의 영역을 우리에게 보여줄지 모른다. 작가는 짧은 순간의 스릴과 유희만을 제공한 채 처음의 자리로 우리를 데려다놓을 것 같기도 하다. 아니, 어쩌면 출구를 찾을 수 없는 어두컴컴한 미로 속에 우리를 내려놓고 사라져버릴 수도 있다. 우리가 주저하는 사이에 롤러코스터는 천천히 움직이고 있다. 이미 게임은 시작되었다!

2. 이야기꾼의 두려움 없는 질주

김영하의 두 번째 소설집을 읽는 데 '이야기꾼'이라는 개념은 매우 중요하다. 이전 소설에서 선명한 형태로 드러난 나르시시즘적인 인물 유형이나, 실재와 환상을 오가는 구성방식은 이번 소설집에 실린 작품들에서도 발견되는 특징이다. 그러나 감상적인 후일담 모티프라든지, 영상적 문화 기호의 차용, 성과 욕망의 미학화라는 주제는 이번 소설집에서 자취를 감추고 있다. 작가는 자신의 작품을 고정된 그물로 얽어매려는 모든 해석 방식을 재빠르게 배반하고 달아나기 시작하였다. 이처럼 기민한 변신의 과정은 평자들을 당혹스럽게 하기에 충분하다.

먼저 후일담 모티프의 사라짐을 주목해보자. 주지하다시피 김영하 소설이 설정하는 미학적 인간 유형은 캠퍼스의 환멸적인 사회 체험으로부터 탄생한 것이다. 이념의 불꽃이 타오르던 캠퍼스가 갑작스러운 변절과 배신의 장으로 변해버린 데서 오는 쓰라림과 공허감은 김영하의 소설이 바탕한 사회적 기억을 떠올리게 한다. '배신의 수사학', '자기 방어의 수사학'으로도 명명된 바 있는 '집단'에 대한 강박관념은 김영하 소설이 견지하는 냉소와 환멸의 포즈를 낳은 생체험임에 틀림없다. 더불어 그의 소설 주인공들이 '더럽혀진' 사회로 진입하기를 처음부터 거절하는 세대론적 감각에 기대 있는 것도 분명하다. 그러나 이러한 해석은 김영하 소설의 태생지를 밝혀주는 호적등본이 될지언정, 이야기의 허허벌판으로 질주하는 현재의 김영하 소설을 규정하는 기호로는 더이상 작동하지 않는다.

나르시시즘, 에로티시즘, 미학적 죽음, 댄디즘, 탐미주의라는 해석열쇠도 사정은 마찬가지이다. 김영하 소설의 인물들이 단절을 지향하는 고독한 인간들이라는 것, 그리고 그들이 죽음이나 에로티시즘을 미학화하고 있다는 것은 그간의 논의에서 여러 번 지적되었다. 이번 작품집에서도 죽음의 모티프는 「사진관 살인사건」이라든지 「흡혈귀」에 드러나 있으며, 에로티시즘적 시선과 나르시시즘의 징후는 곳곳에 산재해 있다. 그럼에도 근래 김영하의 소설은 이전에 자주 동원했던 심미적인 문화 기호들을 상당 부분 생략하거나 내재화한다. 환상적 색채가 강했던 『나는 나를 파괴할 권리가 있다』나 『호출』에 견준다면 이번 소설집의 소재는 상당히 '리얼한' 쪽으로 옮겨간 편이다.

이 변화는 무엇을 의미하는가. 그것은 단순한 소재적 변신만을 뜻하지 않는다. 작가의 서사적 조직술이 더욱 세련되고 교묘해졌음을 뜻하며, 키치적 취미로 비판받았던 문화적 일용품을 눈에 띄지 않게 소화하는 기술이 발전했다고도 해석할 수 있다. 그러나 무엇보다 선명하게 드러나는 것은 '문학은 허구다'라는 강렬한 모토이다. 김영하의 소설이 일상의 디테일을 강화한 것을 두고 '리얼리즘으로의 진입'이라 해석하는 것은 명백한 오독이다. 예컨대 「고압선」은 구제금융시대의 실업위기에 몰린 직장인의 고통을 설파하는 세태소설이 아니며, 「비상구」는 밑바닥 인생의 처절한 고투를 감동적으로 전달하려는 목적을 지니고 있지 않다.

명민한 작가는 리얼한 소재를 통해서 역설적으로 더욱 허구적인 영토를 넓혀가는 전략을 택한다. 소설의 내용은 초라하고 남루한 일상인들의 삶으로 이동했지만, 그것은 결코 리얼리즘과의 살섞기가 아니다. 세태소설이라는 외양은 리얼리즘조차도 감쪽같이 모사할 수 있는 작가의 재능을 과시하는 수단일 뿐이다. 가장 비현실적인 것에서부터 가장 현실적인 것에 이르는 모든 이야기가 모사될 수 있고, 재창조될 수 있다는 무서운 자신감! 이같은 자신감을 읽어내지 못한다면, 김영하의 소설이 설정한 게임의 법칙을 발견하지 못한 채 건너뛰게 된다.

일찍이 김영하는 작중인물의 입을 빌려 "격정이 격정을 만드는 것은 아니다. 건조하고 냉정할 것. 이것은 예술가의 지상덕목이다"(『나는 나를 파괴할 권리가 있다』)라고 선언한 바 있다. 그에게 작가는 문제적 개인의 행방을 보여주려는 심오한 고뇌에 휩싸인 예술가를 의미하지 않는다. 현대의 작가는 황홀한 사랑을 속삭이는 고

대의 낭만적 음유시인과도 다르다. 신인류의 피를 자랑하는 새로운 유형의 작가는 문학의 신성성을 거부하는 데서 의의를 찾는다. 허구의 공간에서 작가는 전지전능한 신神이다. 삶과 문학이 접촉하는 신성한 영역을 철저하게 포기하기만 한다면, 허구라는 공간에서 빠져나오지만 않는다면, 작가는 자기의 뜻대로 무엇이든지 할 수 있는 절대권력자가 될 수 있다. 반대로 허구의 공간에서 빠져나와 생활세계로 귀환할 때의 작가는 더 이상 신이 될 수 없다. 경험적 현실의 오묘한 진리에 개입할 수 없는 그는 '투명인간'이자, 철저히 거세된 기능인에 불과하다.

그런 맥락에서, 이번 소설집에 실린 「흡혈귀」는 문학과 작가의 존재 의미를 유머러스하게 패러디한 대단히 흥미로운 작품이다. 소설가인 '나'는 어느 날 한 편의 이상한 원고를 받는다. 김희연이라는 낯선 여성으로부터 투고된 소설은 시인이자 문학평론가인 남편의 정체를 의심하는 여자의 이야기로 이루어져 있다. 여자는 남편이 완성한 '흡혈귀'라는 시나리오를 읽고 자신의 남편이 거세당한 흡혈귀라고 생각한다. 매사에 시니컬하고 죽음만을 찬미하던 남편의 정체가 밝혀진 순간 여자는 고민에 빠진다는 것이 김희연이 쓴 원고의 결말이다.

재미있게 읽히는 부분은 액자소설 속에 또다른 액자로 삽입된 '흡혈귀 시나리오'의 내용이다. "세상의 모든 흡혈귀들은 거세당했다. 세상은 빛으로 가득하다. 어디에도 숨을 곳은 없다. 우리는 흡혈의 자유와 반역의 재능을 헌납당했고 대신 생존의 굴욕만을 넘겨받았다"라는 대목이 은유하는 것은 우리 시대 작가의 모습이다. 이 시대의 작가는 피를 빨지 못하는 흡혈귀와도 같이 무력한 존재이다. 그는 허구라는 어둠의 공간에서 활개를 칠지언정 삶이라는 실제 무대에서는 평범한 일상적 기능인으로 전락하였다. 아니 일상적 역할조차도 제대로 수행하지 못하는 나약한 인간이라는 것이 정확한 표현이다. 소설 속의 김희연의 남편은 섹스에 관심없는 스스로를 이렇게 변명한다. "나는 섹스보다 이렇게 안고 있는 게 좋다. 이게 영원처럼 느껴진다. 그리고 세상의 시작처럼 느껴지기도 한다." 그리고 "인생을 흉내내는 영화는 인생보다도 더 지겹다"라고 일갈한다. 가상유희가 전개되는 어둠 속의 생활을 차라리 진실하다고 믿는 아이러니컬한 예술가의 모습이 냉소적으로 묘사된 대목이다.

「흡혈귀」는 김영하 소설에서는 이례적으로 문학 모티프를 직접 끌어온 경우이다. 김영하는 예술의 신성한 아우라에 휩싸인 작가와 문학에 대해 냉소적인 풍자를 던진다. 적어도 김영하의 소설에서 작품이 안 쓰인다고 하소연하거나, 문을 걸어잠그고 신음하는 작가는 존재하지 않는다. 우리가 만나는 대상은 프로페셔널한 제작자이며 이야기꾼이다. 이제 소설가에게 삶은 재현되기 불가능한 영토가 되고 말았다. 이들에게는 황홀한 이야기의 매력을 만끽하게 하는 자유로운 장으로서 허구가 제공된다. 이야기의 끊임없는 증식만이 이들에게 영생불사의 행복을 가져다준다.

3. 문학을 복제하는 문학

김영하의 소설이 문학, 영화, 미술, 음악 등 다양한 문화 장르의 배경지식과 구성원리를 자유롭게 변형한다는 사실은 여러 평자가 지적한 바 있다. 특히 그의 작품은 대중문학이라고 폄하되어온 아웃사이더 장르의 문학작품들을 모사하고 인용한다. 일상인들이 체화해온 대중문화의 익숙한 감각적 표상들이 소설 속에 등장한다. 김영하의 소설은 장르를 파괴하고 장르를 조합하고 장르를 모방한다. 온갖 장르가 버무려진 소설! 그것은 판타지라 불러도 좋고 추리, 동화, 하이틴로맨스, 무협지, 공포물, SF 등 그 무엇으로 명명해도 좋다.

이번 소설집에 실린 작품들을 전체적으로 추려보면 탈장르의 성격이 더욱 뚜렷하게 드러난다. 「당신의 나무」, 「바람이 분다」는 어둡고 암울한 일상 로맨스의 성격이 강하다. 「고압선」, 「엘리베이터에 낀 그 남자는 어떻게 되었나」, 「사진관 살인사건」은 추리와 SF 소설, TV 드라마의 형식과 내용을 부분적으로 모사한다. 「비상구」는 홍콩 영화의 한 장면을, 「흡혈귀」와 「피뢰침」은 판타지의 성격을 빌려오고 있다. 모든 장르를 모방하지만 그 어떤 장르에도 속하지 않는 이러한 형식이야말로 원본을 모사하는 시뮬라크르적인 속성을 입증한다.

각 단편의 결말이 처리되는 방식 역시 장르 복제의 특징을 여실히 보여준다. 빠른 속도로 진행되던 사건들은 결말에 도달하여 느닷없는 '이완' 혹은 '유기'의 방식으로 처리된다. 김영하의 소설은 독자가 내심 기대하던 해피엔딩, 혹은 완벽한 비극적 질서를 무시한 채 끝나고 만다. 로맨스의 주인공들은 행복한 결합도, 눈물나는 이별도 없이 덤덤하게 각자의 일상을 살아간다(「바람이 분다」, 「당신의 나무」). 추리극은 범인을 잡는 데 별 관심이 없다는 듯 마무리된다(「사진관 살인사건」). 건달들의 활극(「비상구」)은 의리와 순정의 승리도 제대로 보여주지 않은 채 미완의 탈주만을 암시한다. 그뿐인가. 판타지는 완벽하게 현실로부터 날아오르지 않고 일상으로 회귀한다(「피뢰침」). 이렇듯 김영하 소설의 '시시한' 결말이야말로, 각 장르를 모방하되 그 장르 안의 완벽한 내적 질서까지는 가져올 수 없는 모사물의 운명을 확연하게 보여준다.

미완적인 느낌을 주는 결말과 달리 서사 자체를 유지하는 틀거리는 일상에서 시작하여 일상으로 돌아오는 정확한 회귀의 구조를 택한다. 그것은 허구라는 속성을 극대화하기 위한 작가의 안전핀이기도 하다. 이에 따라 소설의 시간 질서도 현재−과거−현재의 형식을 자주 사용한다. 김영하의 소설에 유독 액자식 구성이 빈번하게 사용되는 것도 이와 관계가 깊다. 물론 이야기의 초점은 액자식으로 삽입된 과거 혹은 환각에 맞추어진다. 김영하의 소설에서는 '우연히 일어난 깜짝 놀랄 만한 사건'이 매우 중요하다. 「바람이 분다」의 주인공은 우연히 찾아온 이름 모를 여자와 불법CD 복제사업을 벌인다. 「엘리베이터에 낀 그 남자는 어떻게 되었나」의 주인공은 우연히 아침 출근길에 엘리베이터에 낀 남자를 발견하면서 하루종일 일진이 좋지 않다. 「흡혈귀」의 작가는 어느 날 갑자기 독자로부터 소설 원고를 투고받는다.

주인공들은 현재 변함없는 일상에 고정되어 있고, 자신에게 일어났던 놀라운 일을 독자에게 고백하고 회상한다. 그래서 이야기의 끝은 다시 처음으로 돌아간다. 소설들은 대체로 일상—환각—일상이라는 순환적 이야기 구조를 밟는다. "그런 날들이 계속, 계속되었다. 바로 오늘까지"(「고압선」), "바람이 분다. 한 여자를 기다리고 있다. 바람이 분다. 바람이 분다. 분다"(「바람이 분다」), "아, 그래서 지금도 나는 궁금하다. 엘리베이터에 낀 그 남자는 어떻게 됐을까"(「엘리베이터에 낀 그 남자는 어떻게 되었나」) 등등 주인공들은 놀라운 사건을 겪었지만, 그것이 그들의 삶을 본질적으로 바꾸어놓지는 않는다.

「피뢰침」 역시 일상 회귀의 허구 형식을 선명하게 보여주는 작품이다. 주인공은 통신 공간에서 결성된 '아다드'라는 모임에 가입하면서 유년시절의 충격적인 체험을 재생한다. 그녀는 일생에 한 번 경험할까 말까 하는 '벼락맞는 체험'을 인위적으로 재구성하는 데 성공하지만, 일상은 달라지지 않고 변함없이 지속된다. 기억은 순간적으로 재생되었을 뿐이다. 주인공은 독자에게 다음과 같이 고백할 따름이다. "내 첫번째 탐뢰여행은 그렇게 끝이 났다. 그리고 지금, 이렇게 집에 앉아 그 여행을, 표백제냄새를, 습기 찬 전하들을, 하늘을 향해 발기한 피뢰침들을 그리워하면서 아크릴화를 그리고 있다. 멋진 그림이 될 것만 같다."(「피뢰침」) 이러한 발언은 주인공의 별스러운 체험이 허구일 수 있음을 암시한다. 작가의 조종 의도가 쉽게 관철될 수 있는 이러한 허구 형식은, 인물과 환경이 상호침투하여

인과론적으로 발전되는 통합적 비전의 서사를 거부한다. 소설 속에서 인물들의 자율적 행동반경은 극도로 축소된다. 인물들이 사건을 저지르는 것이 아니라 사건이 인물들을 급습한다. 인물들은 사건 앞에서 속수무책이다. 그들은 단지 사건이 지나간 후 회상하고 추억하는 힘을 지닐 뿐이다.

이처럼 인물의 역동적인 내면 변화를 소각한 이야기의 축제는 궁극적으로 무엇을 의미하는가. 보이지 않는 별을 찾아 외롭고 힘든 길을 걸어가는, 그리하여 마침내 부조리한 현실에서 영혼의 에피파니를 경험케 하는 고고한 소설의 세계는 영원히 사라진 것인가. 희망찬 공동체의 비전도, 인간 사이의 따뜻한 화합도, 카타르시스를 불러일으키는 엄청난 비극도 모두 부정하는 건조한 '이야기'들이 여기 있다. 그렇다면 우리는 왜 이러한 이야기들을 읽고 흥미로워하며 정체불명의 그리움과 감상에 휩싸이는가. 영혼의 드라마가 주는 고양된 기쁨도 아닌, 선과 악이 정의롭게 판별나는 완벽한 판타지도 아닌, 이러한 모사물의 형식이 독자에게 형성하는 공감대의 정체는 과연 무엇일까. 해답을 구하기 위하여 소설 속의 인물들에게 좀 더 바싹 다가가야겠다. 빛이 들지 않는 꽉 막힌 공간에서 하루하루를 살아가는 일상인들의 화석화된 심장 밑바닥에 어떤 욕망이 도사리고 있는지 궁금하다.

4. 비루한 영웅의 드라마

이번 소설집에 집중적으로 등장하는 초라한 일상인은 이전의 김영하 소설에 등장하는 고독하고 매력적인 댄디스트와 닮은꼴을 이룬다. 얼핏 보면 전혀 다른 인간들처럼 보이는 나르시시스트와 일상인은 동전의 앞뒷면과 같이 한몸을 이루고 있다. 자신을 미학적 인공물로 생산하는 데 열중하며 자기의 연기를 모니터하는 나르시즘적 인간형은 김영하 소설의 트레이드마크이다. 이번 소설집에서도 인물들의 '과도한 자의식'과 '자폐적 성향'은 매우 뚜렷한 이미지로 투영되고 있다. 달라진 점이 있다면 작가가 이러한 인물들에게 세련된 방식으로 일상의 디테일을 부여했다는 점 정도이다. 등장인물들은 타자끼리 소통할 수 있는 가능성에 대해 여전히 회의적이고 냉소적이다. 그는 "사람보다는 책이, 책보다는 음악이, 음악보다는 그림이, 그림보다는 게임이 나를 편안하게 한다"라고 되뇌며 "LP의 추억 따위를 읊조리는 인간들을 나는 신뢰하지 않는다"(「바람이 분다」)라고 일침을 놓는다. 그는 "인생을 그럴듯하게 모사하는 게임들은 싫다"(「흡혈귀」)라고 외치는 사람이다.

그러나 냉정하고 도도한 사람들의 가슴 밑바닥에는 더할 나위 없이 유아적이고도 신파적인 소통 욕망이 일렁거린다. 이들은 탈출구를 찾고 싶어하는 욕망 자체를 부인하는 것이 아니다. 그들은 단지 욕망의 솟구침을 참고 견딜 뿐이다. 자신의 외로움을 호소하는 나약한 인간의 목소리에 귀기울여보자. "빛도 낮도 밤도 없는 이 공간.

떠난다는 일이 처음으로 두려워졌다. (…) 하지만 그녀가 올 거라고는 생각하지 않는다. 그러면서도 나는 무연히 게임을, 또 게임을 하고 있다."(「바람이 분다」) "네 몸이 그립다. 안고 싶고 빨고 싶고 네 속으로 들어가 똬리를 틀고 싶다. 나무와 부처처럼 서로를 서서히 깨뜨리면서, 서로를 지탱하면서 살고 싶다."(「당신의 나무」) 이들은 사랑을 위해 자신의 삶을 변화시키고 싶지만, 단단한 일상의 껍질을 뚫지 못한 채 고치 속의 인간으로 살아간다.

나르시시즘으로 무장된 차가운 사람의 이면에 공존하는 감상성과 신파의 감정, 김영하가 포착하는 것은 이중적인 현대인의 자화상이다. 이중적 자화상의 폭로가 의도하는 것은 타인에게 자신의 본질을 감춤으로써 종내는 자신의 정체성조차도 망각하게 된 비극적 현대인들의 모습이다. 더불어 그의 소설은 신파와 통속의 욕망을 발설함으로써 영웅을 잃어버린 시대에 살고 있는 일상인들의 꿈을 비춘다. 누구든지 한 번쯤은 드라마의 신데렐라가 되고 싶어한다. 신문의 화려한 가십기사 주인공이 되어 수많은 사람들의 시선을 받아보고도 싶다. 평범하고 건조하게 일상에 침잠하는 것처럼 보이는 이들의 내면에 도사린 이율배반적인 욕망을 작가는 날카롭게 투시하고 있다.

「사진관 살인사건」의 '나'는 불륜을 저질렀던 아내와 허위적 결혼생활을 유지하는 형사이다. 그는 일요일에 발생한 '사진관 살인사건'을 추적하게 된다. 서로 엇갈린 진술을 하는 용의자들을 심문하던 그는 한낱 치정극에 지나지 않는 살인사건의 결말을 알고 허탈해한다. "어떤 남자가 자기를 위해 남편을 죽여주기를" 기대했던 사진관집 여인의 허구적 욕망은, 드라마틱한 동기에서 빚어진 살인사건이기를 기대했던 형사의 욕망과 닮은꼴을 이룬다. 살인사건의 범인이 의외로 쉽게 잡히면서 일상인의 가슴을 뛰게 하던 변신의 욕망은 하릴없이 무너진다. 평소와 다름없는 날들이 또다시 이어진다. 사진관집 여인은 경찰 앞에서 자신과의 관계를 잡아떼는 속물적 인간과 기약 없는 연애를 지속할 것이며, 형사는 평소처럼 부인의 품에 안겨 잠들 것이다. 이것은 예정된 비극이다. 모험담의 주인공이 되고 싶었던 등장인물들은 패배자의 모습으로 일상에 귀환한다. 과일이 되어 아내에게 껍질이 벗겨지는 시시껄렁한 꿈이나 꾸면서 하루를 마감하는 것이다.

환상적인 모티프를 빌려 일상인의 현실초월적 욕망을 예시하는 것은 「고압선」도 마찬가지이다. 은행원 '그'에게는 산다는 것 자체가 고된 노동이다. 어머니의 감시에 아내와의 섹스조차 마음 편히 치를 수 없는 불행한 그에게 친구 B의 애인이었던 여자가 이혼녀가 되어 찾아온다. 그는 여자와 순식간에 불륜의 관계에 빠진다. 난생처음 여자를 향한 불타는 욕망을 느껴본 그는 그것을 사랑이라고 믿고 싶어한다. 그러나 그가 사랑이라는 단어를 발음하는 순간 몸이 투명해지는 이상한 일이 일어난다. 결국 투명인간이 되어 직장도 잃고 가정도 엉망이 되는 은행원은 진정한 사랑이 인정되지 않는 현실 앞에 절망한다. 그가 잠시나마 애정을 바쳤던 불륜상대는 그가 부재한 사이에 옛 연인인 B와 다시 만나 섹스를 벌인다. 이러한 배반의 현실 앞에서 그는 초라한 일상인으로서의 자기를 돌아본다. "그때나 지금이나 그 남자는 있으나 마나 한 존재"인 것이다.

별 볼일 없는 초라한 일상인이 꿈꾸는 초월적 욕망은 김영하의 소설이 눈여겨보는 핵심적인 소재이다. 일상인들은 무협지나 홍콩영화의 주인공처럼 스릴 넘치는 삶을 원하지만 그들의 인생은 TV 드라마보다도 못한 시시하고 비루한 것이다. 누구나 영웅이 되기를 꿈꾼다. 그러나 환각 속의 영웅들은 현실의 장애물을 뛰어넘지 못한다. 투명인간처럼 내면성을 빼앗긴 '몰락한 영웅'은 현대인의 적나라한 자화상을 대변한다. 김영하는 우스꽝스러운 에피소드를 통하여 꿈꿀 권리마저도 상실당한 일상인이 순간적으로 내지르는 신파와 감상의 고백을 능숙하게 포착한다. 우연히 산 복권이 당첨되어 단숨에 백만장자가 되는 꿈, 평생 만나보지도 못한 아름다운 사람이 황홀한 연인으로 찾아오는 꿈은 우리 자신의 은밀한 바람이고 기대이다. 작가는 외면상으로는 깔끔하고 건조한 댄디스트들의 내면에 자라고 있는 '욕망의 씨앗'을 끄집어내 보인다. 피 한 방울 나오지 않을 것 같은 냉정한 인간들이 남몰래 품은 통속의 욕망과 신파적 감성은 읽는 이에게 연민과 동정, 슬픔과 공감을 가져다준다.

비정한 일상을 버티는 몰락한 영웅의 메타포는 「비상구」에서 절정에 달한다. 뒷골목 건달들의 삶을 다룬 「비상구」는 김영하가 연출한 〈넘버 3〉와 〈열혈남아〉이며, 〈트레인스포팅〉이고 〈롤라 런〉이다. 얼핏 보기에 「비상구」는 사실주의적 묘사를 충실히 따른 세태소설처럼 보이지만, 김영하의 다른 소설들과 마찬가지로 리얼리즘의 틀로 파악하기 곤란한 작품이다. 이 소설은 우리에게 삼류 인생의 비애와

고통을 들려주고 있는가? 아니다. 그렇다면 미래 없는 청년들의 처절한 방황과 고통을 설파하는 것일까? 그것도 아니다. 소설에 펼쳐지는 활극은 우리의 내면 깊숙이 저장된 통속과 신파의 또다른 모습일 따름이다.

'개처럼 살기보다는 영웅처럼 죽고 싶다'라는 오래된 영화 광고 문안을 환기시키는 이 소설은 우리 안에 '화면'으로 저장되어 있던 초라한 '영웅'을 불러낸다. 주인공 '우현'이의 고백을 들어보자. "내 나이도 올겨울만 지나면 스물하나가 된다. 오토바이 타고 장난칠 때도 지났고 삐끼질할 짬밥도 아니다. 조직에 들어가서 허리 굽히고 살기도 싫다. 집구석으로 들어가는 건 더 좆같다. 집에 가봐야 눈칫밥밖에 더 먹나. 괜찮은 년 하나 있으면 살림 차리고 씨팔, 이삿짐이라도 날라볼까." 매춘과 '퍽치기', 싸움질로 하루하루를 소비하는 이들의 꿈은 돈 벌어 노래방이나 하나 차리는 것이다. 하지만 '욱'하는 마음에 싸움을 벌이고 결국 경찰에게 뒤쫓기는 이들의 인생은, 그야말로 "좆같은 세상 되는 게 없다"라는 탄식을 자아낸다.

패배가 예정된 세계를 향한 무모한 시위는 한 편의 영화를 보는 것처럼 빠른 속도의 영상으로 펼쳐진다. 그러나 이 소설은 홍콩영화가 흔히 재현하는 눈물 쏟아지는 애정극도, 비장한 의리의 세계도 보여주지 않는다. 결말에서 주인공은 "니미 씨팔이다"라는 욕설만을 남길 뿐이다. 화려한 영상 스케치에서 우리는 잠시나마 가슴 쓰림을 경험한다. 그러나 비상구가 주는 "필feel"은 미래를 차압당한 청년들의 아픔을 읽는 데서 오는 것이 아니다. 이 소설은 흔하고흔

한 신파를 보여주기 때문에 마음을 움직인다. 시시껄렁한 잡담과도 같은 삶이 바로 진짜 '인생'이 아닌가. 그래서 때로는 사랑과 신뢰보다는 동정과 연민이 상처를 치유하는지도 모른다. 「비상구」가 전하는 메시지는 희망이 거세된 세계가 보여주는 인생의 아이러니 그 자체에 있다.

5. 소설의 '비상구'는 어디인가

김영하의 소설은 일상인의 초월 욕구와, 그것을 기만하는 현실 사이에서 튕겨져나오는 삶의 아이러니컬한 에피소드들을 환각적 탈주의 형식으로 포착한다. 그것은 이전의 엄숙한 소설들이 외면해왔던 서사의 사각지대이다. 우리는 삼류 인생극장을 닮은 그렇고 그런 이야기들 속에서 뜻밖의 위로를 받는다. 세련되고도 텅 빈, 한없이 멜랑콜리하고도 유치한 신파를 통해 순간성의 세계가 주는 아득한 느낌을 선사받는다. 그것은 누구나 살아가다 보면 한 번쯤 겪어본 "잊지 못할 경험"(「피뢰침」)이며, "평생 한 번 일어날까 말까 한 일들"(「엘리베이터에 낀 그 남자는 어떻게 되었나」)에 대한 이야기이다. 어쩌면 김영하의 소설이 호소하는 것은 우리가 상실한 최초의 리얼리티에 대한 그리움인지도 모른다. 그러나 그리움과 위로는 찰나적이다. 작가는 유토피아란 처음부터 존재하지 않았던 신기루라고 중얼거린다. 불치병처럼 몸속에 도사리고 있는 시니컬한 냉소와 자기방어의 포즈가 그의 소설 밑바닥에 음울하게 도사리고 있다.

김영하 소설의 인물들은 근대적 산문 양식이 제시했던 영혼의 드라마가 붕괴하는 순간 태어난 신인류이다. 소설 속의 인물들은 죽었다 깨어나도 삶의 진정한 에피파니를 경험하지 못한다. 이들은 진리와 이성의 심오한 깨우침이나, 고요한 질서의 공간을 찾을 권리를 차압당한 더없이 불행한 종족이다. 삶으로부터 떨어져나와 처음부터 허구 속에서 존재해야 하는 투명인간들은 우리 시대의 소설이 낳은 새로운 인간형이다.

문학이 자신의 비상구를 찾아 막바지까지 달리고 있는 그 시점에서 김영하의 소설은 탄생하였다. 인간의 몸을 숙주삼아 자라는 에일리언처럼, 이제 문학은 문학 자신으로부터 내용과 형식을 빨아들이고 있다. 그의 소설은 문학의 존재방식에 대한 근본적인 물음을 환기한다. 반복적 일상을 달래는 가상화된 허구적 유희를 감행하는가. 아니면 생활세계의 진정성을 회복하는 희망과 사랑의 언어를 노래하는가. 김영하의 소설은 전자의 입장에서 출발한다. 문학이 스스로의 살을 파먹는 위험한 자기복제의 실험에 임박했음을 그의 소설은 암시하고 있다. 이 지점에서 그의 소설은 급조된 모조 예술품의 혐의를 받는다. 즉석에서 만들어진 조합적인 매력, 달콤한 낭만주의와 감상, 규범화된 예술에 대한 은근한 동경, 복고의 향수를 달래는 키치 문화의 유혹과 매력에서 김영하 역시 자유롭지 못하다. 첨단의 문화 감성으로 무장한 주인공들의 내면에 자리한 허무주의와 신파적 감정에 대한 부정적 비판도 충분히 있을 법하다. 김영하의 견해에 기댄다면, 이제 문학은 대중문화의 단순한 배설물과 어떻게 차별화될 것인가. 문화적 기호만을 그럴듯하게 실어나르는 문학의 유사품만이 횡행하는 시대가 올지도 모른다는 불안이 우리를 휩싼다.

그러나 이러한 염려들은 그야말로 모호한 예감에 불과할 따름이다. 김영하가 앞으로 써낼 이야기는 무궁무진하며, 우리는 문학의 가치 의미를 뒤집는 더욱 불온한 형태들을 만나게 될지 모른다. 인정하든 인정하지 않든 김영하의 작품은 탈신성화된 세계에서 소설이 받는 장르적 압박감을 증좌하는 문제적인 징표이다. 현재를 포함하여 미래에도 소설이라는 양식은 끊임없는 변형과 탈주를 통해 빠른 변신을 요구받게 될 것이다. 김영하는 이 시험대 위에서 가장 기민하게 움직이고 있는 작가이다. 과연 그의 작품 세계가 찾아낼 소설의 비상구는 어디인가. 관습적 규범의 막다른 골목에 부딪친 우리 시대의 문학이 만들어낸 야심찬 모험가를 앞으로도 주목하고 싶다.

이 소설집은 1999년에, 그러니까 20세기의 마지막 해에 문학과지성사에서 초판이 나왔다. 1997년부터 1999년 연간에 발표한 단편들을 모은 것인데, 그때는 작가로서 가장 활발하게 단편소설을 쓰던 시절이었다. 거기에는 두 가지 요인이 있었다. 첫째는, 다행히도 많은 지면이 주어졌다는 것이다. 한 계절에 세 편을 쓸 때도 있을 정도였다. 신인이었고, 청탁이 오면 무조건 써야 되는 줄 알았던 때였다. 둘째는, 1997년에 결혼을 했는데 그러자마자 나라에 외환위기가 찾아왔다는 것이다. 문예지에서 받는 원고료 한 푼 한 푼이 소중했다. 그래서 정신없이 썼고, 덕분에 2년 만에 소설집을 낼 분량이 모였다.

표제작인 「엘리베이터에 낀 그 남자는 어떻게 되었나」는 월간 『현대문학』에 실린 소설이었다. 당시 우리 부부는 서울 변두리의 21평짜리 아파트에 살고 있었고, 이 시영아파트는 그후에도 내 많은 단편의 배경이 되었다. 부실공사로 툭하면 물이 새고 엘리베이터가 고장이 났다. 복도식 아파트에 엘리베이터는 한 대밖에 없었으니 그게 고장나면 걸어서 오르내리는 수밖에 없었다. 하루는 엘리베이터를 타러 갔더니 열린 문 사이로 검은 어둠이 입을 벌리고 있었다. 엘리베이터가 그 층에 서지 않을 때는 문이 닫혀 있었고, 설 때만 문이 열리기 때문에, 웬만해서는 엘리베이터가 빈 공동을 따라 운행된다는 것을 실감하기 어려운데, 그 아파트에서는 종종 엘리베이터의 운행 원리에 대해 깊이 생각하게 되는 계기가 있었다. 끝이 보이지 않는 어둠에 대한 원초적 두려움은 내 상상력을 자극했고, 그것이 어느 날 소설이 되어 나온 것이다.

「사진관 살인사건」을 쓸 무렵 나는 필름 카메라로 사진을 열심히 찍고 다녔다. 당시에는 사진을 찍으면 현상과 인화를 맡기러 사진관에 가야 했다. 무심히 필름과 사진을 주고받기는 하지만, 어쩐지 사진관 주인과 어떤 비밀을 교환하는 느낌이었다. 내가 뭘 찍었는지 그들은 알 수밖에 없었다. 알면서도 짐짓 무관심을 가장해야만 하는 일이었다. 프라이버시가 폭로되려면 사건이 필요했다. 때문에 이 소설은 일종의 범죄소설의 구성을 가지게 되었다.

「엘리베이터에 낀 그 남자는 어떻게 되었나」와 「사진관 살인사건」은 당시 한국어를 배우러 서울에 와 있던 한 미국인이 자기 가족들에게 보여주기 위해 영어로 번역을 했다. 이왕 해놓은 번역이 아까웠던 그는 한 영자신문이 주최한 번역 공모에 이를 보냈고 대상을 받았다. 덕분에 이 두 단편은 얇은 영문 소책자로 출간도 되었고 이게 첫 영문 번역본이었다. 2003년에 미국 아이오와대학의 레지던스

프로그램에 참가할 때 이 소책자를 들고 가 낭독할 때도 쓰고, 동료 작가들에게 증정도 할 수 있었다. 덕분에 그때 나를 알게 된 다른 나라 작가들 중 몇몇은 나를 범죄소설 작가 혹은 카프카적 유머소설을 쓰는 친구로 기억하는 것 같았다.

「피뢰침」역시 그 부실한 아파트가 착상에 큰 기여를 한 소설이다. 한 계절에 세 편을 써야 하는 절박한 상황에서 마감에 쫓기던 나는 방바닥에 누워 '쓸 것이 없다'고 한탄하고 있었다. 마침 장마철이어서 비가 억수같이 쏟아졌고 천둥번개도 요란했다. 벼락이 치면 아파트의 창호가 마치 떨어지기라도 할 것처럼 흔들렸다. 소설을 구상해야 하는데 벼락에만 자꾸 집착하게 되었고, 그러다 문득 벼락을 맞으러 다니는 사람들에 대해 쓰면 어떻겠는가 하는 상상을 하게 되었다. 아내에게 구상을 털어놓자 아내는 문학계가 과연 그런 소설을 받아들일지 의문스러워했다. 그래도 벼락이 치던 그날 밤, 나는 바로 집필에 착수했고 오래지 않아 끝을 낼 수 있었다.

「흡혈귀」는 푸시킨의『스페이드의 여왕』을 보다가 영감을 받아 쓴 소설이다. 18세기 무렵의 많은 소설들이 독자가 보내온 이상한 편지를 작가가 옮기는 방식으로 소설이 구성되는데, 언젠가부터 작가들이 더는 즐겨 사용하지 않는 기법이 되었다. 흡혈귀라는 캐릭터는 물론 브램 스토커의『드라큘라』가 그 기원이지만 1990년대 말에는 홍콩영화의 강시와 함께 과장된 송곳니를 드러낸 우스꽝스런 이미지로 굳어가고 있었다. 하지만 나는 흡혈귀는 문학적 은유로 더 탐구할 여지가 많은 캐릭터라고 생각했다.

흡혈귀와 더불어 어린 시절의 나를 매혹시켰던 또 하나의 캐릭터는, 아마도 많은 어린이들이 그랬겠지만, 바로 투명인간이었다. 덕분에 한동안 나에게는 '만화적 상상력의 작가'라는 꼬리표가 따라다녔다.

늘 상상의 캐릭터에서 출발한 것은 아니었다. 90년대 말에는 삐끼라는 직종이 있었다. 신촌이나 홍대 같은 데에서 지나가는 사람들을 술집으로 유인해가는 이들을 일컫는 속어였는데 대체로 집을 나온 가출 청소년들이 많았다. 길을 가다 우연히 어떤 삐끼들의 대화를 듣게 되었는데 서로를 업소 이름으로 부르고 있었다. "이카로스 오늘 안 나왔나?" 같은 대화가 오가는 것을 듣고 재밌다고 생각했다. 「비상구」는 거기에서 시작되었다. 이 책에 실린 소설 중 유일하게 청탁 없이 쓴 소설이었는데 완성하고 나서도 한동안 아무데도 발표하지 못했다. 받아줄 지면이 없어서는 아니었다. 독자들이 감당하기 좀 어려운 수위라고 생각해서였다. 그렇게 서너 달이 지나고 또 마감에 몰리게 되자 이거라도 발표해야 하지 않을까 하는 마음이 슬슬 생겼고, 그래서 친구에게 먼저 읽혀보았더니, 의외로 그는 당장 발표하라며 등을 떠밀었다. 친구의 말을 믿고 문예지에 보냈고 편집자도 흔쾌히 실어주었다. 막상 발표되자 많은 사람들의 입에 오르내리는 소설이 되었다.

「당신의 나무」는 1998년의 캄보디아 여행 직후에 쓴 소설이다. 앙코르와트에 도착하고 나서 나는 잠시 열병 비슷한 것으로 며칠 몸져누웠는데, 약 기운과 더위가 겹쳐 매우 몽환적인 상상에 시달렸다. 「당신의 나무」는 무시무시한 크기의 나무와 불상 들, 앙코르와트의 찌는 듯한 더위가 만들어낸 이야기라고 할 수 있다. 이 소설은 그해 '현대문학상'을 받았다. 처음으로 받은 문학상이었고, 문학계라는, 참으로 어렵기만 하던 곳에서 드디어 나를 받아들여주는구나 하는 느낌을 받았던 기억이 난다.

「바람이 분다」는 그야말로 '바람이 분다, 살아봐야겠다'라는 폴 발레리의 시구에서 시작된 소설이었다. 텅 빈 모니터와 깜박이는 커서를 보며 마치 타이핑 연습을 하듯 '바람이 분다, 바람이 분다'라고 쓰고 있었고, 그러다 갑자기 이야기가 술술 나오기 시작했다. CD를 '구워' 파는 업자와 정체를 알 수 없는 여자가 나타났고, 그들은 킬리만자로로 떠날 것을 욕망하고 있었다. 그래서 당연히 제목도 '바람이 분다'가 되었다.

1999년 첫 출간 당시의 작가 후기는 이렇게 시작한다.

담배 같은 소설을 쓰고 싶었다. 유독하고 매캐한, 조금은 중독성이 있는, 읽는 자들의 기관지로 빨려들어가 그들의 기도와 폐와 뇌에 들러붙어 기억력을 감퇴시키고 호흡을 곤란하게 하며 다소는 몽롱하게 만든 후, 탈색된 채로 뱉어져 주위에 피해를 끼치는, 그런 소설을 쓸 수 있기를, 나는 바랐다.

위악의 시대였고 나는 골초였다. 지금의 나는 위악을 좋아하지 않고 담배는 냄새도 맡기 싫어한다. 하지만 지금의 내가 위악을 일삼는 골초로부터 비롯됐다는 것마저 부정할 수는 없다. 2010년부터 문학동네로 옮겨 나오기 시작했고 10년 만에 복복서가로 옮겨 개정판을 내게 되었다. 줄거리가 바뀔 정도로 큰 개정은 하지 않았다. 그러나 2020년대의 독자들이 받아들이기 어려운 표현들은 고쳤다. 그리고 「어디에도 있고 어디에도 없는」은 이 소설집 전체의 기조와 맞지 않는 것 같아 이번 개정판에서는 뺐다는 사실도 밝혀둔다.

작년에 이 소설집은 출간 20주년을 맞았다. 두 출판사를 거치며 많은 쇄를 찍었다. 그만큼 오래 사랑받았고 그것으로 충분하다고 생각하지만, 그래도 더 찾을 독자들이 있을지 몰라 나름의 최선을 다해 새로운 옷을 입혀 내놓는다. 지금까지 읽어준 독자들과 앞으로 읽어줄 독자들 모두에게 감사드린다.

2020년 7월
김영하

신진 작가 김영하 씨의 「당신의 나무」가 눈부시다. 이 경우 '눈부심'이란 등단 이래 씨가 누구보다 맹렬하게 써온 다른 작품들이 끼친 나비효과에서, 그리고 그 효과의 한 유형화란 점에서 말미암는다. 이 작가의 소설 운영방식의 신선함이 창작 동기의 유려한 차용借用에서 연유되었음은 의심의 여지가 없다. 그것은 일찍이 저 러시아 형식주의자들이 고안해낸, 이른바 장치device의 설정을 가리킴이다. 창작 동기화로서의 장치의 차용이란 구체적으로 무엇인가. 「피뢰침」에서는 'St. Elmo's Fire'이며, 「고압선」에선 '신체결시현상身體缺視現象'이며, 「흡혈귀」에서는 '드라큘라'이며, 「당신의 나무」에서는 '나비현상'이다. 작가 김씨가 도입한 개념 장치들이 지닌 또다른 층위가 있는 바, 이른바 씨가 동원한 장치들이 우주적 상상력의 외피를 입고 있다는 사실이 그것. 외계外界랄까 가상현실에 접속된 장치들. 우리의 자동화된 일상성의 초라함이 상대화될 수 있었던 것은 이러한 장치들의 덕분이다. 이 점에서 작가 김씨의 언어는 인공어의 범주에 든다. 이 나라 문학의 주류인 샤머니즘 체질에서 비로소 벗어난 작가. **김윤식(문학평론가)**

김영하는 참신하고 경이로운 작품들을 속속 발표하여 우리 소설계에 확실한 새바람을 몰고 왔다. 활달하고 대담한 상상력을 유감없이 발휘하는 이 작가는 자기 시대의 대기 속에 언어의 탐침을 깊숙이 밀어넣어 번뜩이는 표상들을 낚아올린다. **김화영(문학평론가)**

「당신의 나무」의 분위기는 정지된 시간 속의 화면처럼 한없이 적막하고 사막처럼 고요하다. 그러나 작가는 어딘가 남모르게 숨어 흐르는 물길을 섣부르게 드러내거나 말하는 대신 읽는 이의 마음을 맑고 정결한 물기로 적시게끔 소설을 이끌어간다. 그러할 수 있는 것은 이미 기왕의 여러 작품에서 보여준 바 있는 이 작가의 뛰어난 역량일 것이다. **오정희(소설가)**

살인사건, 불륜, 우연한 사고 등 일상의 소재를 상상력의 프리즘으로 증폭시킨다. 그러나 사회의 모순에 대해 리얼리즘보다 더 강렬한 풍자를 담고 있다. **경향신문**